Bienchen summ herum

HELENA KUGELE

Bienchen summ herum

Der zweite Fall von Kommissar Damrongchai Hägle

Bibliografische Information der Deutschen Nationalbibliothek

Die Deutsche Nationalbibliothek verzeichnet diese Publikation
in der Deutschen Nationalbibliografie; detaillierte bibliografische
Daten sind im Internet über http://dnb.d-nb.de abrufbar.

Satz, Herstellung und Verlag:
BoD - Books on Demand, Norderstedt
ISBN 978-3-7460-7445-0

1

Die Haxe drehte sich in einer Art Karussell vorbei an orange leuchtenden Heizstäben.

Aufgespießt zwischen weiteren Unterschenkeln von toten Schweinen, floss ihr austretendes Fett in langen Fäden in eine Art Dachrinne unterhalb des Grills.

Die gleißende Sonne brannte grell auf den weißen Stand und erhöhte die Innentemperatur um weitere Grad Celsius.

Der schwitzende Mann hatte die Farbe seines Grillguts. Triefende Tropfen sammelten sich an seiner Stirn, nicht in der Fettrinne. Er holte eine Haxe vom Drehspieß und legte sie auf einen Teller neben ein weißes, rundes Brötchen. Achtlos warf er ein Tütchen Senf dazu.

»Fertig?«, fragte die Frau mit großem Geldbeutel an der Hüfte und nach unten hängenden Mundwinkeln. Sie lehnte an der Imbissbude im Schatten.

»Siehst du doch«, antwortete ihr der Mann am Grill und schob den Teller ein Stück über die Theke.

Sie griff nach dem Rand des Tellers und umfasste mit ihrer anderen Hand die Henkel von fünf Bierkrügen. Ihr Handgelenk knickte ab, trotzdem stemmte sie die halben Liter in Brusthöhe.

Es war nicht weit bis zum ersten Tisch. Dort erwarteten sie leuchtende Gesichter. Rot glühend blickten sie milde aus halb geöffneten Augen.

Vor der Mauer staute sich die Julihitze, dahinter floss träge die Nagold, die zu wenig Wasser führte. Die langen grünen Fadenpflanzen lagen stellenweise trocken und verströmten zusammen mit dem feuchten, rötlichen Flusssand Gerüche einer Kläranlage. Der Wald, die Tannen, waren zu weit entfernt, um Kühle zu spenden.

Das Bier schwappte über den Handrücken der Kellnerin, als sie es wegen des Gewichts zu schnell abstellte.

»Wer bekommt die Haxe?«, fragte sie laut.

»Da hinten, der junge Kerle.« Der Rufer, vorne auf der rechten Bank, lachte über seinen eigenen Witz, damit dieser auch als solcher erkannt werde.

Dann rieb er sich über seine griechische Nase und sein unrasiertes Kinn. Er trug eine dunkelblaue Arbeitshose und roch nach Kuhstall.

Hinten auf der linken Bierbank streckte ein grauhaariger Mann, unbeeindruckt, dass über ihn gescherzt worden war, seine Arme mit den hochgekrempelten Hemdsärmeln zur Kellnerin.

Sie beugte sich weit über den Tisch, so dass ihr gebräuntes Dekolleté über der Trachtenbluse für alle gut einsehbar war, und hielt ihm den Teller entgegen. Sie musste sich aufstützen, damit sie nicht vornüber fiel.

Die Haare auf den Armen des Mannes waren auch grau und die Haut wellte sich schlaff über den sehnigen Strängen, als er nach der Haxe auf dem Einwegteller griff.

Der nach Stall riechende Komiker mit der griechischen Nase, vorne in der rechten Bankreihe, griff nach einem der Biergläser. Er tauschte es mit seinem Leergetrunkenen aus. Als er zu einem Schluck ansetzte, schlug ihm sein Sitznachbar freundschaftlich auf den Rücken, so dass er mit den Zähnen gegen den breiten Rand des globigen Glases stieß.

Der Sitznachbar fragte: »Ist das Bier überhaupt bio, Herr Ökolandwirt?«

Die dunklen Locken klebten verschwitzt um das Gesicht des Biobauern und betonten seine griechische Nase. Er strich über die Bierflecken auf seiner Arbeitshose, als würden diese dadurch verschwinden.

Nun lachte der Grauhaarige von hinten links mit vollem Mund über das Missgeschick des Landwirts, was der Bauer aber nicht einmal zu bemerken schien, denn er rechtfertigte sich in die Runde:

»Ich baue vielleicht bio an, aber deswegen kann ich doch trinken was ich will.«

Er setzte wieder seinen Krug an. Ein paar Tropfen Bier liefen ihm aus dem Mundwinkel. Sie befeuchteten den ausgefransten Kragen seines T-Shirts. Sein Kehlkopf bewegte sich bei den großen Schlucken, die er nahm.

Er stellte sein Glas halb leer wieder ab und fügte hinzu, als hätte er keine Trinkpause eingelegt:

»Mein Nachbar, der Hühnerbaron, isst ja auch nicht nur Grillhähnchen.«

Schweiß perlte dem Biobauern aus dem feuchten Haaransatz und sein Gesicht glänzte. Er zog sein Portemonnaie aus der Hosentasche seiner Latzhose hervor.

Die Hose trug er immer, außer zum Schlafen und wenn seine Frau mal mit ihm zur Oper wollte. Das geschah nur noch selten. Seit sie den Hof und die Kinder hatten eigentlich fast gar nicht mehr.

Ihm war übel. Er fasste sich kurz an die Brust. Diese

Kreislaufschwäche ereilte ihn in letzter Zeit öfter nach Genuss von Alkohol. »Ich will zahlen. Die Hitze hält ja kein Mensch aus.«

Die Kellnerin nahm den Bierdeckel und zählte die Striche ab, von denen jeder eine Halbe Bier symbolisierte. Dann zückte sie einen Block aus der Schürze und nahm den Kugelschreiber, der an einem Faden mit ihrem Gürtel verbunden war. Darauf schrieb sie in großer Schrift Zahlen, die sie addierte.

»Einundzwanzig Euro dreißig, Volker«, verlangte sie.

Volker wischte sich die Stirn. »Ist der Adler heute zu? Du bedienst doch sonst dort.«

Sie nickte und zog den Mund ein wenig breit, was ihre Mundwinkel nicht mehr so hängen ließ. Vom anderen Tisch winkte eine Familie zum Bestellen.

»Ich komme gleich«, rief sie rüber und schnaufte hörbar.

Volker holte aus dem abgegriffenen Lederbeutel langsam zwanzig Euro hervor.

»Stimmt so«, meinte er, obwohl noch Geld fehlte.

Die Tischrunde lachte wie immer über seinen Standardwitz, als hätte er ihn soeben erfunden.

Die Kellnerin reagierte nicht, sondern sah ihn nur mitleidig an.

Er öffnete den Druckknopf für das Fach, in dem das Kleingeld war. »Na gut, wenn Ihr das Geld so dringend braucht, dann sollt Ihr es haben.«

Er sah in die Runde, die gedämpft lächelte während er nach den Münzen griff. Es strengte ihn an, seine Cents zusammen zu suchen, aber für großzügige Trinkgelder waren die Zeiten zu schlecht. Er fasste tief in das Kleingeldfach. Wenigstens das war noch gefüllt.

Schlagartig durchfuhr ihn dieser schneidende Schmerz, der sich anders anfühlte, als die Verletzungen beim Zäune setzen, doch kannte er den Schmerz nur zu gut.

Neben ihm wohnte der Imker, mit seinen verfluchten Bienen, die im Heu saßen und ihn stachen.

Laut und durchdringend schrie Volker auf, zog seine Hand ruckartig nach hinten. Die Geldmünzen fielen klirrend zu Boden.

Volker starrte seine Hand an. An seiner Fingerkuppe zappelte eine Biene. Sie hatte ihn gestochen und ihr Stachel hing in seiner Haut fest. Sie flog und riss sich los. Taumelnd stürzte sie auf den Tisch und verendete einsam.

Ihr pulsierender Stachelapparat, den sie sich durch ihre Flucht selbst aus dem Körper gerissen hatte, pumpte hingegen noch immer Bienengift in Volkers Fingerkuppe.

Mit seinen rissigen Händen, in denen sich die schwarze Ackererde scheinbar für immer in die Furchen gelegt hatte, entfernte er den Stachel. Er hatte Mühe ihn zu greifen, konnte ihn nur verschwommen sehen und er zitterte.

So schnell wirkte das Bienengift doch sonst nicht. Ihm war schwindlig.

»Du brauchst deine Spritze!«, rief die Kellnerin und blickte ihn entsetzt an.

Die Umsitzenden redeten nicht mehr. Sie starrten alle zu dem ungewöhnlich erregten Volker, ungewöhnlich für einen Bienenstich.

Volker öffnete den Reißverschluss der Brusttasche

seiner Latzhose. Zitternd griff er hinein und holte drei Päckchen Papiertaschentücher heraus.

Sein Gesicht schwoll an und er atmete schwer. Schweiß rann über seine leichenblasse Haut.

»Es ist nicht da«, hauchte der Biobauer und zeigte auf die Taschentücher.

Mit einem Schwall erbrach er sich über seine blaue Hose und in sein restliches Bier. Mit weit aufgerissenen Augen ergriff er den Arm der Kellnerin.

»Arzt«, konnte er noch hervor pressen, dann wurde es gnädig dunkel um ihn und er spürte nicht, wie er zur Seite kippte und sich den Kopf am Tisch stieß.

»Hallo, hallo!« Das Rufen und Tätscheln der Kellnerin nutzte nichts. Volker antwortete nicht. Die Haut in seinem Gesicht war bläulich verfärbt und mit Pusteln übersäht.

Wegen seiner geschwollenen Lider hätte er die Augen auch nur noch schwer öffnen können, wenn er noch bei Bewusstsein wäre.

»Ruft doch endlich einen Krankenwagen!« Der grauhaarige Mann hatte sich aus seiner Schockstarre gelöst.

Der vielleicht vierzehnjährige Junge vom Nachbartisch tippte auf seinem Smartphone und gab dann seiner Mutter das Telefon, die schnell und undeutlich redete.

Nach wenigen Minuten rief sie in die Runde: »Sie kommen.«

»Das reicht doch nicht mehr«, meinte der Junge, doch niemand antwortete ihm.

Alle lauschten Volkers pfeifenden Atemgeräuschen und hofften, dass seine Bronchien weiter pfeifen mögen.

Und so war es still um Volker, als er aufhörte zu atmen.

2

Was? Er wurde von einer Biene gestochen?« Kommissar Damrongchai Hägle stieg auf der Beifahrerseite in den Dienstwagen.

Hitze schlug ihm entgegen.

Sein Kollege Merten antwortete ihm von draußen:

»Das war ein anaphylaktischer Schock, eine hochallergische Reaktion. Noch nie gehört?«

Damrongchai saß in dem überhitzten Auto.

Er wunderte sich: »Das gibt es? So schnell?«

»Eine viertel Stunde hat man normalerweise bei Insektenstichen Zeit, aber anscheinend gibt es da Ausnahmen. Bei RAST 6 kommen einfach die ganz heftigen Histaminreaktionen, die bis zum Kreislaufversagen führen können«, redete Merten in das Wageninnere.

Noch immer war er nicht eingestiegen, sondern hielt die Tür offen.

»RAST? Was bedeutet das?«, wollte Damrongchai vom medizinisch gebildeten Merten wissen.

»RAST ist die Einstufung der allergischen Reaktion des Körpers auf ein potentielles Allergen. Die Skala geht von null, wie keine Reaktion, bis sechs, lebensbedrohliche Reaktion.«

Merten hielt einen Moment den Arm in den Innenraum des Autos und prüfte die Temperatur.

Damrongchai winkte ihn herein. »Stell dich nicht so an. Das wird nicht besser, solange du nicht losfährst.«

Merten setzte sich auf die Fahrerseite und rieb das

Lenkrad mit einem Desinfektionstuch ab. Die nassen Schlieren auf dem schwarzen Kunstleder trockneten sofort unter der Sonneneinstrahlung. Der Geruch von Desinfektionsmittel, den Merten ohnehin immer verströmte, intensivierte sich für einige Augenblicke durch die Verdunstung und stieg Damrongchai in die Nase.

Merten startete den Wagen. Sie fuhren über die neu gemachte Brücke.

In Hirsau zeigte Damrongchai auf den Bäcker mit der goldenen Brezel über der Tür. Aber Merten fuhr einfach weiter und fragte erst nach der nächsten Kreuzung:

»Hast du wieder nicht gefrühstückt?«

»Du bist mit Absicht vorbei gefahren, das ist doch das Letzte«, giftete Damrongchai.

»Deine Brezel-Krümel im Auto sind das Letzte.«

»Pedant.«

»Lieber etwas exakter als notwendig. In deinem Chaos könnte ich nicht leben.« Merten spitzte den Mund.

Damrongchai verdrehte die Augen, aber er gab auf, beendete das sinnlose Gespräch der Vertreter zweier Welten, die täglich aufeinander prallten und fühlte sich vernünftig. Er würde sich einfach auf den Fall konzentrieren und dachte über die schicksalshafte Biene nach.

Nach kurzer Zeit teilte er seine Gedanken Merten mit:

»Der Mann ist ohne Zweifel tragisch ums Leben gekommen, aber wieso ist es Mord?«

»Sattler war sehr kurz angebunden am Telefon. Ich weiß so viel wie du«, meinte Merten und reduzierte die Geschwindigkeit, denn er hatte das Fest erreicht.

Menschen standen auf der Straße herum. Merten fuhr im Schritttempo.

Ein paar Betrunkene, die noch immer nicht den Ernst der Lage verstanden, klopften gegen das Auto.

Damrongchai setzte das Blaulicht auf das Dach des Dienstwagens. Still gab es Lichtsignale ab. Gespenstisch blinkte es über die Gesichter.

Helene Fischer sang noch in Zimmerlautstärke aus einer der Lautsprecherboxen, bis auch sie verstummte.

Merten ließ den Wagen weiter rollen und hielt dann vor der größten Menschenansammlung.

Er öffnete die Tür einen Spalt. »Oh nein, überall Besoffene und es stinkt nach altem Fett.« Mit der Hand umhüllte er seine Nase und nuschelte den nicht ernst gemeinten Vorschlag: »Die Biene hat ihn ermordet. Wir verhaften sie und dann gehen wir wieder.«

Damrongchai sah sich um. Er stellte sich in den Türrahmen des Autos, damit er über die Köpfe hinweg blicken konnte, aber er entdeckte die Rechtsmedizin nicht. Verena war noch nicht da.

Allerdings bestimmte der Chef der Spurensicherung, in seinem weißem Papieranzug und dem verschwitztem, rötlichen Gesicht, laut wie immer: »Alle weg hier.«

Seine tiefe Stimme durchdrang das Gemurmel.

Zwei weitere Papierraschelmänner rollten ein rot weißes Absperrband um den Tatort – oder vielleicht auch nur um die Unfallstelle. Ganz eindeutig war das noch nicht zu benennen.

Merten hielt seinen Dienstausweis in die Höhe und

bahnte sich einen Weg ohne Körperkontakt durch die Menge.

Damrongchai schloss die Autotür und folgte seinem Kollegen, der auf eine Kellnerin zusteuerte.

Merten legte sich sein Tablet auf den Arm für die Notizen und Damrongchai begann die Frau zu befragen.

Mit Jeanshose und Trachtenbluse bekleidet, nestelte sie an der Schnur, an welcher ihr Stift baumelte, während sie antwortete. »Natürlich kannte ich ihn, habe ihn auch schon im Alten Adler oft bedient. Er hatte mir mal sein Notfallset gezeigt. Das ist eine kleine Tasche mit Spritze und Asthmaspray drin. Das trug er in der Brusttasche seiner Arbeitshose. Die war schon ganz ausgebeult.«

Sie sah hinter die Absperrung zu dem toten Volker, dessen Gesicht und Körper zugedeckt auf dem Boden lagen.

Nachdenklich sprach sie weiter: »Heute war der irgendwie so komisch, so langsam«, suchte sie die richtige Beschreibung, »die paar Halbe Bier steckt der Volker normal weg wie nichts.« Schnell und hektisch erzählte sie weiter: »Die Biene hat ihm in den Finger gestochen. Er wollte seine Rechnung bezahlen und fasste in den Geldbeutel. Da muss sie drin gewesen sein. Er schrie und griff gleich in seine Tasche Da zog er aber nur mehrere Päckchen Papiertaschentücher heraus und nicht sein Notfallset . Als hätte die jemand mit Absicht reingetan, damit Volker nicht auffällt, dass seine Spritze gar nicht da ist.«

Sie blinzelte und nahm die Hand vor den Mund. Merten hatte alles notiert und sah kurz von seinem Bildschirm auf. Damrongchai fasste die Frau leicht an ihrem sehnigen Oberarm. »Möchten Sie woanders reden?«

»Nein, es geht schon.«

Er nickte leicht und sprach leiser als vorher.

»Wussten noch andere von der Allergie?«

»Er hat am Stammtisch allen erzählt, dass er eine Allergie hat, aber er hat nie darüber gesprochen, was genau geschieht, wenn er gestochen wird.«

»Davor hatte er wahrscheinlich Angst«, sagte plötzlich Verena hinter Damrongchai und berührte ihn an der Schulter.

Er drehte sich zu ihr um. Ihre kurzen, dunklen Haare glänzten in der Sonne. Ein leichtes, weißes Oberteil umspielte ihre schmalen Schultern. Auch bei dieser Hitze war sie perfekt angezogen. Sie war überhaupt perfekt.

Freudig überrascht rief er: »Da bist du ja.«

Dann erschrak er. So direkt und emotional wollte er das nicht gesagt haben, aber es war ihm rausgerutscht und sie sah ihn jetzt ganz anders an.

Das machte ihm Angst und er stellte schnell eine banale Frage: »Brauchst du Handschuhe? Merten hat welche.«

»Habe ich selbst, danke.« Sie stellte ihren Koffer ab, den sie für die medizinischen Untersuchungen der Leichen vor Ort benötigte, und beugte sich über den Toten.

Das Tuch, eigentlich nur eine Isolierfolie wie sie zur ersten Hilfe bei Unfällen genutzt wird, legte sie zur Seite.

Damrongchai blieb hinter ihr. Über ihre Schulter hinweg blickend, konnte er das Gesicht von Volker sehen, doch seine Züge waren nicht mehr erkennbar.

Die Schwellungen entstellten ihn. Die Haut war mit

Pusteln übersät. Seine Augen waren verdeckt von rötlichen Ödemen.

Verena öffnete seinen Mund. Sie sah in seinen Rachen und drückte die Zunge nach unten.

Eine Trachealkanüle war in einen Luftröhrenschnitt gesetzt worden, hatte aber offensichtlich nicht ausgereicht, um Volker zu retten.

»Alles komplett zu«, meinte sie und richtete sich auf, um den Notarzt zu begrüßen.

Er trug ein durchgeschwitztes weißes T-shirt und berichtete der Rechtsmedizinerin, was passiert war: »Die Frau dort hinten hatte schon mehrere Minuten Herzdruckmassage hinter sich, als wir kamen.«

Der Arzt wies mit der Hand zur Mauer, an der die Mutter mit ihrem Sohn und ihrem Mann lehnten. Der Mann hatte sie in den Arm genommen. Der Junge hatte den Kopf an ihre Schulter gelegt.

Der Arzt berichtete weiter:

»Wir haben Adrenalin gegeben, Antihistaminika H1 und H2, zwei Liter Volumengabe, Tracheotomie, Sauerstoff und Defi, dann Exitus 16:23 Uhr. Multiples Organversagen. War zu spät.«

Verena klopfte ihm seitlich an den Arm. »Mehr konnte nicht getan werden.«

Der Notarzt nickte und flüsterte fast: »Das ist nun Ihre Arbeit.«

Er wandte sich ab und verschwand grußlos.

Damrongchai hatte zugehört und fragte jetzt Verena:

»Hätte Volker überlebt, wenn der Arzt früher da gewesen wäre?«

»Das kann niemand sagen. Es kann sein, dass er ihn hätte retten können.« Sie fotografierte den Tatort und den Toten, wie er reglos dalag.

Dann winkte sie einem jungen Mann zu, der über die Masse herausragte und mit wippendem Schritt auf sie zu kam. Sein schwarzes Hemd trug er zugeknöpft. Damrongchai erkannte ihn als einen Mitarbeiter des Beerdigungsinstituts. Er und sein Kollege werden den Toten nach Tübingen in die Rechtsmedizin überführen.

Damrongchai legte seine Hand auf Verenas Unterarm.

»Hast du mal Zeit?«, fragte er.

»Was willst du noch wissen?« Sie hatte ihren Arm geschäftig weggezogen.

»Ob du mal Zeit hast?«, wiederholte er.

»Ach so, du meinst Zeit?«

»Ja, Zeit«

»Du kannst nachher zur Obduktion kommen.«

»Ich dachte da an was anderes.«

»Dann ruf mich an.« Sie zückte das Thermometer. »Ich muss jetzt endlich die Temperatur nehmen.«

Der junge Mann mit dem schwarzen Hemd hatte seinen Kollegen mitgebracht. Sie trugen einen Transportsarg.

Damrongchai verließ die eifrige Verena und ging zu Merten, dessen Stimme er gehört hatte.

Merten balancierte sein Tablet auf dem Unterarm und stand neben dem Grauhaarigen, dem der Appetit auf seine Haxe vergangen war.

»Sie kennen den Mann. Wie heißt er?«, fragte Merten.

»Das ist Volker Engels, der Biobauer, der hat drei kleine Kinder und bestimmt Schulden.«

»Wieso hat er Schulden?«, hakte Damrongchai nach, während Merten notierte.

Der ältere Mann gestikulierte mit seinen sehnigen Armen, um die Erklärung seiner These zu unterstützen.

»Die kommen doch alle nicht raus mit ihrem Bio. Außerdem trinkt er zu viel. Ich sehe ihn jedes Mal, wenn ich auch im Alten Adler bin.«

»Und das ist wie oft?« Merten sah einen Moment auf.

»Na ja, schon so drei, vier mal in der Woche. Wenn mal einer Geburtstag hat, auch mal öfter.« Der Grauhaarige rieb sich im Nacken und sah ein wenig schräg an Merten vorbei, dann ergänzte er noch: »Ich trinke zu Hause nie was, nicht dass Sie denken, ich wäre Alki.«

Doch Merten meinte nur: »Das zu beurteilen, steht mir nicht zu. Dürfte ich Ihren Personalausweis noch sehen?«

Der Graue suchte in seiner Hosentasche nach seinen Papieren.

Damrongchai überlegte, dass er sich über den Alkoholkonsum des Zeugen durchaus ein Urteil gebildet hatte. Aber so war Merten, diese Antwort, dieses sachliche Vorgehen.

Der Kleinbus des Beerdigungsinstituts fuhr langsam vorbei.

Es war nicht mehr so heiß. Die Sonne schien nicht mehr bis ins Tal.

Merten nahm die Personalien des Grauhaarigen auf und klemmte sich das Tablet unter den Arm.

Schweigend gingen sie zum Dienstwagen zurück.

Merten setzte sich auf die Beifahrerseite. »Hat Frau Dr. Simons noch etwas gesagt, was wir noch nicht wussten?«

Damrongchai startete den Motor.

»Nein, da war nichts Neues dabei.« Er hatte das abwertend gesagt und er wollte nicht, dass Merten bemerkte, worum es ihm wirklich ging, nämlich um sein Privatleben, darum, dass er nicht klar kam mit seinen Gefühlen.

Damit sein Kollege nicht allzu lange Zeit zum Nachdenken hatte, fragte Damrongchai schnell: »Wer sagt der Ehefrau, dass ihr Mann tot ist?«

»Ich schreibe mit.« Merten legte sein Tablet auf den Schoß und starrte auf den Bildschirm.

Damrongchai nickte nur. Diese Art von Gesprächen waren seine Aufgabe. Das konnte er, wenn schon das mit dem Privatleben nicht seine Stärke war.

Verena wollte keine Zeit für ihn haben. Er fühlte Schwere.

3

Rote Kindergummistiefel standen vor einer Scheune. Hühner rannten aufgescheucht und flatternd zur Seite, als der dunkle Dienstwagen auf den Hof einbog.

»So stellt man sich das vor, wenn man im Supermarkt Bio-Eier kauft.« Damrongchai parkte mitten auf dem gepflasterten Hof und machte den Motor aus.

An dem großen Scheunentor lehnte eine Mistgabel und hinten auf der Weide muhten Kühe.

Die Tiere standen unter knorrigen Birnbäumen, die ihnen Schatten spendeten und kauten das, von der andauernden Hitze, nicht mehr so saftige Gras.

Aus dem Stall kam ein Geruch, den manche mochten, Merten jedoch nicht. Davor stand eine mächtige Linde mit imposanter Blätterkrone.

Damrongchai und Merten gingen an einem bunten Bauerngarten vorbei. Grüne Bohnen schlängelten sich an Holzstäben nach oben.

Eine schlanke Frau mit grauen kurzen Haaren sah aus dem Fenster des Wohnhauses. Sie hatte ein kleines Kind auf dem Arm.

Damrongchai klopfte gegen die verwitterte Eingangstür, denn eine Klingel konnte er nicht finden. Auf dem Türsturz aus Rotsandstein war die Jahreszahl 1895 kaum noch leserlich eingemeißelt. Das sollte das Alter des Hauses zeigen.

Eine jüngere Frau mit Pferdeschwanz öffnete. Ein paar dunkelblonde, gewellte Haarsträhnen ließen sich nicht bändigen und umspielten ihr fast kindliches Gesicht. Sie hatte einen traurigen Zug um den Mund.

Für einen Moment dachte Damrongchai, sie wisse schon vom Tod ihres Mannes, aber dann erkannte er, dass die Traurigkeit auch eine Erschöpfung sein könnte, die schon seit Jahren anhielt.

»Sind Sie Daniela Engels?«, fragte er sanft.

»Ja.« Sie musterte ihn.

Das kannte er schon. Er sah nicht aus wie ein Kommissar. »Dürfen wir herein kommen? Wir sind von der Polizei.«

Wortlos lief sie voraus, über die blassgelben Fließen durch den schmalen Flur in die Küche. Hier standen noch auf einem großen Holztisch die Teller der Kinder. Ein paar Fliegen machten sich über die restlichen Nudeln her.

»Die Kleinen essen immer zuerst zu Mittag. Bis die Großen aus der Schule nach Hause kommen, wird es oft spät. Heute haben beide bis um vier Schule und die Busse fahren auch so lange bis sie hier draußen sind.«

Daniela räumte ein paar Teller zusammen. Ein Kind kam in die Küche.

»Ich will dir helfen«, sagte das Mädchen mit dem schmutzigen Kleidchen und ihre Mutter gab ihr einen Teller, den sie zum Spültisch trug.

Dann stand die große, fast magere Frau, die vorhin am Fenster war, im Türrahmen.

»Soll ich mit den Kleinen rausgehen? Die Herren möchten sicher in Ruhe mit Dir sprechen«, bot sie an und nickte Damrongchai und Merten zu. Sie stellte sich als Gisela Saumburg vor, die Mutter der Bäuerin.

Ihr Blick war besorgt und nach den Falten im Gesicht zu urteilen, war sie nicht gerade jetzt besorgt, sondern dauerhaft, wie auch die Traurigkeit im Gesicht ihrer Tochter einfach da war.

Das Kind, das sie vorhin auf dem Arm getragen hatte, war ein kleiner Junge. Er stand neben ihr, hielt sich an ihren Beinen fest und hatte den Daumen im Mund.

»Warum nicht? Ihr könntet die Großen von der Bushaltestelle abholen«, schlug die Mutter aufgesetzt lustig ihren kleinen Kindern vor.

»Nö, das ist langweilig.« Das Mädchen schob scheppernd den Teller in das für sie zu hohe Spülbecken. »Ich will zum Kälbchen.«

Der Junge, der bei der Oma stand, strahlte, ließ aber den Daumen trotzdem in seinem Mündchen. Eilig rannte er seiner Schwester hinterher.

Beide waren barfuss. Die Oma lief schnell und elegant den Flur entlang. Sie schloss leise die Haustür hinter sich.

»Ihre Mutter bewirtschaftete früher den Betrieb nicht, oder?« Das war das erste, was Merten gesagt hatte.

Selbstverständlich fiel ihm auf, dass die Großmutter, die so gepflegt aussah wie er, nicht in so einem geruchsintensiven Umfeld ihr Leben verbracht haben konnte.

Daniela Engels antwortete ihm nicht, sondern fragte:

»Können Sie mir endlich mal sagen, warum Sie hier sind? Ist er wieder betrunken gefahren und dieses Mal ist wirklich etwas passiert?«

Ihre Traurigkeit schwenkte dann doch kurz um in eine hilflose nervenzerreißende Verzweiflung. Sie setzte sich auf die geblümten Kissen der Eckbank Damrongchai gegenüber, der auf einem der klebrigen Kinderstühle Platz genommen hatte.

Er musste es ihr jetzt sagen. »Ihr Mann hatte einen anaphylaktischen Schock, den er nicht überlebte.«

Er sah ihr in die Augen, bis sie begriff, was er ausgesprochen hatte.

»Wieso? Wo war sein Notfallset? Das hat er immer dabei!« Sie war aufgesprungen und ihre Stimme überschlug sich.

Damrongchai versuchte ruhig zu reden.

»Kann es jemand genommen haben?«

»Sie meinen, jemand hat das geplant? Er wurde ermordet?«

»Das ist leider nicht auszuschließen, denn es war auch noch eine Biene in seinem Portemonnaie.«

Jetzt ließ sie den Tisch los und schlug die Hände vor Mund und Nase.

»Die Biene hat jemand versteckt. Das kann nicht anders sein. Mein Mann rennt schon, wenn er eine von den Viechern von Weitem hört. Und wo ist dieses verfluchte Notfallset?«

Sie hetzte los, raus aus der Küche, die Treppe nach oben in das moosgrüne Badezimmer.

Damrongchai und Merten waren ihr gefolgt. Aus einem hohen, schmalen Schrank, der hinter die Tür gequetscht stand, zog sie Handtücher, mehrere Quietsche-Entchen und angebrochene Shampoo-Flaschen heraus und warf sie auf den Boden.

Sie eilte weiter, an den Kommissaren vorbei.

Im Schlafzimmer riss sie die Kleidung aus dem alten Bauernschrank.

Dann lief sie wieder nach unten, durchsuchte im Flur die Jacken in allen Größen, die schon seit Wochen, bei diesem heißen Wetter, niemand mehr getragen hatte.

Dabei schrie sie immer wieder:

»Es ist weg!«

Im Wohnzimmer ließ sie sich auf das Sofa fallen und weinte.

»Er hatte das Set immer dabei. Er wusste um die Gefahr.« Schwer verständlich zwischen den Tränen presste sie die Worte heraus.

Damrongchai fragte: »Wäre es möglich, dass jemand hier im Haus war? Wo lässt Ihr Mann seinen Geldbeutel liegen, wenn er zu Hause ist?«

»Hier steht den ganzen Tag die Tür offen und oft ist niemand im Haus, die Kinder sind mit mir im Stall oder meine Mutter bringt sie zum Musikunterricht in die Stadt. Wir haben überhaupt keinen Schlüssel für unsere Tür.«

Sie schüttelte aufgeregt den Kopf. Es lösten sich noch mehr Strähnen aus den nach hinten gebundenen Haaren. »Jeder kann hier ein und aus gehen. Das ist kein Geheimnis. Das Portemonnaie liegt im Flur auf dem Schuhschrank und die Arbeitshose hängt daneben.«

Sie zog ein gebrauchtes Papiertaschentuch aus der abgeschnittenen Jeans, die sie trug, und wischte sich damit die vielen Tränen aus dem Gesicht. »Kann ich ihn sehen? Sie müssen mich nicht so betroffen ansehen, ich weiß, dass er entstellt sein wird.«

»Sie müssen ihn sogar identifizieren.« Damrongchai presste die Lippen zusammen.

»Wir bringen Sie hin«, sagte Merten stockend.

Die Mutter von Daniela Engels kam durch die Tür. Damrongchai sah durchs Fenster, wie draußen die Kinder auf einem großen Sandhaufen mit Schaufeln und bunten Förmchen spielten.

Ohne ein Wort zu sagen, ging Gisela Saumburg direkt zu ihrer Tochter. Sie umarmten sich. »Was ist denn passiert?«

Die große Frau strich ihrer Tochter leicht über die Wange. Bevor Daniela antworten konnte, schrie draußen der kleine Junge, als ob er den Schmerz seiner Mutter spüren könnte.

Die Oma wollte nach draußen eilen, aber das Kind patschte schon mit seinen Sandfüßen auf dem Wohnzimmerteppich.

Er weinte: »Maria hat mein Gebautes kaputt gemacht mit ihrem blöden Kuchen.«

Daniela nahm ihren Sohn auf den Arm und drückte ihn fest. Auch bei ihr liefen wieder Tränen. Dann gab sie das Kind ihrer Mutter.

»Es ist wegen Volker, ich muss mit den Polizisten mit.« Und nur mit den Lippen formte sie das Wort tot.

Gisela Saumburg war offensichtlich gewohnt die Contenance nicht zu verlieren, ihr Gesicht erinnerte an eine neutrale Maske, selbst die Besorgnis war weg, obwohl sie nun mehr als sonst angebracht gewesen wäre.

Sie starrte zu ihrer Tochter, ohne dass der Junge etwas davon bemerkte, und flüsterte:

»Wir sagen es den Kindern später, zusammen, wenn du wieder da bist.« Dann wandte sie sich dem Kleinen zu. »Die Mama muss mal weg fahren. Wir winken ihr nach und bauen dann im Sand eine lange Straße für deine Autos.«

»Tausend Kilometer lang?«

»Ja, bis nach Afrika.« Sie küsste auf die Wange.

Alle drei schaufelten schon wieder im Sand, als Merten vom Hof fuhr und in die Straße einbog.

Das Auto roch ein bisschen nach Stall. Die Bäuerin hatte sich umgezogen und ihre Haare hochgesteckt. Sie war eine hübsche Frau, wie ihre Mutter.

Schweigend sah sie aus dem Fenster.

Damrongchai freute sich auf Verena, hatte aber gleichzeitig Angst vor ihr. Trotzdem wollte er sie noch einmal fragen, ob sie mal ein paar Minuten Zeit für ihn hätte.

Den Fahrtwind ließ er sich durch einen Fensterspalt über das Gesicht streichen, als ob er seine Gedanken verdünnen könnte, mit Frischluft anreichern und dadurch alles leicht würde wie ein Hauch.

4

Merten hielt am Ortsschild von Tübingen an der Ampel. Links ragte erhöht die betongraue Uniklinik empor. Er setzte den Blinker und bog ab, als die Ampel grün zeigte.

Den Parkplatz, auf den Merten nun den Wagen abstellte, hatte Dam schon genutzt, als er noch seinen Opa in der Klinik besuchte. Sein Opa, der auf eigenen Wunsch entlassen wurde und zu Hause starb.

Dam brauchte sehr lange, um seiner Mutter zu verzeihen, dass sie nichts unternahm, sondern einfach die Entscheidung seines Großvaters akzeptiert hatte.

Kurz lächelte er, denn erinnerte er sich daran, wie er zusammen mit ihm in den Wald ging und sie Pilze sammelten.

Damals hatte er gedacht, sein Opa wäre allwissend und unsterblich.

Damrongchai und Merten begleiteten Daniela Engels über den Parkplatz und dann durch den langen Gang zur Rechtsmedizin. Ihr Schritte hallten an den Wänden wider. Der süßliche Geruch gepaart mit Formaldehyd intensivierte sich, je näher sie dem Ort kamen, in dem Leichen darauf warteten ihre Geschichten den Pathologen zu erzählen.

Merten klopfte an die verschlossene Stahltür. Er hatte Verena darüber informiert, dass die Ehefrau kommen würde.

Die Ärztin öffnete ihnen die Tür in den Obduktionssaal. Auf einem der Sektionstische lag, bedeckt mit einem chirurgengrünen Leintuch, der Körper von Volker Engels.

Die mutige Ehefrau ging selbst zu ihrem toten Mann und klappte das Tuch zurück, so dass sie seinen Oberkörper und sein Gesicht sehen konnte.

Die Rötung war verschwunden. Blass und aufgedunsen lag er vor ihr. Daniela atmete erschrocken ein, berührte ihn dann aber für einen Moment. Sie fuhr ihm mit der flachen Hand über das aufgeschwemmte Gesicht.

»Das ist mein Mann.« Sie ließ ihre Hand sinken und sah dann zu Merten. »Ich muss zu den Kindern.«

Sie schwankte und hielt sich kurz am Sektionstisch fest. Merten eilte zu ihr und unterstützte sie beim Hinausgehen.

Verena verabschiedete sich und schloss die Tür hinter ihnen.

Dann holte sie das Obduktionsbesteck aus einer Art Spülmaschine. Dampf stieg nach oben, als sie das Gerät öffnete. Sie trat einen Schritt zurück und stieß gegen Damrongchai, der ihr gefolgt war und hinter ihr stand.

Er fing sie auf und sah ihr von hinten ins Gesicht. »Ich nehme an, du hast seit vorhin nicht mehr Zeit?«

Verena lachte und schüttelte den Kopf. »Ich muss jetzt arbeiten. Ich ruf dich an.«

Sie löste sich aus seinen Händen.

Scheppernd hob sie das Sektionsbesteck heraus und stellte es auf einen Wagen. Sie legte die Skalpelle und Pinzetten einzeln auf ein Handtuch. Gedankenverloren zog sie Latexhandschuhe an und widmete sich jetzt dem Toten, der vor ihr lag. An seinem Kopf begann sie mit einer Pinzette die Augen zu öffnen und sich die Schleimhäute anzusehen.

Der Kommissar zog es vor zu gehen, bevor er noch mehr sehen musste als umgebogene Augenlider.

Verena schien ihn ohnehin vergessen zu haben.

Merten und Damrongchai hatten Daniela Engels nach Hause gebracht und fuhren jetzt weiter nach Oberhengstett zu Damrongchais Dachbodenwohnung im Haus seiner Oma.

Merten lenkte den Wagen die Schwarzwald-Serpentinen bergauf und überlegte:

»Wenn jemand das Notfallset entwendet hat, dann muss doch auch derjenige die Biene in das Portemonnaie gesetzt haben.«

Damrongchai sah aus dem Fenster. Links der Straße stieg der Wald steil an und rechts fiel das Gelände ab. Die Bäume wuchsen ungeachtet der Steigung oder des Gefälles in Richtung Himmel. »Wer hat denn Bienen? Imker haben doch Bienen. Oder sie fliegen einfach auf den Wiesen herum«, meinte Damrongchai.

Merten zog einen Mundwinkel zur Seite. »Das ist alles schwierig zu beweisen. Das Notfallset könnte sonst wer entwendet haben. Die Biene könnte auch zufällig im Geldbeutel gelandet sein.«

»Wir brauchen ein Motiv. Ich gehe heute Abend auf das Haxenfest.« Damrongchai gab dem Arm seines Kollegen einen Klaps.

Merten rümpfte die Nase über den Plan. »Wozu willst du dir das antun?«

»Die Leute, die auf Dorffeste gehen, kennen sich alle untereinander und wissen alles voneinander«, erklärte Damrongchai und er drehte sich kurz zu Merten.

»Sie glauben alles zu wissen«, formulierte dieser.

Damrongchai beobachtete wieder die Fauna.

»So kann ich das soziale Umfeld des toten Biobauern kennenlernen«, verteidigte er seinen Plan.

»Du mit deinen eigenwilligen Methoden. Aber wie du meinst. Ich sehe mir mal seine finanzielle Situation an«, plante Merten großzügig und hielt vor Oma Sofias Häuschen.

Die Stiefmütterchen im Garten ließen schon wieder ihre Köpfchen hängen und auch die essbaren Blüten der Kapuzinerkresse sahen welk aus. Jeden Abend goss Dam die Blumen, denn seine Oma schaffte das nicht bei der Hitze.

»Möchtest du noch reinkommen?«, fragte er höflich nach.

»Nein, danke, ich muss fahrtüchtig bleiben.«

»Du musst ja keinen ihrer Tees trinken.«

Aber Merten winkte ab. Er musste ins Büro, die Fakten sortieren. Damrongchai wusste das. Sein Kollege brauchte die Ordnung wie die Luft zum Atmen.

Er stieg aus und Merten brauste schnell davon.

Die Sonne funkelte durch die vielen Blätter der Birken neben der Kirche. Die Andeutung von Schatten tat gut. Bis zum Haus reichte er jedoch nicht.

Sofia hatte die Fensterläden geschlossen, um die Hitze nicht herein zu lassen. Nachts machte sie die Fenster auf und ließ die kühle Frische des Schwarzwalds an ihrem Bett vorbeiziehen.

Dam ging über die Hofeinfahrt. Der Asphalt brannte schwarz und unerbittlich zurück. Er beeilte sich, ins Haus zu kommen. Kühle kam ihm entgegen und schnell schloss er die Haustür hinter sich.

Sofia saß in der Küche vor einer Kanne kalten Tees und las im Schwarzwälder Boten.

»Kommst du schon?« Sie lachte ihn an und er beugte sich über sie, nahm sie kurz in den Arm. Klein und weich und zerbrechlich fühlte sie sich an.

Damrongchai holte sich ein Glas Wasser. Er trank grundsätzlich nicht von ihren Tees.

»Bevor ich es vergesse«, sagte Sofia, »die Cannabisaussaat muss dieses Jahr nun doch noch mal auf den Dachboden.«

Dam sah seine Großmutter an. Die kleine Frau war der festen Überzeugung, dass Cannabis besser war für sie als jedes Schmerzmittel, das sie gegen Ihre Rheumabeschwerden jemals eingenommen hatte.

»Das habe ich mir schon gedacht«, sagte er.

Er hatte sein Glas leer getrunken und ließ noch mehr Wasser aus dem Hahn hineinlaufen.

»Die Verhandlung für die Erlaubnis zum Selbstanbau zieht sich mehr in die Länge, als ich dachte«, klagte sie und klappte die Todesanzeigen der Zeitung zu.

»Damit kommst du nie durch« versuchte Dam, seine Großmutter zu überzeugen. »Für Rheuma gibt es tausend andere Mittel.« Er lehnte am Spülbecken, das seit Jahrzehnten immer gleich stählern glänzte. »Aber wie du meinst, dein Anwaltsfreund verlangt ja wenigstens nichts. Hat er dich schon über die Kosten für das Gericht aufgeklärt?«

»Papperlapapp, wenn man immer den Misserfolg sieht, kann man sich gleich aufhängen«, stellte Sofia klar und rieb sich die Nasenwurzel, dass ihre Brille dabei tanzte.

Er seufzte über den aus seiner Sicht sinnlosen Optimismus seiner Großmutter und stellte sein leeres Glas in die Spüle. »Heute Abend gehe ich auf das Haxenfest.«

»Da bist du doch noch nie hin?«, wunderte sie sich.

»Es ist wegen eines Falls. Ein Mann wurde von einer Biene gestochen, die wahrscheinlich jemand in seinen Geldbeutel versteckt hatte. Er ist an der allergischen Reaktion gestorben, die er nicht abfangen konnte, weil sein Notfallset nicht in der Hosentasche war.«

»Ein schrecklicher Tod.« Sie blinzelte mit ihren grauen Augen. »Das muss doch ein Imker gewesen sein, ich sehe kaum noch Bienen an den Blumen. Alle Insekten werden immer weniger wegen des vielen Gifts, das sie auf die Felder sprühen.«

In ihrem Rasenstück hatte sie schon immer einen Teil für Wildblumen ungemäht gelassen und Dam erinnerte sich an das Brummseln im Sommer, wenn Oma Sofia und seine Mutter im Garten Kuchen aßen und er mit Opa spielte. Das war als sie alle noch im Haus wohnten. Dieses Geräusch hatte er so intensiv schon lange nicht mehr gehört.

Dam griff nach der Zeitung und blätterte. Dabei stieß er auf die Wohnungsannoncen.

Seine Oma sah zu ihm rüber. »Willst du ausziehen?«

»Vielleicht. Jetzt wo ich mein Quartier wieder mit der nächsten Generation Cannabis teilen muss.«

»Das ist so oder so kein Zustand auf Dauer. Du solltest

zu der netten Rechtsmedizinerin ziehen!« Sofias Gesicht erhellte sich.

Dam räusperte sich, als hätte er etwas geschluckt, das er hätte ausspucken sollen. In den Zeitungsannoncen las er:

Vegane WG sucht ebensolchen Mitbewohner

Außer der Wohngemeinschaft war noch eine Altbauwohnung in der Calwer Innenstadt ausgeschrieben, mit zwei Zimmern, hohen Decken und einer Einbauküche.

In dieser Wohnung wäre er allein. Er könnte sich schön einrichten und Verena einladen. Sein Leben würde sich verändern.

»Steht was drin?«, fragte Sofia. Sie zog die Zeitung zu sich und überflog die Anzeigen. »Vegane WG«, las sie vor. »Da passt du doch hin. Das sind doch Leute, die nichts von Tieren nehmen. Du mochtest doch schon immer Tiere. Als Kind hast du immer aufgepasst, dass ich im Garten keine Regenwürmer zerhacke und hast sie weggetragen ins Gras. Ruf doch da mal bei denen an.«

Sie schob ihm ihr Telefon zu, das sie meist auf dem Tisch liegen hatte.

»Nein, auf keinen Fall. Wer weiß, welche Pflanzen die in mein Zimmer stellen.« Dam schüttelte den Kopf und tippte die Nummer der schicken Altbauwohnung.

»Gansl.« Die Stimme war kratzig und ein Pferd schnaubte im Hintergrund. Die Frau schien es wegzuschieben, denn Dam hörte ihr angestrengtes Ächzen.

»Hägle, ich rufe an wegen der Zwei-Zimmer-Wohnung.« Er brüllte ein wenig, weil er sich nicht sicher war, ob das Pferd sie gerade umwarf und sie den Hörer nicht am Ohr hatte.

Aber sie antwortete angemessen:

»Wollen Sie die Wohnung ansehen? Morgen können wir uns treffen, auf dem Marktplatz, neben dem Geburthaus von Hermann Hesse.«

Er verabredete sich mit der Besitzerin seiner möglichen zukünftigen Wohnung für morgen Mittag und legte auf.

Zu Sofia sagte er:

»Ich werde dich auf dem Laufenden halten.«

Sie zog die Augenbrauen kritisch nach oben, so dass er wusste, wie wenig sie seinen Worten traute.

Das verstand er gut und um sich nicht weiter darüber unterhalten zu müssen, ging er die Treppe nach oben, auf den Dachboden, wo er sich durch die Pflanzkübel mit dem sprossenden Cannabispflänzchen schlängelte.

Aus einem Karton zog er einen Comic und ließ sich auf sein Bett fallen. Er blätterte in den bunten Bildern, legte das Heft dann aber weg und setzte sich auf.

Das mit Verena konnte er vergessen, zusammen ziehen, Oma Sofia war lustig. Was dachte sie sich nur? Verena fand ihre Leichen in der Rechtsmedizin attraktiver als ihn.

Ihn wollte sie nicht mal sehen.

5

Dam holperte mit dem alten Rad seines Opas durch den Wald über die Baumwurzeln, die bis in den Weg reichten.

Durch das Nadelgehölz riskierte er einen Blick auf das alte Kneippbecken. Wie immer lag es ruhig und versteckt auf seiner kleinen Lichtung.

Das Fahrrad wog schwer und Dam war froh, dass es bergab ging, vergaß aber nicht, dass die Heimfahrt anstrengend wird.

Trotzdem genoss er die Fahrt. Der Wind kitzelte kühl an seinen Armen. Die Tannen würzten die Luft.

Es wurde steiler und Dam reduzierte seine Geschwindigkeit. Er spürte die Schläge gegen die Handgelenke, verursacht durch die Schlaglöcher.

Als der Wald endete säumten ausladende Büsche den ab hier gekiesten Weg, der deutlich flacher wurde.

Dam nahm einen kleinen Schatten wahr und erschrak.

Hastig riss er den Lenker herum. Das Fahrrad kam ins Schleudern, aber er schaffte es wieder in die Spur zu kommen. Er bremste scharf. Kiesel sprangen zur Seite. Die Reifen schürften über den Boden.

Er sprang vom Sattel. Seine Füße kamen stampfend auf der Erde auf. Froh über die Stabilität drehte er sich nach hinten.

Dam war einem Igel ausgewichen. Das kleine Tier schnupperte in die Luft, als wäre nichts geschehen. Seine Stacheln wirkten weich und schimmerten glänzend wie ein Fell, nicht wie eine Rüstung. Mit seinen kurzen Beinchen nahm er seinen Weg zu den Gärten am Ortsrand wieder auf. Dam sah dem Igel nach, wie er in einer Hecke neben einem Komposthaufen verschwand und erfreute sich an dem niedlichen Tier.

Schweren Herzens schwang sich der Kommissar wieder auf sein Rad. Das letzte Stück fuhr er bis zur Straße am Ortseingang von Unterreichenbach, wo er schon das Timbre eines Alleinunterhalters, untermalt von seiner Digitalorgel und deren Rhythmus-Programmen, durch das Tal schallen hörte.

Die ersten Bierbänke entdeckte Dam am Schulgebäude.

Die Bänke waren nicht voll besetzt. Eine Frau mit geblümter Hose, deren Gesäß die orangefarbene Sitzfläche überlappte, lachte nur gedämpft trotz des Schorles rotsauer, das vor ihr stand.

Der tote Volker Engels schien nicht spurlos an den Festgästen vorbei gegangen zu sein. Erstaunlich, dass die Organisatoren die Veranstaltung nicht abgesagt hatten, überlegte Damrongchai.

Er ließ sein Fahrrad bis zur Hauptstraße herunterrollen, die parallel zum Fluss verlief. Hier stieg er ab und schob sein Gefährt durch die Fußgängergruppen, die noch ihren Platz für heute Abend suchten oder auch nur kurz über das Festgelände schlendern wollten.

Auf dem Spielplatz vor dem Feuerwehrhaus hangelten sich zwei Mädchen mit kurzen Hosen an einem Klettergerüst in die Höhe. Ein drittes Mädchen wartete oben auf einer Plattform, die einem Piratenschiff nachempfunden war, auf die anderen beiden. Ihre langen glatten Haare hingen nach vorn über ihr Gesicht, als sie über ein Geländer gebeugt nach unten sah. Sie lachte laut und rief: »Schneller.«

Hinter diesem Spielplatz hatten Jugendliche sich in einem Zelt einen Club eingerichtet. Die Musik, die heraus stampfte schlug deutlich schneller als das Herz des Kommissars. Schwarzlicht illuminierte das Zelt und es wäre nicht verwunderlich gewesen, wenn es wie ein Ufo abgehoben hätte und im All verschwunden wäre.

Damrongchai schob das Rad noch bis zur Brücke, wo er es an ein Geländer aus Stahlträgern lehnte. Er sah auf den langsam dahin gleitenden Fluss. In der glatten Wasseroberfläche spiegelten sich die Lichter entlang der Hochwassermauer.

Der Wasserstand war zu niedrig für die Flöße aus Baumstämmen, die letztes Jahr beim Talhubenfest stromabwärts getrieben waren, jeweils bemannt mit einem Flößer in hohen Stiefeln. Die Männer stießen ihre historisch nachgebauten Wasserfahrzeuge mit imposanten Holzstangen vom Ufer ab, damit sie nicht kenterten oder sich auf der Nagold verkanteten. Dam hatte mit seiner Oma Sofia auch auf der Brücke gestanden und hinuntergeblickt.

Normalerweise konnte Sofia nicht so lange stehen, aber es hatte ihr so gut gefallen, das Spektakel der aufgeregten Flößer zu beobachten, dass sie durchgehalten hatte.

Das war eine schöne Erinnerung, aber Damrongchai musste zurück in die Gegenwart, die ihm weniger gefiel. Er sah über das Rinnsal hinweg auf das Geschehen hinter der Mauer.

Gleich vorne am ersten Haxenstand war Volker Engels gelegen, tot, gestorben an ein bisschen Bienengift, das sich manche Rheumatiker unter die Haut spritzen ließen zur besseren Durchblutung. Das Gift eines kleinen Insekts, das für die meisten Menschen erst in hundertfacher Dosis tödlich wirkte.

Damrongchai machte sich auf den Weg zum Tatort. Dass es ein Unfall war, glaubte er nicht mehr. Die Biene im Portemonnaie und das Notfallset auch noch weg. Das waren zu viel Zufälle.

Die Absperrung war weg. Die Spurensicherung hatte ihre Arbeit erledigt. Am Haxenstand glühten die Heizstäbe noch immer vor den Schweinebeinen. Das Personal hatte gewechselt und Damrongchai bestellte sich ein Bier bei einer Frau, denselben Geldbeutel an der Hüfte trug, wie die Kellnerin von der frühen Schicht.

»Wo soll ich es hinbringen?«, fragte sie.

Er suchte über die Bankreihen und zeigte dann auf eine Lücke, an jenem Tisch, an dem Volker Engels gesessen hatte.

Am Platz waren auch die Trinker ausgewechselt.

»Ist da noch frei?«, fragte er in die Runde von drei Männern und einer Frau, die sich gerade eine Zigarette drehte.

Die Frau befeuchtete mit der Zunge das Blättchen, klebte sie kunstvoll zusammen und zeigte mit der fertigen Zigarette auf Volkers Platz, auf den sich Damrongchai dann niederließ.

Seine Mutter meinte immer, die Energie eines Verstorbenen sei oft noch eine Weile dort, wo er starb. Somit würde Damrongchai in der Energie sitzen, in gewisser Weise im Gespenst von Volker Engels. Was für ein Unsinn, dachte er und winkte die Frau mit dem Bier zu sich.

Sie stellte das schwere Glas mit Henkel vor ihm ab und fragte erstaunlich schüchtern:

»Sind Sie nicht der Kommissar? Die Tina hat mir erzählt, dass, also, hat sie so beschrieben.«

»Asiatisch?« Das war klar, dass er nicht unerkannt bleiben würde und im Grunde war es auch egal.

Angetrunken erzählten die Leute gerne und erzählten auch jedem, was sie zu sagen hatten.

Die Kellnerin ging nicht weiter auf Damrongchais Aussehen ein, sondern wechselte zum zentralen Thema.

»Der arme Volker, das ist so furchtbar.«

»Kannten Sie ihn auch?«, fragte Damrongchai nach.

»Ja, ich bediene sonst auch im Alten Adler. Von dort kenne ich ihn. Wie haben es denn die Kinder und seine Ehefrau aufgenommen?«

Die Frau mit der Zigarette hustete und fiel dann ins Wort: »Das ist doch unvorstellbar, was da geschehen ist. Aber wieso ermittelt denn die Polizei? War das Mord? Das war doch ein Unglück mit der Biene.«

»Das müssen wir heraus finden.« Damrongchai zuckte möglichst unschuldig mit den Schultern und versuchte es dann emotional. »Ist es nicht seltsam hier zu sitzen, an dem Platz, an dem vor ein paar Stunden jemand gestorben ist?«

Sie nippte ihr Schorle aus einem Henkelglas. »Na ja, mein Mann wollte unbedingt auf das Fest gehen.«

Sie wies mit dem Daumen auf ihren Mann, eine Art Bär, der nun aufmerksam wurde. »Du sitzt doch sogar auf seinem Platz. Da ist auch nichts anders, als sonst, oder?«

Die schmächtige Ehefrau zündete sich ihre Zigarette an und blinzelte in den Rauch. So ganz war sie nicht im Gleichklang mit ihrem Mann. »Na ja, ich hab es auch noch gesagt, aber er meint ja, vor den Toten braucht man keine Angst zu haben, nur vor den Lebenden.«

Der Bär zog die Augenbrauen hoch und nickte dazu. Dann schüttelte er mit dem Finger in Damrongchais Richtung.

»Also, wenn Ihr glaubt, dass es Mord sei, dann hat ja jemand die Biene in den Geldbeutel gesteckt. Dann müsst Ihr nur überlegen, wer Bienen hat und schon ist darunter der Täter. Imker gibt es kaum noch. Mit Bienen muss man sich auch auskennen, sonst zerquetscht man die, wenn man sie in einen Geldbeutel steckt.«

Auch Damrongchai zog die Augenbrauen hoch und nickte.

»Das ist ein guter Tipp«, sagte er zu ihm, obwohl er das mit Merten schon längst besprochen hatte, »aber er oder sie könnte auch einfach eine Biene gefangen haben. Gelegentlich findet man ja doch noch welche auf einem Obstbaum oder einer Blumenwiese.« Er prostete dem Mann zu und fragte noch: »Kennst du Imker hier in der Gegend?«

Seine Frau lachte heiser Zigarettenrauch, was in einen kurzen Husten mündete, dann sagte sie:

»Also ich sehe bloß noch Schmeißfliegen, keine Bienen, keine Schmetterlinge. Ich wüsste nicht, wo ich da eine hätte fangen können diesen Sommer.« Sie zeigte mit dem Glas auf Damrongchai und redete weiter: »Aber der Albin Rathfelder, der ist Imker. Der spinnt komplett. Er verkauft den Honig gar nicht. Das ist so ein Tierschützer.«

Sie biss in die Haxe, die ihr Mann vor sich stehen hatte, und kaute mit fettglänzenden Lippen.

Der Bär zog sein Essen zu sich und sagte zu ihr mit vollem Mund:

»Wann warst du denn das letzte mal in der Natur?« Das war weniger eine Frage als ein Vorwurf und er klagte sie weiter an: »Komm jetzt nicht mit der Maiwanderung. Da hast du mit deiner Freundin geraucht wie ein Brikettofen. Da traut sich keine Biene in die Nähe.«

Der Ehemann wedelte vor seiner Nase, um den Zigarettenrauch zu vertreiben, den sie ihm mutwillig ins Gesicht geblasen hatte. Ihre Sucht schien wohl öfter Gegenstand der ehelichen Unterhaltung zu sein.

Die Züge der Ehefrau hatten sich verhärtet und sie konterte: »Du schlägst ja alles tot, was sich dir nähert, egal ob Biene oder Fliege.«

»Ich kann das Krabbelzeug nicht leiden«, meinte er überzeugt von seinem Argument.

»Vielleicht können die Insekten dich ja auch nicht leiden?« Sie hatte es nicht ausgesprochen, doch ihre Mundwinkel, ihre Falte über der Nasenwurzel, ihre eng überschlagenen Beine, ihre ganze Körpersprache schrie es heraus, dass sie sich der Meinung der Insekten über ihren Mann anschloss.

Der Bär blies Luft heraus. Damrongchai stellte eine Rötung von Nase und Wangen des Ehemanns fest, der schnaubte:

»Dann geh doch zu den Tierschutz-Aktivisten auf dem alten Hof in Unterkulmbach oder gleich zum Albin, wenn du so tierfreundlich bist. Da kannst du nicht von der Haxe abbeißen. Da kannst du zusammen mit den Kühen auf der Weide Gras fressen.«

Die Frau blitzte ihren Ehegatten mit geröteten Augen an.

Der Kommissar erinnerte sich an die Wohnungsannonce der veganen WG und vermutete die Aktivisten dahinter. Der Zeitpunkt schien ihm günstig sich in den Ehestreit einzumischen, um die gewonnene Information zu vertiefen. »Wohnen die Aktivisten bei Imker Albin?«

Der Disput umgab noch wie eine grüne Wolke das Ehepaar und der Mann antwortete mit dunkler Stimme:

»Nein, der Albin Rathfelder wohnt zwar auch in Unterkulmbach wie die Tierschützer-Spinner, aber ganz alleine in dem alten Häuschen von seiner Mutter. Der hat kein Geld. Einer von den Politischen allerdings hat einen alten Bauernhof ersteigert und wohnt jetzt mit zwei anderen da drin. Das sind alles Vegetarier. Die Kühe hat er mit ersteigert, aber sie brachten sie zu irgend einem Gnadenhof, obwohl die noch Milch gaben.« Er machte eine Wischbewegung mit der flachen Hand vor dem Gesicht, um anzudeuten, dass die Tierschützer geistig nicht auf der Höhe waren. Dann fügte er noch an: »Da hängt immer eine Flagge aus dem Fenster, Schwarz-Grün mit Anti-irgendwas-ismus.«

Der Nebensitzer des Bärs erhob von hinten das erste Mal die Stimme. Damrongchai hatte ihn vorher hinter dem wuchtigen Nachbarn kaum gesehen.

»Das werden halt auch Linke sein«, hickste der Nebensitzer. Sein Kopf schwankte hin und her.

Die Frau wies mit der Zigarette zwischen den Fingern zu Damrongchai und drehte sich weg von ihrem Mann. Sie war offensichtlich nicht bereit, so schnell über den, aus dem Ruder gelaufenen, ehelichen Disput hinwegzugehen.

Aufgeregt warf sie ein: »Nein, nein, nein. In den Flaggenfarben ist Grün dabei. Am Ende sind das Islamisten. Die haben doch immer Grün. Ich war schon mal in Dubai.«

»Sie meinen arabische Fahnen?«, hakte Damrongchai nach.

Er hatte sein Bier ausgetrunken. Die Kellnerin lief gerade vorbei und stellte ihm ungefragt ein Neues auf den Tisch. Offensichtlich hatte sie die wesentlichen Brocken aus dem vorangegangenen Gespräch, während des Bedienens aufgeschnappt, denn sie blieb kurz stehen und warf ein:

»Die jungen Leute, die den alten Bauernhof ersteigert haben, sind doch Tierschützer. Die leben vegan.«

Sie eilte weiter, die Sitzplätze hatten sich gefüllt.

»Ja, wie der Imker in seinem Hexenhaus«, lallte der Bär, der inzwischen auch zu viel getrunken hatte.

»Honig ist nicht vegan.« Damrongchai empfand seine eigene Stimme als laut. Irgendwas störte ihn an dem Gespräch und machte ihn aggressiv.

»Was soll denn an Honig so schlimm sein? Die spinnen doch. Die Bienen dürfen doch rumfliegen und ihrem Instinkt folgen«, rief der Kleine von hinter dem Bär hervor.

Sein Kopf wackelte noch immer und dazu zog er jetzt die Augenbrauen weit nach hinten, als ob ihm sonst die Augen zufallen würden.

Der Kommissar winkte nach einem neuen Bier, obwohl er sein Zweites noch nicht einmal angerührt hatte, dann sprach er wieder laut: »Ich habe da mal einen Bericht gesehen. Zum einen werden die Bienen genauso mit Antibiotika vollgepumpt wie die anderen Massenhaltungstiere und zum anderen haben sie oft Transportstress, weil sie wegen der wirtschaftlichen Effizienz zu verschiedenen Monokulturen mit Blüten gefahren werden, zum Beispiel zu Obstplantagen oder Mandelbäumen. Der Königin werden die Flügel gestutzt und nach einem Jahr wird sie getötet, weil sie weniger Eier legt als eine jüngere Biene.«

Die Frau stieß ihren gerade inhalierten Rauch aus.

»Na ja, das sind Insekten. Man kann es auch übertreiben«, meinte sie, doch Damrongchai wandte ein:

»Insekten sind auch Lebewesen. Letztlich geben sie ihren hochwertigen Honig gegen ein bisschen Zuckerwasser her.«

Er blickte in die Runde und hatte nun jegliche Aufmerksamkeit verloren. Alle starrten an ihm vorbei, zu etwas, das hinter ihm lag. Damrongchai drehte sich um.

Auf einer kleinen Bühne hatte sich eine Band aus fünf älteren Herren versammelt.

Der Gittarist stand links außen und auf seiner glänzenden, blauen Gitarre konnte Damrongchai im grellen Scheinwerferlicht Fingerabdrücke erkennen. Die Oberfläche des Instruments glich den Glastüren eines Kindergartens.

Tiefe, verzerrte Laute schallten von der Bassgitarre. Sie hatte einen etwas längeren Hals, als die andere Gitarre, was sich in der Statur des Bassisten wiederholte. Annähernd zwei Meter groß stand er direkt neben dem Schlagzeuger, der zu zwei Dritteln von seinem Instrument verdeckt wurde und mit einem kurzen Trommellauf auf den Bass antwortete.

Der Rhythmusgeber der Band hatte als einziger kurze Haare. Die anderen trugen graue Zöpfe, mehr oder weniger licht am Oberkopf und spröde in den Spitzen.

Der Sänger streckte mit geballter Faust den Arm über das Publikum und schrie in sein Mikrofon:

»Hallo, Unterreichenbach!«

Dann zeigte er auf den Gitarristen und das Riff von -Smoke on the water- kreischte in Damrongchais Gesicht.

Die betrunkenen Männer erhoben sich von der Bierbank und verließen, den langweilig gewordenen Tisch.

Die Frau kreischte zum Gitarristen zurück und erhob ebenfalls die Faust.

»Komm, wir tanzen, mein Mann steht immer nur rum wie ein Opferstock«, rief sie Damrongchai zu und griff nach seiner Hand, wurde aber zum Glück abgelenkt.

Vermutlich hatte sie ihre Freundin von der Wanderung getroffen, denn plötzlich lief sie, mit einer Altersgenossin untergehakt, laut lachend bis zur Bühne.

Damrongchai überlegte, dass er nun auch gehen könnte, denn morgen liefen schließlich die Ermittlungen weiter und hier hatte er genug erfahren oder auch gar nichts.

Er zahlte und ließ die unberührten Getränke zurück, als er die Energie von Volker Engels verließ.

Damrongchai kam an seinen Gesprächspartnern ungesehen vorbei. Sie umklammerten ihre Gläsern und starrten auf die Bühne zu den älteren Herren.

Die Frau des Bären tanzte exaltiert mit glühender Zigarette und streifte fast jemanden am Arm.

An der Lautsprecherbox hielt sich Damrongchai die Ohren zu. Der Trommler spielte eine andere Geschwindigkeit als der Rest der Band und auch der Sänger war nicht ganz in der Tonlage, aber das störte weder die Musiker noch das Publikum.

Damrongchai hatte, die in Musik gehüllten Menschen, schon fast hinter sich gelassen. Er sah schon sein Fahrrad und spürte wieder mehr Ruhe in sich fließen, als er über Karin regelrecht stolperte. Er hatte ihre langen Beine übersehen.

»Dam, wo kommst du denn her?«, rief sie erfreut.

Sie stand an das Geländer gelehnt. Von der Brücke hatte sie das Fest beobachtet.

Zur Begrüßung nahm sie ihn in den Arm. Seine Freundin aus der Schule, mit der er fast jeden Nachmittag verbracht hatte. Sie half ihm, wenn Achim gemein war. Sie hatte mit ihm im Kneippbecken getaucht, an dem er vorhin vorbei gefahren war, nur um Achim eins auszuwischen.

Dam drückte Karin fest an sich. Wie lange hatte er sie nicht gesehen? Er wusste es nicht, aber es fühlte sich an, als hätten sie sich nie getrennt.

Es mussten Minuten gewesen sein, bis er sie wieder losließ. Mit den Händen umfasste er ihre Unterarme und antwortete:

»Ich wohne wieder auf dem Dachboden meiner Oma.«

Vor ihr konnte er das einfach so sagen, vor ihr musste er sich nicht verstecken, den Kommissar spielen, den erwachsenen Mann, der mitten im Leben stand.

»Bei deiner Oma..«, ihre Augen glitzerten. »Geht es ihr gut?«

»Meistens. Sie hat Rheuma, aber nimmt Drogen dagegen.«

Er musste lachen und sie stimmte ein, lachte ihr klares, ausdauerndes Lachen, das er so gut kannte und doch war da etwas in ihren Augen, ein Schleier, der die Freude trübte.

Sie ließ ihm aber keine Gelegenheit nachzufragen, sondern wollte noch mehr von ihm wissen:

»Was soll das heißen, du bist wieder hier?«

Er nahm einen Schluck aus ihrer Bierflasche, die sie auf das blaue Geländer gestellt hatte und erzählte:

»Nachdem mein Opa gestorben war, bin ich nach Frankfurt gezogen. Da warst du schon weg.«

Ihre Eltern hatten gewollt, dass sie wegen ihrer schlechten Zensuren in das Taxiunternehmen mit einsteigen sollte. Nach einem schlimmen Streit zog sie über Nacht von zu Hause aus. Seitdem hatte er nichts mehr von ihr gehört. Die ganzen Jahre meldete sie sich nicht und er hatte nicht gewusst, wo sie gesteckt hatte.

Karin trug die Haare länger. Sie wirkte zarter, nicht mehr ganz so wild wie damals. Es schien, als habe sie ihre Unerschrockenheit eingebüßt von Ereignissen in ihrem Leben, von denen er nichts wusste, nichts wissen konnte.

»Dein Opa ist schon so früh gestorben?« Sie war erschrocken. »Er und deine Oma waren so nett und deine Mutter war immer cool. Auf dem Dachboden mit deinen Comics fühlte ich mich unverletzbar und sicher. Ich wollte immer bei dir einziehen.«

Sie lächelte und sah ihn an. Ihre Eltern hatten sich immer gestritten. Karin hatte sich zu Hause nie wohl gefühlt. Oft waren sie zusammen hoch auf den Dachboden geklettert. Er hatte sie eingeladen in sein Reich ohne Angst, das er auch selbst oft genutzt hatte bei Streit mit seiner Mutter oder wenn die anderen Kinder ihn wieder geärgert hatten.

»Warst du schon bei deinen Eltern?«, fragte er sie.

Ihr Gesichtsausdruck veränderte sich. Die Freude verschwand wie ein scheues Vögelchen und ein schwarzer Rabe landete auf ihrer Schulter. Ein Rabe, der aus seinen Federn Melancholie schüttelte.

Karin rieb sich über das Gesicht. »Ich wohne gerade bei Ihnen. Sie streiten sich immer noch über das Taxiunternehmen, das überhaupt nicht mehr existiert. Es geht immer noch darum, dass meine Mutter meinem Vater vorhält, dass er ihr das Leben zur Hölle gemacht hat und er wirft wiederum ihr vor, dass sie unzuverlässig im Unternehmen war. Er gibt ihr die Schuld, dass sie pleite gegangen sind.«

Er sah sie mitleidig an und meinte:

»Aber du musst doch da nicht bleiben.«

Das Gesagte verhallte. Ein paar Passanten kamen vorbei, die vorzeitig das Fest verließen und zu ihren Autos auf dem Waldparkplatz schlenderten. Einer sang, zusammen mit der entfernten Band, ›We are the champions‹. Die anderen klagten über ihre Arbeitsstellen.

Karin sah auf den Fluss und erzählte:

»Irgendwie habe ich die ganze Zeit nur Unsinn gemacht. Jede Chance, die mir jemand geboten hat, habe ich nicht genutzt. Ich bin von einem Gelegenheitsjob zum Nächsten.«

»Das war doch immer dein Leben, alle Entscheidungen offen lassen. Wieso hast du daran plötzlich Zweifel?«

Dam umfasste ihre Schultern, aber der Rabe blieb sitzen.

»Die Entscheidungen lasse ich mir doch nur offen, weil ich Angst vor den Konsequenzen habe. Einmal habe ich mich festgelegt und es war falsch.« Sie stockte einen Moment, bevor sie weiter sprach: »Ich war endlich so richtig verliebt und alles war so anders dieses Mal. Er war so frei und spontan. Das gefiel mir. Wir sind zusammen gezogen, aber ab diesem Moment wurde er immer engstirniger. Ich sollte jeden Sonntag mit zu seinen Eltern zum Essen. Er wollte kaum noch raus, sondern verkroch sich in der Wohnung. Wenn ich unterwegs war, wurde er eifersüchtig.«

»Nach dem Zusammenziehen veränderte sich alles?«

Dam machte diese Aussage Angst. Er dachte an Verena in der Rechtsmedizin und an Oma Sofia, die das Thema -gemeinsam Wohnen- so unsensibel angesprochen hatte.

Er räusperte sich.

Sie drehte sich zu ihm. »Was wirst du denn so blass? Kein Wunder bei dem Zeug, was ich dir erzähle.« So gut es ging, verscheuchte sie selbst den Raben von ihrer Schulter und griff Dam mit ihren schlanken Händen ins unasiatische Wuschelhaar, das er von seiner Mutter hatte, zusammen mit dem Rotstich im Blauschwarz. »Ich bin froh, dich endlich wiederzusehen. Wir müssen uns öfter treffen«, sagte sie weich.

Dam freute sich, wusste aber, dass sie zu unzuverlässig war für solche Planungen und dass er zu wenig Zeit hatte.

Sie schwiegen einen Moment, dann fragte sie:

»Und was hast du gemacht? Klaust du eigentlich noch im Supermarkt?«

»Ja, mach ich. Deswegen wurde ich auch von Frankfurt zurück nach Calw versetzt.« Er zuckte mit den Schultern.

Ein älteres Paar ging zügig vorbei. Sie sah mit erhobenem Kinn geradeaus. Er schwankte leicht und lächelte vor sich hin.

Dam redete weiter: »Ich bin wegen des toten Bauern hier auf dem Fest. Ich hatte zuerst befürchtet, sie würden es absagen, aber es sind wohl noch zu viel Haxen übrig.«

»Du klärst Morde auf?« Sie hatte wohl schon von dem toten Volker Engels gehört, aber das Ereignis verblüffte sie weitaus weniger als der Werdegang ihres alten Freundes und sie erstaunte sich weiter: »Verrückt, ich hatte immer gedacht, dass du ein Gesetzloser wirst, jetzt bist du der Sheriff. Wieso bist du zur Polizei?«

So lange musste er nicht überlegen. Seine Mutter Friederike zweifelte andauernd an seiner Berufswahl und analysierte gleichzeitig sein Innerstes, was sie angeblich besser zu kennen schien als er selbst.

»Friederike sagt, in Wirklichkeit suche ich meinen Vater und lenke mich mit der Suche nach Mördern nur davon ab. Dabei hat sie doch selbst aufgegeben ihn zu finden. Sie macht jetzt Urlaub in der Toscana und fliegt nicht mehr nach Thailand.«

»Dann suche ihn, du bist Ermittler, du kannst das.«

Sie sah ihm ernst in die Augen. Er spürte einen Moment die Dringlichkeit und hatte eine Ahnung, was sich alles verändern könnte, wenn ihm endlich klar wäre, wohin er gehörte.

Dann verschwamm das Tor zu seinem Glück ganz schnell und er vernahm eine Stimme hinter sich, die ihm bekannt vorkam. Nicht allzu laut, nicht allzu selbstbewusst.

»Hallo Karin.«

Dam drehte sich um. Es war Feldmüller. Klaus Feldmüller, mit dem sie viele Jahre in der Schule verbracht hatten, der Karin angehimmelt hatte und auf Dam eifersüchtig war.

Nie redete er mit Karin. Mit Achim und seinen Schergen hatte er allerdings auch nichts zu tun, obwohl er Dam hasste, weil dieser der beste Freund von Karin war. Klaus hatte kein Interesse daran Dam zu schikanieren. In der Schule war Klaus neutral, wie die Schweiz.

In der dritten Klasse starb seine Mutter. Ab da traf er sich nicht mehr mit den anderen Kindern auf der Straße. Dam hörte, dass Klaus jeden Mittag zu Hause verbrachte.

Später half er dem Vater in der Sanitär-Firma und trat der freiwilligen Feuerwehr bei, in der auch sein Vater Kommandant war.

Dams Mutter hatte, wie immer, eine Erklärung. Sie hatte behauptet, Klaus müsste seinen Vater trösten und hätte auf ihn aufgepasst, aus Angst auch noch ihn zu verlieren.

Jedenfalls hatte Klaus es nach all den Jahren nun doch gewagt, Karin wenigstens zu begrüßen.

Sie rief: »Feldmüller, dich gibt es auch noch!«

Karin machte einen Schritt auf ihn zu und klopfte auf seine Schulter.

Seine Körperhaltung war noch die Gleiche, wie auf dem Schulhof. Seine Schultern hingen eingesunken. Die eine Hand versteckte er in der Hosentasche, die andere hing steif herunter. Mit einem Bein stand er fest, das andere hatte er angewinkelt, so dass vom Fuß nur die Spitze den Boden berührte.

Mit leicht schrägem Kopf lächelte er von unten hoch, obwohl er größer war als Karin und größer als Dam mit seiner asiatischen, kurzen und drahtigen Statur.

Klaus schwieg und so redete Karin einfach weiter, zeigte auf den Ring an seinem Finger: »Du bist verheiratet? Mit wem?«

Dam und sie hatten sich immer ein wenig lustig gemacht über den schüchternen Feldmüller. Anscheinend setzte diese Verhaltensweise jetzt wieder ein.

Auch Dam verfiel in niedere Instinkte, als er fragte:

»Etwa mit Andrea aus der Klasse drunter? Die hat sich doch in der Pause immer neben dich gestellt.«

»Doch.« Klaus knabberte auf seiner Unterlippe.

Karin lachte schallend heraus. »Hat sie dich überredet?«

Klaus erhob den Kopf und spitzte den Mund.

Seine Stimme zitterte. »Und Ihr beide?«

Die Frage war wie ein Schnitt, der in die Gegenwart zurück führte. Sie schüttelten nur den Kopf.

»Soso«, meinte Klaus.

Dam lenkte ab: »Sag mal, das ist doch eine Uniform von der Feuerwehr, oder? Bist du da immer noch dabei?«

»Ja, ich bin jetzt Kommandant und bevor du fragst, mir gehört jetzt die Firma von meinem Vater.«

Er zückte eine Visitenkarte mit einem Wurm, der glücklich aus einem Rohr sah und seinen Daumen, den er als wirbelloses Tier eigentlich überhaupt nicht hatte, nach oben streckte.

Er hielt sie Karin hin und erklärte: »Ich habe die Firma vergrößert.« Klaus stand plötzlich mit beiden Beinen fest auf der Erde und redete klar und deutlich: »Nachdem dann alle Häuser an die Kanalisation angeschlossen waren, mussten wir im Sanitärbereich expandieren. Früher hatten wir ja nebenher auch noch die Abwassergruben ausgepumpt. Das war schon ganz lukrativ. Aber nachdem mein Senior aus der Firma ausgestiegen war, spezialisierte ich mich auf verstopfte Rohre. Da verdient man wirklich gut damit, besonders an den Wochenenden.«

Karin hatte die Visitenkarte in der Hand und lachte.

»Rohrwurm, das gefällt mir«, sagte sie.

Klaus lachte mit. »Kommt Ihr mit zur Feuerwehr? Wir haben einen Stand. Ich lade Euch auf ein Bier ein.«

6

Dam hatte es doch getan. Er hatte nicht auf das letzte Bier verzichtet. Seine Zunge schmeckte Fäulnis, die aus seinem Inneren hervorkroch und sich in klebrigen Belägen auf ihr ablagerte.

Das Bett fühlte sich hart an unter seiner Wirbelsäule, aber das Aufstehen war nahezu aussichtslos.

Er trank aus der Wasserflasche, die neben seinem Bett stand. Hastig, zu hastig, die Kohlensäure verkantete sich in seiner Speiseröhre, was schmerzte und er klopfte gegen sein Brustbein bis die Luft entwich.

Der Kommissar aktivierte mit großer Willensanstrengung seinen Bewegungsapparat und wankte nach unten ins Badezimmer. Sein Kopf schien nicht mit dem Rest des Körpers verbunden zu sein. Für sich alleine schwebte er im Raum, in Watte gepackt mit einem Briefbeschwerer auf der Stirn, der für ein schwankendes Ungleichgewicht sorgte.

Dam zog sich aus, stellte das Wasser in der Dusche an und befeuchtete mit dem lauwarmen Wasserstrahl die Watte. Das Nass in der Duschkabine erfrischte Dam etwas und er fühlte sich soweit hergestellt, dass er sich zu Sofias kritischen Augen in die Küche traute.

Sie saß auf der Eckbank. Ihre Zeitung hatte sie aufgeschlagen und eine Tasse Kaffee dampfte daneben. Kurz sah sie auf, als Dam hereinkam, der ihren Bademantel trug und sich einen Turban gewickelt hatte.

»Du siehst aber Scheiße aus.« Dabei meinte sie nicht

seine Bekleidung, die er öfter nach dem Duschen anhatte, sondern seinen körperlichen Zustand.

Er holte die Glaskanne aus der Kaffeemaschine und goss sich eine geblümte Tasse halbvoll mit dem koffeinhaltigen Getränk. »Ich habe Karin auf dem Haxenfest getroffen.«

Sofia zog ihre Brille ab.

»Karin habe ich schon ewig nicht gesehen. Das Mädchen ist damals ja abgehauen. Ich hab das gut verstanden. Sie hat mir schon immer leid getan. Ihre Eltern haben sch nicht verändert. Vor ein paar Jahren zogen sie in eine kleine Wohnung auf dem Wimberg, nachdem sie ihre Taxis verkauft hatten. Die Leute sagen vom Unternehmen ist kein Geld mehr übrig. Sie trinkt und er hat sich eine Geliebte geleistet, die ihn aber nicht mehr will, seit er arm ist.« Sofia räusperte sich und hörte abrupt auf zu reden, denn sie hatte über jemanden schlecht gesprochen.

Das machte sie selten und manchmal aber doch und dann funkelten ihre Augen feurig. Danach aber plagte sie ihr Gewissen. Dam erkannte das an ihrer Gesichtsfarbe, die fahl wurde.

Mit einer veränderten Tonlage fragte sie:

»Wie geht es Karin denn?«

Dam überlegte einen Moment. »Fröhlich und traurig zugleich war sie.«

»Nettes Mädchen, ich mag sie sehr.« Sofia blickte kurz in die Vergangenheit, durch Dam hindurch.

Die Bilder, die sie sah, konnte er gut erahnen. Sie blinzelte mit ihren kleinen grauen Augen und wendete sich wieder ihrem Enkel zu. »Brauchst du eigentlich ein Schmerzmittel?«

»Wachsen auf deinen Pflanzen auch Kopfschmerztabletten?«

»War nur ein Angebot.« Sofia klappte die Todesanzeigen auf und setze die Brille zurück auf ihre Nase. Konzentriert sah sie in den Schwarzwälder Boten.

Dam schüttete seinen Kaffeerest in den Abguss und flüchtete aus der Küche, bevor sie ihm gleich erzählen konnte, wer alles verschieden war.

Er nahm Sofias Telefon mit ins Wohnzimmer, wo er sich auf das Sofa setze und Mertens Nummer tippte.

Die mit geschwungenem Holz umfasste Uhr auf dem kleinen Schrank zeigte halbacht. Merten müsste um diese Zeit noch zu Hause in seiner Küche sein, deren Oberflächen stets aufgeräumt glänzten.

Dam überlegte, dass sowohl der Imker als auch die Leute von der veganen Wohngemeinschaft unweit des Biohofs wohnten.

Dann meldete sich Merten: »Ich hoffe es ist wichtig.«

Dam hörte, wie Merten etwas trank.

»Ich wollte dich schon immer mal fragen, ob du zu Hause auch so eine Kaffeemaschine hast«, ärgerte er seinen Kollegen.

Dam hörte an Mertens Stimme, wie dieser sein Gesicht anspannte. »Hab ich, trotzdem nehme ich morgens nur Grüntee. Das erfrischt mich angenehmer und er ist eine Antioxidans, die freie Radikale neutralisiert. Können wir jetzt auflegen? Ich habe deine Frage beantwortet.«

»Richtig, es geht um Radikale«, fand Damrongchai

zum Thema zurück und führte aus: »Da wohnen ein paar junge Leute in einer WG und haben Antispeziesismus Flaggen gehisst.«

Das hatte er noch im Internet nachgesehen, als er gestern Abend nach Hause gekommen war. Grün-Schwarz war die Fahne. So hatten es der Bär und seine Frau beschrieben, ohne deren Bedeutung erfasst zu haben.

Dam erläuterte:

»Antispeziesismus soll darauf hinweisen, dass niemand wegen seiner Spezies diskriminiert werden soll. Egal ob Affe oder Regenwurm sollen Tiere die Rechte von Menschen bekommen. Also dürfen sie nicht gegessen oder ausgebeutet werden.«

»Danke, ich bin durchaus über neue Strömungen informiert.«

Merten nahm noch einen Schluck seines Grüntees.

Damrongchai seufzte:

»Wie konnte ich vergessen, dass du perfekt bist?«

»Weil du es nicht bist.«

»Ja, auch das hatte ich vergessen. Jedenfalls halte ich die vegane WG für verdächtig.«

Merten zweifelte:

»Du meinst, weil der Biobauer Tiere gehalten hat? Dabei war er doch noch einer von den Guten.«

»Auch Biomilch ist aus dieser Sicht Ausbeutung von Tieren«, entgegnete Damrongchai.

Merten atmete hörbar aus. »Aber wieso sollten sie als überzeugte Tierschützer die Biene opfern? Wieso töten sie den Bauern nicht anders? Wie kamen sie an das Notfallset und das Portemonnaie?«

»Die Revolution frisst ihre eigenen Kinder«, philosophierte Dam und wurde dann konkret: »Das Haus steht den ganzen Tag offen. Also haben die Aktivisten die Gelegenheit für die Tat. Ob das Motiv ausreicht, will ich mir vor Ort ansehen. Wir lassen die anderen Möglichkeiten natürlich auch nicht aus den Augen. Bei einer Befragung wird man angelogen. So bin ich mittendrin.«

»Wie meinst du das mittendrin?«, fragte Merten verblüfft und ängstlich.

»Sie suchen einen Mitbewohner.«

»Nein, das tust du nicht. Du ziehst da nicht ein.«

Im Hörer raschelte es, wahrscheinlich war Merten der Putzlappen vor Schreck aus der Hand gefallen.

Damrongchai ließ sich nicht beirren. »Ich rufe gleich an. Die Anzeige habe ich noch. Und wir sollten noch bei dem Imker vorbei. Kannst du mich abholen?«

»Wieso denn abholen? Ach, du warst Bierkrüge stemmen.« Merten prustete albern und, wie Dam fand, unpassend.

Schnell drückte der Kommissar das Gespräch weg.

Er stand vom Sofa auf und schloss die Fensterläden. Noch schien die Sonne durch die Blätter der Birken auf der anderen Straßenseite, aber schon bald würde sie sich über die Bäume erheben und gnadenlos in Sofias Wohnzimmer brennen.

Dam benötigte die Wohnungsanzeige. Sie war in der Zeitung von gestern, die er in der Küche im Altpapier suchte, aber nicht fand. Er musste rausgehen zur Papiertonne in der Garage.

Draußen war Dam der feuchte Bademantel sehr ange

nehm. Er öffnete das leichte Blechtor. Der Geruch von Benzin erinnerte ihn an das blaue Auto seines Opas. Ein bisschen blieb Dam neben der kleinen Werkbank in der Garage stehen. Er sah hinaus auf den Garten und das Haus und merkte, wie ungern er von hier wegziehen wollte und doch sagte ihm seine Vernunft, dass er endlich erwachsen werden musste.

Wie lange er so dastand, wusste er nicht. Bald wird Merten kommen. Geschäftig beugte sich Damrongchai über die hohe Tonne und stöberte nach der Zeitung, die er auch schnell fand.

Eilig rannte er die Treppe zurück ins Haus. In der Küche überflog er die Seiten. Er hatte das Lokalblatt auf dem Tisch ausgebreitet.

Er würde auch gleich die andere Wohnung, in Calw besichtigen. Schließlich zog er ja nicht tatsächlich in die Wohngemeinschaft, sondern wollte, wenn die Ermittlungen vorbei waren, in einem eigenen Wohnsitz außerhalb seines Dachbodens leben. Das war das einzig Vernünftige.

Sofia beobachtete ihn von ihrem Stuhl aus. »Die Wohnung in Calw ist zu klein für zwei Personen.«

»Für einen ist sie genau richtig, denn Verena zieht sicher nicht nach Calw.« Dam blätterte zackig zu den Anzeigen.

Sofia strich sich über ihre Wange. »Verena ist wirklich ein schöner Name.«

Dam schüttelte den Kopf über die Versuche seiner Oma, ihm ein Zusammenleben mit Verena schmackhaft zu machen. Er konzentrierte sich angestrengt auf sein

Ziel und fand endlich die Anzeige der veganen Wohngemeinschaft.

Mit einem Blick auf die Uhr beschloss er, dass es zu früh war, um anzurufen und riss die Annonce heraus.

»Und bevor du weiter meine Zukunft planst, das gehört zum Fall.« Er wedelte mit dem Zeitungsschnipsel.

Sofia zog einen Mundwinkel hoch.

Merten fuhr schon auf den Hof. Er ging ein paar Stufen die Treppe hoch und sah von außen durch das offene Fenster in die Küche. Sofia drehte sich zur Seite und schob den Fensterflügel weg von ihrem Gesicht.

»Herr Merten, holen Sie ihn ab? Er sollte sich noch umziehen.« Sofia und Merten lachten über den Turban und den Bademantel.

»Sehr witzig«, meinte Dam und verschwand vor den Spöttern nach oben.

Es dauerte nicht lange, bis er in moderater Kleidung zurück kam und noch immer ärgerlich brummte er:

»Können wir jetzt gehen?«

»Schönen Tag, Herr Merten«, wünschte Sofia aus dem Fenster.

»Vielen Dank, für Sie auch, Frau Hägle.« Merten nickte tief und machte fast einen Diener.

Damrongchai setzte sich ins Auto und zog die Tür zu. Er beobachtete, wie Merten die letzten Worte mit Sofia wechselte, verstand aber nicht, was sie sagten.

Als Merten in den Wagen stieg, klagte Damrongchai ihn an:

»Du hast es doch sonst nicht so mit meiner Oma. Immer schlägst du ihren Tee aus.«

»Das ist ja wohl auch was anderes.« Merten startete den Motor und fuhr von Oberhengstett nach Unterkulmbach.

Der Weg führte durch den Wald. Kühl und schattig präsentierte er sich im Licht der Morgensonne.

Merten folgte den Kurven bis die Bäume sich lichteten. Felder und Wiesen breiteten sich aus, die an Unterkulmbach angrenzten. Noch vor dem Ortsschild bog Merten in einen Feldweg ein, der von hohen Gräsern gesäumt war.

Auf diesem Stück Wiese stand ein Haus, kaum sichtbar, umrankt von Blumen und anderen Pflanzen.

Dahinter erstreckte sich ein Acker mit Getreide.

»Das sieht nach bio aus.« Damrongchai zeigte über das Feld, auf dem rote und blaue Flecken das Gelb der Ähren durchbrachen. Mohn und Kornblumen blühten zwischen dem Weizen.

Merten ließ den Wagen über den Weg rollen und bemerkte:

»Der Imker ist der direkte Nachbar des Biohofes. Er wusste sicher, wie einfach man in das Haus kommt. Zudem lag noch das Portemonnaie auf dem Schuhschrank. Das hat doch die Ehefrau des toten Biobauern gesagt.«

Damrongchai überlegte:

»Heißt, die Gelegenheit war günstig, doch es fehlt noch das Motiv.«

Merten stoppte den Wagen mitten auf dem gekiesten Weg, der zum Grundstück führte.

Sie hörten das Summen von Bienen. Ein schmaler Durchgang zwischen einem Blütenmeer eröffnete ihnen einen Blick in einen zauberhaften Garten. Sie schritten durch ein Tor aus Blumenranken.

Ein Mann mit Strohhut saß an einem Holztisch vor seinem Häuschen. Er hatte sich zu ihnen gedreht. »Wollt Ihr zu mir?«

»Wir sind von der Polizei und hätten ein paar Fragen an Sie. Sie sind doch Herr Rathfelder?« Mertens Stimme war vom Summen der Bienen untermalt.

Ein Bienenkasten stand direkt hinter dem verdächtigen Imker. Ein paar Tiere saßen auf dem Tisch zwischen den Brötchen und einer bauchigen Teekanne, mit Rissen in der Glasur.

»Ja, ich bin Albin Rathfelder. Setzt Euch doch.«

Er bot zwei Stühle an, die nach alten Küchenmöbeln aussahen. Selbst huschte er ins Häuschen. Ein paar Bienchen flogen ihm nach.

Merten und Damrongchai setzten sich und beobachteten den Imker durch ein Sprossenfenster, wie er aus einem alten Küchenbuffet Geschirr holte.

Albin kam zurück mit zwei Blümchentassen, die in Ausführung und Muster zur Teekanne gehören mussten. Ein winziges Schälchen Honig stand bereits auf dem Tisch.

»Ihr dürft ein bisschen von dem Honig zum Heublumentee nehmen.«

Albin goss ein. Die Farbe glich Sofias Tee. Merten nahm einen Schluck und Dam wunderte sich darüber, weil sein Kollege nur äußerst ungern aus Tassen trank, die er nicht eigenhändig gespült hatte. Das Ambiente schien ihn zu entspannen.

Auch Damrongchai selbst fühlte, wie Stress von ihm abfiel. Es musste der Garten sein, das Einladende, die Natur. Er lehnte sich zurück.

Albin nahm eine Biene auf seinen Finger, die auf dem Stuhl herum gekrabbelt war und setzte sich.

»Endlich kommt Ihr. Ein Mensch hat eine meiner Bienen gestohlen. Jetzt ist sie tot und der Volker auch«, sagte er und sah auf das Bienchen, das inzwischen über seinen Handrücken krabbelte.

Eine Träne glänzte in Albins Augenwinkel.

Hatte er wirklich gesehen, wie der Mörder eine seiner Bienen fing oder war vielleicht er selbst der Mörder und spielte den Bienen- und Menschenfreund?

Damronchai entschied auf Albins Geschichte erst mal einzugehen. »Konnten Sie den Dieb erkennen? Wo war das und wie hat er die Biene gefangen?«

Albin fasste sich ans Ohr, als wäre es ihm zu laut und zu viel, was der Kommissar erfragte. »Ich habe es nicht selbst gesehen. Die Bienchen haben es mir erzählt. Mona saß auf einer Blume und diese Gestalt kam und stülpte ein Honigglas über sie und die Blüte. Als Mona losfliegen wollte, prallte sie gegen das Hindernis und der Mensch schloss den Deckel und trug sie einfach davon.« Die Biene auf seinem Handrücken, krabbelte unruhig hin und her. Albin strich mit seiner freien Hand über seine Augen. Dann sprach er weiter: »Ich habe meinen Bienen immer gesagt sie sollen sich dort fernhalten, weil der Volker große Angst vor Ihnen hat wegen seiner Allergie und vielleicht nach ihnen schlägt. Seitdem fliegen sie zum Waldrand oder bleiben hier im Garten. Und jetzt kommt jemand und fängt einfach Mona ein.«

Er beobachtete noch immer das Bienchen, das jetzt sein Köpfchen auf seinem Handrücken putzte und lächelte es an.

Merten runzelte seine gesamte Stirn in Richtung der Nasenwurzel und drehte an seiner Tasse, als er fragte:

»Sie haben den Bienen das gesagt und die Bienen haben Ihnen erzählt, was sie beobachtet haben? Wie meinen Sie das?«

Damrongchai war von seiner esoterisch geprägten Mutter vieles gewohnt und er wusste, wenn er Informationen wollte, es besser war, den Zeugen in seinen Vorstellungen zu bestätigen. »Haben Bienen denn ein Langzeitgedächtnis?«

Albin nahm seinen Strohhut ab und warf ihn neben sich in das Gras. Er schüttelte sein schulterlanges Haar auf, als benötigte seine Kopfhaut frische Luft. »Nein, deshalb habe ich ihnen jeden Tag gesagt, manchmal mehrmals, dass sie sich von Volker und seinem Grundstück fernhalten sollen.«

Merten schob den Tee zur Seite. Er beugte sich vor, als ob der Imker ihn so besser verstehen könnte.

»Die Biene wurde im Portemonnaie des Toten versteckt, so dass absehbar war, dass sie ihn stechen wird, wenn er sein Kleingeld benötigt.«

»Ja, das ist schrecklich, die Arme, zwischen dem Kleingeld in der Dunkelheit, ein Wunder, dass sie nicht zerquetscht wurde.«

Merten räusperte sich. »Mir ist immer noch unklar, wie so was geht.«

»Ich glaube der Mensch hat eine Pinzette benutzt. So etwas Ähnliches hat Mona beschrieben.«

»Moment«, Merten hob die Hand, »die Biene Mona war doch zuerst entführt und jetzt ist sie tot. Dann können Sie sich doch nicht mehr mit ihr unterhalten?«

»Warum nicht?«, wunderte sich der Imker.

Damrongchai drückte Mertens noch immer erhobene Hand nach unten und fragte:

»Und wieso ist die Biene nicht einfach heraus geflogen, als Engels das Fach öffnete?«

»Mona hatte große Angst. Als der Volker hineingefasst hat, ist sie erschrocken und hat zugestochen, weil sie sich bedroht fühlte.« Albins Gesichtsausdruck veränderte sich kurz bevor er weiter sprach, etwas huschte über ihn, es könnte Unsicherheit sein. »Sie meinen, ich hätte Volker das angetan?«

Die Biene flog weg von seinem Handrücken. Sie suchte sich eine Blüte und ging ihrer Arbeit nach.

Damrongchai fragte weiter:

»Sie leben so zurückgezogen. Es ist sonderbar, dass sie das mit Volker schon wissen. Was hatten Sie für ein Verhältnis zu ihrem Nachbarn?«

Er leerte den abgekühlten Kräutertee in einem Zug und stellte die Tasse zurück auf den Tisch.

Albin sah unruhig hin und her und antwortete:

»Wie zu allen Menschen. Sie verstehen mich nicht und ich verstehe sie nicht. Ich gehe nur zum Einkaufen ins

Dorf. Das mit Volker habe ich heute beim Bäcker gehört. Die Leute reden so viel und so laut.«

»Das heißt, Sie leben hier ganz allein?« Merten hoffte wohl auf eine endlich für ihn verwertbare Antwort.

»Alleine bin ich nicht, aber seit meine Mutter gestorben ist, wohnen keine Menschen mehr hier.« Er hob seinen Strohhut vom Boden auf und strich über das grobe Gewebe der Krempe. »Sie hat hier draußen in ihrem Liegstuhl ihren Körper verlassen. Ganz friedlich. Ich habe nichts verändert an dem Platz.« Er sah hinüber, durch die Blätter einer Birke fielen tänzelnde Lichtpunkte auf den bunt gemusterten Liegestuhl. »Sie hat gesagt, ich muss weiter gehen, jetzt wo sie tot ist, soll ich sie nicht festhalten.« Ein wenig Farbe wich aus seinen rosigen Wangen. »Sie hat recht«, sagte er mit gesenktem Kopf.

»Ihre verstorbene Mutter redet auch mit Ihnen?« Merten zeigte Anzeichen von Überforderung und kratzte sich am Hals, der leicht gerötet war.

»Sie war noch ein paar Tage unter der Birke und bei den Bienen. Immerhin hat ihr der Garten gut gefallen, wie ich ihn gestaltet habe. Vieles andere hat ihr nicht gefallen, was ich in meinem Leben getan habe. Jetzt ist sie fort und kommt nur noch ganz selten. Sie meinte, sie wolle endlich zu meinem Vater, der wartet schon so lange auf sie.«

Damrongchai fühlte sich wie auf einem der übersinnlichen Kurse, die seine Mutter ständig gab.

»Sie sprechen also mit Tieren und mit Toten?«

»Und mit toten Tieren«, ergänzte Merten und Albin nickte.

Merten stand auf. Die blauen Blütenblätter lang gewachsener Eisenhutstauden streiften an seinem hellen Hemd entlang. »Ich fürchte, diese Aussage können wir nicht verwerten.«

Doch Albin schien das nicht zu hören. Ein Bienchen flog vorbei, mit dem er sich vermutlich telepathisch unterhielt. Damrongchai legte eine Visitenkarte auf den Tisch.

»Wenn Ihnen noch was einfällt, rufen Sie an.«

»Aber nicht bei mir.« Merten hob abwehrend das Kinn.

Die Kommissare verließen das friedliche Summen und die üppige Vielfalt der Blumen.

Der Dienstwagen stand inzwischen in der Sonne und er blinkte, als Merten ihn von Weitem öffnete.

Damrongchai rieb sich die Augen. Das grelle Licht bekam ihm nicht. »Du hättest hier nicht abschließen müssen.«

»Ich schließe immer ab.«

Merten setzte sich, startete sowohl den Motor als auch die Klimaanlage. Er fuhr rückwärts den Weg bis zur Straße, wendete an einer Einbuchtung und blinkte in Richtung Calw.

Damrongchai wurde ein wenig schwummrig vom zackigen Fahrstil und doch meinte er über Albin:

»Nett war er ja.«

Merten regte sich auf:

»Also ich weiß nicht, ob das nicht nur ein gutes Schauspiel war. Jedenfalls hätte er genug Bienen zur Verfügung. Weit weg wohnt er nicht. Offensichtlich ist auch die ganze Gegend bestens informiert über die medizinische Vorgeschichte des Ermordeten.«

Damrongchai fühlte, wie ein Langholzlaster auf der Vorfahrtsstraße vorbei rauschte und das Auto durch seinen Fahrtwind zum Wackeln brachte.

»Ich glaube nicht, dass er das gespielt hat. Er hat fast geweint, als er von der Biene Mona erzählte.«

»Über seinen toten Nachbarn hat er weitaus weniger geweint.« Merten fuhr dem Laster nach und hielt Abstand von den überstehenden Baumstämmen, an denen ein rotes Fähnchen im Fahrtwind flatterte.

7

Merten stand vor den Treppen des Polizeigebäudes und sah auf sein Smartphone.

Er hatte den Speiseplan der Polizeikantine aufgerufen. »Heute gibt es Kartoffel-Broccoli-Auflauf ohne Fleisch.«

»Aber mit Käse überbacken.« Damrongchai dachte an die Wohngemeischaft, bei der er noch anrufen musste und an den anderen Besichtigungstermin für die Zwei-Zimmer-Wohnung in Calw.

»Ich sehe mir noch eine Wohnung an und komme dann nach«, informierte er seinen Kollegen.

Merten nahm kurz die Brille ab und kontrollierte ihre Sauberkeit gegen das Licht.

»Eine Wohnung? Wo denn?« Er zog ein Tuch aus der Hosentasche und putzte vorsichtig über die Brillengläser.

»Das finde ich gut, dass du mal auf eigenen Beinen stehen willst«, ergänzte er noch.

»Was soll das denn heißen?« Damrongchai ging einen Schritt zurück, aus dem Schatten des Gebäudes in die Sonne.

Merten sah nach oben, als müsste er sich seine Antwort wohlüberlegen. »Na ja, du bist ja schon ein wenig dominiert von, sagen wir mal, den Frauen in deiner Umgebung.«

Damrongchai gestikulierte ausladend. »Ich bin überhaupt nicht dominiert. Nur weil ich als Kind keinen Vater hatte, weiß ich sehr gut selbst, was ich zu tun habe.«

Merten stand ruhig. »Gehst du noch zum Psychologen? Also ich schon.«

Damrongchai wischte sich über die Stirn. Es war heiß, aber anders als in Thailand. Vermutlich plagte ihn auch nicht die Hitze. »Ich muss jetzt los, sonst komme ich zu spät. Das macht dann nicht den besten Eindruck bei der Vermieterin.«

»Stimmt, gehen wir.« Merten korrigierte eine Falte an seinem Hemd.

»Du willst mitkommen?«, entsetzte sich Damrongchai.

»Ich liebe schöne Wohnungen«, schwärmte Merten.

Damrongchai wollte Merten abschütteln, aber sein Kollege folgte ihm durch die Passanten in der Lederstraße und holte ihn an einer versteckten Gasse ein, die steil Richtung Marktplatz anstieg.

Fachwerkhäuser mit dunkel gebeizten Balken und strahlend weißem Putz säumten ihren Weg, doch Merten fand lediglich eine rustikale Kneipe mit einem Holzschild über dem Eingang bemerkenswert.

»Einmal und nie wieder war ich da drin.« Er zeigte mit dem Finger auf den Eingang. »Eine Unterhaltung ist in diesem Lokal nicht möglich. Es kommt die ganze Zeit viel zu laute Rockmusik und von den hygienischen Zuständen möchte ich gar nicht reden.«

»Das ist doch vollkommen klar, dass du das nicht verkraftest.« Damrongchai fasste sich mit der Hand an seine Stirn.

Merten verteidigte seine Unüberlegtheit:

»Das war eine Übung des Psychologen. Ich sollte einfach mal spontan was trinken gehen, ohne einen Monat vorher einen Tisch zu reservieren.«

Damrongchai seufzte. Sie gingen beim Hermann Hesse Museum um die Ecke, vorbei am Notariat und nach ein paar weiteren Metern tat sich endlich der Marktplatz vor ihnen auf.

Über den Pflastersteinen flimmerte die Luft. Eine einsame Frau mit einem leichten Sommerkleid lief zügig am plätschernden Brunnen vorbei. Ihre Haare federten auf und ab im Rhythmus ihrer schnellen Schritte.

»Sag mal, wo genau ist denn die Wohnung?«, fragte Merten mit plötzlich unsicherer Stimme.

»Weiter vorn.« Damrongchai zeigte auf das Haus, vor dem eine Frau wartete, die ungepflegt wirkte. Sie trug knielange Hosen. Über das ausgebeulte Gesäß hing das dünne Tuch ihres T-shirts, das, wenn nur der leiseste Windhauch gewesen wäre, geflattert hätte.

Sie stand in dem schattigen Eingangsbereich und sah unruhig umher, bis sie die beiden Kommissare entdeckte, die jetzt auf sie zukamen.

»Herr Merten?«, fragte sie erfreut.

»Guten Tag, Frau Gansl«, grüßte Merten.

Damrongchai sah ihn verwundert an. Merten schien diese Frau zu kennen. Er war ganz blass geworden und ganz steif, noch steifer als sonst. Seine Halswirbelsäule schob sich nach vorne in die Länge.

»Hägle«, stellte sich Damrongchai vor und streckte Frau Gansl die Hand entgegen, »Ich wollte die Wohnung ansehen. Sind Sie die Vermieterin?«

Sie hatte einen festen Händedruck.

Laut und deutlich bestätigte sie: »Die bin ich.« Fast verzückt fügte sie hinzu: »Sie kennen Herrn Merten?

Das ist doch prima, so als direkte Nachbarn auf einem Stockwerk.«

Sie klapperte mit einem Schlüsselbund und schloss dann die Haustür auf. Das Treppenhaus roch ein wenig nach Merten. Sicher putzte er hier oder drängte dem Hausmeister seine desinfizierenden Mittel auf. Nur Frau Gansl roch nach Pferdestall.

»Ist hier Kehrwoche?«, wollte Damrongchai wissen.

»Seit Herr Merten hier wohnt wird die Kehrwoche akribisch durchgeführt. Er hilft Ihnen sicher gern dabei«, lächelte Frau Gansl vor sich hin.

Die Treppe knarrte unter Damrongchais Füßen. Das gefiel ihm gut. Er konnte die Bewegung des Holzes fast spüren. Kühl und dunkel hatte es schon manchen Besucher nach oben getragen.

Sie öffnete die Wohnungstür im dritten Stock. Die Vermieterin zog die Rollläden hoch. Die Sonne schien herein.

Die grauen Fliesen im Badezimmer gefielen Damrongchai nicht, das Wohnzimmer wirkte dagegen mit seiner Dachschräge gemütlich. Eine angedeutete Küchenzeile war durch ein paar Fachwerkbalken abgegrenzt.

»Da ist nur ein Spülbecken«, störte sich Damrongchai.

Die Vermieterin schien überlegen zu müssen, was sie sagte, als hätte sie gehofft, dass es ihm nicht auffiele, dass es keine Küchenschränke und auch keine Küchengeräte gab.

»Die letzte Küche, die drin war, musste ich entsorgen lassen. Der Vormieter hat sie völlig ruiniert. Das ist mir nicht das erste Mal passiert. Und wer hat die Arbeit und den Stress und muss es bezahlen? Ich. Außerdem muss ich die Geräte ersetzen, wenn sie kaputt gehen. So haben Sie auch die Möglichkeit sich eine Küche nach ihrem Geschmack und ihren Bedürfnissen auszusuchen, wie Herr Merten, er hat sich sogar eine auf Maß schreinern lassen.«

Damrongchai nickte verständig, doch spürte er Unlust in sich aufkeimen, wie widerspenstiges Unkraut, das er schon oft ausgerissen hatte, das aber immer wieder von Neuem wuchs. Es widerstrebte ihm eine Küche im Möbelhaus auszuwählen. Musste er das, um endlich im Leben zu stehen, wie ein vernünftiger und erwachsener Mensch? Vorsichtig riss Damrongchai an dem Unkraut der Unlust.

Frau Gansl hatte seine Bedenken in seinen Gesichtsveränderungen beobachtet und fragte:

»Was arbeiten Sie denn?«

Vermutlich hatte sie Bedenken, ob er sich eine Küche leisten konnte.

»Ich bin der direkte Kollege von Herrn Merten.« Damrongchai fasste Merten an. Das mochte Merten nicht. Auch wenn es nur eine kurze Berührung am Arm war, zuckte er zusammen wie eine Miesmuschel.

Die Vermieterin beobachtete sein Unbehagen, meinte aber trotzdem:

»Dann haben Sie meine Zusage sofort.«

»Herr Hägle überlegt es sich noch«, sagte Merten. »Er hat noch eine Wohnung zur Besichtigung.«

Sie sah zu Damrongchai, der mit den Schultern zuckte.

Dann legte sie den Kopf zur Seite wie ein kleines Mädchen, obwohl sie schon jenseits der Fünfzig sein musste und jene unschuldige Anmut schon seit Jahrzehnten verloren hatte.

»Überlegen Sie es sich. Das wäre doch passend, Sie beide.«

»Sehr passend.« Damrongchai lachte laut.

Sie rückte ihren Kopf wieder gerade. »Dann hätten sie die Wohnung ja gesehen.«

Sie wies zur Tür. Merten und Damrongchai gingen vor. Frau Gansl schloss hinter sich ab und folgte dann den beiden.

In der sengenden Sonne des Marktplatzes pries sie ihre Wohnung immer noch an, ungeachtet des sonderbaren Verhaltens der Kommissare. »Ein großer Vorteil ist auch, dass sie bei den Heizkosten günstig abschneiden. Das Apartment ist gut isoliert und wird mit Stadtgas beheizt. Das ist vergleichsweise günstig. Heutzutage sollte das selbstverständlich in die Überlegungen mit einfließen.«

Damrongchai fand es im Moment nicht wichtig, wie er heizt. Er konnte sich seit den heißen Tagen nicht mehr vorstellen, dass er überhaupt jemals wieder eine Heizung andrehen wird.

Sie schüttelten sich die Hände. Die Vermieterin tat weiterhin verbindlich und Merten ließ sich nichts anmerken. Er riss sich zusammen und verabschiedete sich mit ein paar blumigen Worten über seine wunderbare Wohnung, um dann abrupt auf die viele Arbeit hinzuweisen, die auf ihn und seinen Kollegen wartete. Woraufhin Frau Gansl voller Verständnis für die unterbezahlte Polizei erwiderte und mit einer Andeutung zu ihrem Pferd, das auch auf sie wartete, als Erste los ging.

Merten hielt sich noch zurück, bis sie außer Hörweite war, um sich dann umso mehr zu empören:

»Das kann ja wohl nicht dein Ernst sein. Du wusstest doch, dass ich hier wohne.«

»Du hast mich noch nie eingeladen. Ich dachte, du wohnst auf der anderen Seite.« Damrongchai wies mit dem Arm über den Marktplatz. »Und was soll das überhaupt? Wieso soll ich denn nicht neben dir einziehen? Danke für deine Freundschaft!«

Merten wehrte ab: »Das ist albern. Du lachst mich immer aus und jetzt tust du so, als lehnte ich dich ab.«

Damrongchai wusste, dass Merten recht hatte.

Merten konnte doch nur die Unordnung nicht ertragen, die Damrongchai verbreitete. Aber Damrongchai konnte nicht anders. Auch wenn er sich anstrengte, war es für ihn unmöglich, geplant vorzugehen.

»Vielleicht hast du recht«, gab er deswegen zu. »Es hat wirklich keinen Sinn, wenn wir auch noch nach Feierabend so dicht nebeneinander sind.«

»So ist es«, bestätigte Merten.

Sein Gesicht war rot unter seinen blonden Haaren. Auf dem Marktplatz herrschte die grelle Hitze einer detonierenden Atombombe. Mit bloßen Händen fächelte Merten seinem Gesicht Luft zu. »Lass uns gehen. Es ist heiß hier.«

Damrongchai hob mahnend den Finger. »Sonst kommen wir noch zu spät zum Mittagessen in die Kantine.«

8

Merten und Damrongchai eilten durch den Korridor zur Kantine. Essensduft umschmeichelte sie.

Damrongchai streckte seine Nase in die Luft. »Riecht gut der Auflauf. Gehst Du heute Abend auch wieder zum Kochkurs in der Volkshochschule?«

Merten sprach nicht gern über sein Privatleben und antwortete kurz angebunden:

»Wie jede Woche, außer in den Schulferien.«

Er stieß die Tür zum Speisesaal auf. Ein Gemurmel vibrierte im Raum, obwohl die Kantinentische heute nur zur Hälfte mit hungrigen Polizisten besetzt waren.

Merten und Damrongchai nahmen sich ein Tablett und stellten sich hinter zwei Kollegen von der Drogenfahndung an, die an der Essensausgabe warteten. Laut und aufgeregt unterhielten sich die beiden Männer.

»Die haben einen Grastag eingeführt, ohne uns zu fragen.« Der Unzufriedene zog mit zwei Fingern an seinem leicht zu engen Hosenbund.

Der Vordermann kratzte sein markantes Kinn mit seinen dunkel behaarten Händen und spukte beim Reden auf die Glasscheibe über den Schälchen mit dem Rohkostsalat. »Das hat sich die Pressestelle einfallen lassen. Sie meinen, so wirke die Polizei sympathischer.«

»Wir können es wieder ausbaden, die Spitzenideen der Grünen. Immerhin haben sie im Polizeiapparat ihre Essensvorschriften durchgesetzt. Mit uns kann man es ja machen.« Der Fahnder mit der zu engen Hose sah angewidert über die Theke zu seinem Teller, der soeben befüllt wurde mit dem einzigen vegetarischen Gericht der Woche.

Merten nahm sich einen der Salate aus der Kühltheke, stellte ihn neben den Gemüse-Auflauf und griff zu einem eleganten Fläschchen stillen Teinacher Mineralwassers.

Damrongchai griff zu zwei Apfelschorlen und hoffte damit den trockenen Waschlappen, den er in seinem Mund spürte und den er sonst als seine Zunge kannte, endlich ausreichend befeuchten zu können. Sein Missbehagen wegen der Alkoholika gestern Abend, quälte ihn noch immer.

»Dort sind noch alle Plätze frei.« Er wies auf einen der beigefarbenen Tische und freute sich auf seine Getränke.

Das Besteck klapperte, als sie ihre Tabletts abstellten.

Merten eröffnete sein Menü mit dem Salat, während Damrongchai seine erste Saftflasche leerte. Mit der Flasche im Blickwinkel sah er den Kripochef auf sie zusteuern.

Sattler hatte schon gegessen und stieß hinter vor gehaltener Hand auf, als er sich zu seinen Männern gesellte. Wie am Stammtisch klopfte er zur Begrüßung mit den Fingerknöcheln auf die beschichtete Tischplatte.

»Also mir hat das geschmeckt«, gab er preis. »Das können sie ruhig jede Woche einmal machen.«

Das Betriebsklima war Sattler wichtig. Zu fast jedem Geburtstag lud er seine Kollegen ein. Ebenso war er ein Chef, der gern von seinen Überlegungen und Gefühlen erzählte und damit menschlich näher kam.

Auch heute wollte er seine Meinung kundtun. Merten und Damrongchai hörten kauend seinem Vortrag zu.

»Früher gab es auch nicht jeden Tag Fleisch und Wurst. Die Leute haben keinen Bezug mehr durch die Massentierhaltung und das Akkordschlachten. Ich bin auf einem Bauernhof aufgewachsen. Da wusste man, was dahinter steckt, dass die Tiere ihr Futter brauchen und auch mal krank sind. Das war noch real. Aber das was jetzt los ist, das ist nicht mehr tragbar. Die verdienen kaum zehn Cent pro Huhn. Das ist für Mensch und Tier nicht gut.«

Damrongchai pickte mit seiner Gabel ein paar Kartoffelstücke auf.

Sattler wandte sich ihm zu. »Sie sehen nicht gut aus, Herr Hägle. Sind Sie krank? Aber beim Appetit merkt man es immerhin nicht«, lachte er und klopfte Damrongchai burschikos auf den oberen Rücken, so dass dieser ein wenig nach vorn geschleudert wurde und das Essen von der Gabel zurück auf den Teller fiel.

Merten hob sein Besteckmesser an, als müsste er sich zuerst melden, wenn er etwas sagen wollte. »Mein Kollege ermittelt mit allen Sinnen und war gestern Abend auf dem legendären Haxenfest.«

Sattler hob anerkennend die Augenbrauen und wandte sich Damrongchai zu. »Was haben Sie gehört?«

»Die Gerüchte schieben einer radikal veganen Wohngemeinschaft oder einem verrückten Imker die Schuld zu. Viel mehr konnte ich nicht in Erfahrung bringen.«

Sattler kratzte sich an seiner erstaunlich glatten Stirn.

»Vegan«, ließ er das Wort ausklingen und erklärte sich:

»Vor ein paar Jahren wusste ich noch gar nicht, was das bedeutet. Aber unser Mordopfer war doch ein Biobauer. Die gehören doch zu den anständigen Leuten. Bei Unterkulmbach gibt es so einen Hühnerbaron mit mehreren tausend Legehennen. So einer wäre ein viel geeigneteres Opfer für Vegetarier.«

Damrongchai legte sein Besteck an die Tellerkante. »Vielleicht ist die Sache auch ganz anders gelagert, wie wir bisher dachten. Möglicherweise hatte der konventionell arbeitende Hühnerhalter etwas gegen die Biolandwirtschaft. Für ihn wäre es sicher auch kein moralisches Problem, eine Biene zu töten«, überlegte Damrongchai und meinte abschließend: »Den sehen wir uns mal an.«

9

Was für ein Gestank«, beklagte sich Merten.

Er drehte die Lüftung des Dienstwagens auf Innenkreislauf. Damrongchai bog in eine topfebene Straße, die lange Zufahrt zum Hühnerhof.

»Der Biohof ist jetzt doch ganz schön weit weg«, wunderte er sich.

Merten sprühte ein wenig Desinfektionsmittel auf ein Papiertuch und wedelte damit herum. »Die beiden sind trotzdem direkte Nachbarn.«

»Wie heißt der Hühnerbaron?« Damrongchai konnte die Halle, in der Tausende von Hühnern Eier legten, über die Felder blickend, erkennen.

Merten tupfte seinen Hals ab und sah in seine elektronischen Notizen. »Er heißt Egon Löffler und hat den Betrieb von seinem Opa bekommen. Sein Vater wurde in der Erbfolge übersprungen. Der Opa hat sein Imperium mitsamt seinem Vornamen direkt an den Enkel vermacht. Der Sohn wurde ausgespart.«

»Wollte der Sohn nicht oder durfte er nicht?« Damrongchai fuhr auf der breiten Zufahrt gerade aus.

»Die Details werden auf der Website nicht erwähnt.« Merten sprühte nach und legte sein Tablet weg.

Damrongchai stoppte an einem großen Tor. Das Grundstück war mit einem hohen Gitterzaun eingefasst. Er ließ die Scheibe der Fahrertür an der Gegensprechanlage herunter und klingelte.

Rasch meldete sich eine kräftige weibliche Stimme:

»Löffler GmbH, was kann ich für Sie tun?«

»Wir sind von der Kripo Calw und hätten ein paar Fragen an Herrn Löffler persönlich«, antwortete Damrongchai.

»Einen Moment..« Im Lautsprecher knackte es. Dann war es still bis die Dame zurückkam. »Kommen Sie ruhig herein. Wir haben nichts zu verbergen.«

Das Tor schob sich zur Seite.

Damrongchai grummelte:

»Wer so betonen muss, dass er nichts zu verbergen hat, ist schon mal doppelt verdächtig.«

Merten schwieg zur nicht nachprüfbaren Äußerung seines Kollegen.

Das Schiebetor rastete leicht quietschend am Anschlag ein. Damrongchai fuhr über die breite Zufahrt auf das Gelände, auf dem mehrere Lastzüge standen. Daneben erstreckte sich die gigantische Halle über das asphaltierte Areal. Sie musste mit künstlichem Licht beleuchtet sein, denn keine Fenster hätten die Sonne oder auch den Regen hereinlassen können. Nichts aus der Natur drang zu den Hennen vor, nur ihr Gackern presste sich durch schmale Lüftungsschlitze nach draußen.

Damrongchai parkte in eine der Lücken vor dem gläsernen Bürogebäude. Im Schatten des Eingangsportals tauchte ein stämmiger Mann auf. Er musste über fünfzig sein und trug einen grauen Anzug, der seiner untersetzten Figur schmeichelte. Ein Hund lief bei Fuß neben ihm, ein weißer Boxer, der sich aufs Wort niederließ.

Das Herrchen lobte freundlich sein Tier und formulierte dann mit tiefer, durchdringender Stimme seine Fragen, die wie ein Vorwurf klangen:

»Habe ich eine Anzeige? Was mache ich jetzt schon wieder falsch?«

»Sind Sie Egon Löffler?«, wollte Merten als erstes sicher gehen und stellte klar: »Wir kommen nicht wegen einer Anzeige«

»Egon Löffler ist mein Name«, bestätigte der Hühnerbesitzer und streichelte seiner Hündin über den Kopf.

Damrongchai hatte sich umgedreht und betrachtete die Halle. Sie erstrahlte in Weiß und hatte praktische Riesentore, um die Eier mit den Lastzügen abzutransportieren. Er fühlte sich unwohl wegen der vielen Tiere, die hinter diesen Mauern eingesperrt waren.

Löffler hatte die Augen auf Damrongchai gerichtet, als er redete. »Das war früher mal der Einsiedlerhof meines Opas. Doch schon während des Krieges expandierte er. Da waren Lebensmittel gefragt. Er war der einzige in der Gegend, der es geschafft hat aus einem Bauernhof einen Betrieb zu machen.«

»Warum hat ihr Vater die Firma nicht übernommen?« Damrongchai riss seinen Blick von der Hallenmauer los.

Löffler antwortete:

»Mein Vater war kein Geschäftsmann. Er hat sich auch immer geziert mit den Tieren. Der konnte keine Federn und kein Fell anfassen und wurde Lateinlehrer.« Um seinen Mundwinkel spielte das Zünglein der Überheblichkeit des Verachteten. »Meine Entscheidung für die Hühner hat mir mein Vater auch auf dem Sterbebett nicht verziehen. Er war immer unzufrieden mit meinen

Schulleistungen, immer wollte er, dass ich Abitur mache. Dabei bin ich in der achten Klasse auf dem Gymnasium schon das zweite Mal sitzen geblieben und musste dann die Schule verlassen. Mein Opa hat mich immer bestärkt, mir auf die Schulter geklopft, mir einen Hund und eine Firma geschenkt. Mein Vater war ein personifizierter Vorwurf.«

Löffler erzählte voller Stolz, wie er sich seinem Vater widersetzt hatte. Seine glatt rasierten Wangen leuchteten.

Merten versuchte auf eine sachliche Ebene zurückzufinden. »Kennen Sie Volker Engels?«

»Der Engels ist mein größter Konkurrent weit und breit«, lachte der Hühnermann laut. Sein Bauch hüpfte und das Echo, das über den Hof hallte, hatte eine Tendenz zum Wahnsinn.

Merten notierte sich etwas und sah dann auf. »Er wurde ermordet.«

Löfflers Ausdruck um die Mundwinkel veränderte sich. »Das war jetzt nicht ernst gemeint. Er ist überhaupt keine Konkurrenz mit seinem Dutzend Legehennen. Ich habe Tausende von Tieren.«

»Können wir da mal rein?« Damrongchai zeigte auf den Eingang zur Halle.

Merten verdrehte die Augen. Sein sachlicher Ansatz wurde schon wieder zunichte gemacht.

Egon Löffler winkte aufgeregt ab. »Das ist nicht gut für die Tiere. Sie reagieren empfindlich auf Stress.«

»Wie hoch ist der Besatz in der Halle? Das ist doch wohl der größte Stress.« Damrongchai sprach zu laut und stellte Fragen, die nichts mit dem Mord zu tun hatten.

Merten tippte ihn am Arm an und Löffler antwortete gepresst:

»Wie gesetzlich erlaubt.«

Er stand oft im Kreuzfeuer. Das hatte ihn nie dazu veranlasst diplomatischer zu werden. Er sah nicht ein, warum sein Gewerbe mehr kontroversen Gesprächsstoff lieferte als irgendeine andere Tätigkeit, mit der man sein Geld verdienen konnte und so hatte er die nächsten Worte in verschiedenen Facetten bestimmt nicht zum ersten Mal gesagt. »Die Verbraucher kommen immer mit der Moralkeule. Aber essen wollen sie es alle und wehe es kostet ein paar Euro mehr. Der Volker hat doch auch nur rumgekrebst. Wer kauft denn schon die teuren Bio-Lebensmittel, vor allem wer kauft nur die? Für den Großeinkauf gehen doch die meisten zu Aldi und dann für einen Liter Milch zum Bioladen. Alles Humbug.«

Merten wollte nicht über Tierhaltung diskutieren, sondern lieber im Fall weiter kommen und fragte dazwischen:

»Wissen Sie mehr über die finanzielle Situation der Engels?«

Löffler schnaufte noch aufgeregt von seiner Verteidigungsrede, da wandte er sich von Damrongchai ab und Merten zu. »Nein, ich sehe einfach, wie sie wirtschaften. Da kann nichts rüber kommen. Das waren Städter. Das Arbeiten haben die doch überhaupt nicht gelernt. Tag und Nacht an so einem Hof. Die Mutter von der Engels fährt den ganzen Tag die Kinder zu irgendwelchen höheren Töchter Sachen. Eine Landwirtschaft ist nicht zu schaffen, wenn nicht alle mithelfen. Mein Vater hat das auch nie begriffen.«

Er streichelte seine Boxerhündin. Es war unklar, wen das mehr beruhigte, ihn oder sie.

Damrongchai beobachtete das Tier, das die Zuwendung genoss. »Haben Sie Kinder?«, entfuhr es ihm.

Es war nicht nur Damrongchais Herz für Legehennen, das er soeben entdeckt hatte, sondern auch Löfflers Hang, sofort ins Emotionale zu verfallen, das Damrongchai veranlasste, ständig unsachliche Fragen zu stellen. Wie ein Sog wirkte es auf den Kommissar. Er spürte die Wut Löfflers, der sich schon sein Leben lang als verkannt empfand. Gleichzeitig war Damrongchai selbst wütend über die Art, wie Löffler mit den Hühnern umging. Die beiden Männer befeuerten sich gegenseitig und drehten wie in einem Wasserstrudel umeinander.

»Kinder habe ich bis jetzt noch keine, aber ich brauche schon noch einen Erben, falls Sie das meinen.« Er schluckte, als würde er eine Kröte hinunterwürgen, die sich in seinem Hals gebildet hatte. Es war eine schleimige Kröte, die sich wehrte und sich mit ihren kühlen Gliedmaßen gegen seinen Schluckreflex stemmte. Ungeachtet dessen fuhr er fort: »Jedenfalls ist mein Motto, Leben und Leben lassen und Konkurrenz ist gut für's Geschäft, aber sehen sie mal nach diesen Radikalen mit ihren Fähnchen am Fenster. Das sind so Autonome, wie in Hamburg in den besetzten Häusern. Denen traue ich einiges zu. Die bringen einen Biobauern um, weil er Milchkühe hält. Mir haben sie schon mal die Hühner frei gelassen und vor Gericht geklagt, weil ich angeblich kranke Tiere nicht aussortiere. Einer von denen hat Jura studiert, da sieht man wieder, dass Schule mit Intelligenz nichts zu tun hat.«

»Das Thema Tierhaltung hat auch nichts mit Intelligenz sondern eher was mit Einfühlungsvermögen zu tun.«

Damrongchai streckte die Hand zu der kurzhaarigen Albinohündin, weil er sie streicheln wollte, aber sie knurrte ihn an.

»Die Rosa ist auf mich fixiert.« Er legte seine Hand beruhigend auf den Rücken des Tieres. »Jetzt können Sie das Mädchen anfassen.«

»Nein, schon gut. Würden Sie Rosa essen?«, fragte Damrongchai und bekam schmale Augen.

Das Maß war nun endgültig voll für Merten. »Ich glaube, wir haben jetzt vorerst alles, was wir brauchen.«

Er nickte Löffler ernst zu und rempelte Damrongchai an, der unwillig mit zum Auto kam.

Rosa bellte ihnen nach bis ihr Herrchen mit ihr zurück in das Gebäude mit den geschlossenen Fenstern und den Jalousien ging.

Merten setzte sich auf die Fahrerseite des Dienstwagens. Er roch an seinem Hemd und zog ein Schnütchen. Schnell startete er den Motor und fuhr durch das noch offene Tor den Weg bis zur offiziellen Straße.

Den Geruch hatten sie hinter sich gelassen, so dass Damrongchai wagte, das Fenster zu öffnen. Er ließ den Wind durch seine Haare wehen.

Die Luftdusche blies seine Aufregung hinaus in die

Wälder und den ersten klaren Gedanken, der sich anschlich, teilte Damrongchai mit:

»Fiel dir eigentlich auf, dass der Hühnermann sich teilweise gewählt ausdrückt? Als ob er eben doch der Sohn des Lateinlehrers sei und nicht der Enkel des Hühnerzüchters. Da schlagen doch zwei Herzen in seiner Brust.«

Merten antwortete nicht. Vermutlich hatte er Damrongchai überhaupt nicht gehört, denn er lenkte auf einen Waldparklatz, bremste abrupt und zog sein Smartphone aus der Hosentasche. Er wischte, tippte und las dann vom Bildschirm ab:

»Heute Abend kochen wir vegane Rezepte im Kurs.« Er sah auf und fügte noch hinzu, als müsste er sich entschuldigen: »Das machen nicht nur radikale Spinner.«

Damrongchai stieß die Tür auf und stellte seine Füße auf den erdigen Boden des schattigen Parkplatzes. »Natürlich nicht, wer sagt denn so was? Wo trefft Ihr Euch denn? Bei deiner Kursleiterin?«

Erschöpft sah Merten aus seiner Brille. »Sie ist nicht einzig und allein meine Kursleiterin. Im Kurs sind noch andere und wir treffen uns wie immer in der Volkshochschule.«

»Wirst du sie heute Abend endlich zu dir nach Hause einladen?« Damrongchai wusste, dass Merten schon seit Jahren die Kochkurse besuchte, aber sich einfach nicht traute seine Lehrerin einmal privat anzusprechen.

»Ja«, behauptete Merten kurz, aber Damrongchai wusste genau, dass Merten es nicht tun wird.

Ein warmes Gefühl erfüllte ihn bei der Vorstellung einer so zarten und unausgesprochenen Liebe. Einer Liebe auf Distanz.

Er wurde von seinem brummenden Handy aus dieser zauberhaften Vorstellung herausgerissen. Verena hatte ihm eine Nachricht gesendet. Sie schrieb, dass sie morgen Zeit habe. Merkwürdig, dass er nun nicht Wärme verspürte, sondern ein merkwürdiges Gefühl in der Magengegend. Es waren keine Schmetterlinge - eher Motten.

Er fädelte seine Füße zurück ins Auto und schlug die Tür zu. »Setzt du mich zu Hause ab?«, fragte er Merten, der den Wagen vom Parkplatz rollen ließ und nickte.

10

Oma Sofia hatte einen Staubwedel in der Hand und wischte leicht über die Glasfenster ihrer Wohnzimmerkommode. Hinter den verzierten Scheiben bewahrte sie das gute Porzellan auf und eine tönerne Gans mit Strohhut, die Dam, als Kind so gut gefallen hatte. Seine Mutter fand die Figur kitschig.

Sofias Brille war ein bisschen verschmiert, aber ihre Augen waren klar wie immer.

»Wieso bist du schon zu Hause?«, fragte sie ihren Enkel, der gerade heimgekommen war.

»Ich werde bei Tatverdächtigen einziehen und muss meine Sachen holen.«

Sie ließ den Staubwedel sinken, zog die Brille herunter und blinzelte. »Dann pass' aber auf dich auf.«

Dam lächelte, weil ihre Zuwendung ihm gut tat und doch dachte er, Sofia sollte sich nicht um ihn sorgen. Das beschwerte sie und machte sie unglücklich.

Sie setzte sich neben ihre bunte Decke auf das Sofa. Auf dem Tisch lag ein schmales Schillerexemplar auf der Häkeltischdecke.

»Wie war die Wohnung?«, fragte sie.

»Sie war direkt neben Mertens Wohnung und er wollte nicht, dass ich dort einziehe. Du hättest sein Gesicht sehen sollen.« Dam lachte unfein und stützte sich auf die hohe Rückenlehne des Sessels.

»Du bist gemein. Er ist dein Freund.«

»Toller Freund, der mich nicht in seiner Nähe haben will.«

»Es war ja wohl auch nicht dein Ernst zu Merten ins Haus zu ziehen. Jetzt schiebst du ihm die Schuld zu, dabei machst du dich immer über ihn lustig.«

Sie sah in eine Ferne, die es in dem putzigen Wohnzimmer nicht gab, aber doch in Sofias Blick. Seit seine Oma Cannabistee trank und keine Schmerztabletten mehr nahm, hatte ihr Hang zum Psychologisieren zugenommen und ihre Geschäftigkeit abgenommen.

»Warst du zu viel mit Friederike zusammen?« Dam stellte sich gerade und verschränkte die Arme. Es grauste ihn, dass jetzt auch noch seine Oma sein Seelenleben analysierte.

»Deine Mutter habe ich schon seit Wochen nicht gesehen.«

»Ich gehe nach oben«, sagte er abrupt.

Dam wollte sich einfach entziehen. Diese Gespräche mit den Frauen in seiner Familie führten zu nichts. Er war schon nervös genug wegen des bevorstehenden Telefonats mit Verena.

Eilig verließ er seine Oma und trampelte die Stufen zum Dachboden hinauf, wo er sich vorsichtig um die Pflanzen herumschlich und auf sein Pappbett setzte.

Möbel aus Pappe zu besitzen war besonders energiesparend. Sie sind ähnlich langlebig wie Holzmöbel und fast so stabil. Das Bett war schwarz angestrichen, so matt wie es aussah, vermutlich mit Bio-Wasserfarben aus natürlichen Farbpigmenten von Brombeeren. Dam strich über die Oberfläche und die Haptik erinnerte ihn an die welligen Bilder aus dem Kunstunterricht der Grundschule.

Mit zittrigen Fingern tippte er Verenas Nummer. Hier

oben war es unerträglich heiß. Das bekam den Pflanzen sicher sehr gut.

Verena meldete sich:

»Wollen wir uns morgen Abend am See treffen?« Sie wollte oder konnte nicht plaudern, sondern kam gleich zum Wesentlichen.

»Du willst schwimmen?«

»Kannst du nicht schwimmen?«

»Doch, natürlich, gute Idee.« Er hatte keine Ahnung, wo sich seine Badehose befand. »Hast du schon die Obduktion gemacht?«

»Ja, aber darüber können wir uns nicht den ganzen Abend unterhalten. So überraschend war das alles nicht.«

»Vielleicht können wir noch über etwas anderes reden?«

»Vielleicht.« Nach diesem letzten Wort legte sie auf.

Sie hörte sich so schnippisch an in letzter Zeit. Bestimmt hatte sie keine Lust auf ihn, aber sie hatte sich gemeldet und morgen würde er sie mal ohne Latexhandschuhe sehen.

Er lehnte sich zurück auf sein Kissen und verschränkte die Arme hinter dem Kopf. An der Decke beobachtete er eine Spinne, die am Rande ihres Netzes saß. An ihrem seidigen Faden ließ sie sich zu ihm herunter. Ihre schmalen Beine kamen seiner Nase immer näher, bis die kleine Spinne sich endgültig darauf niederließ. Ihre Facettenaugen schimmerten blau und blickten tief in ihn hinein. Sie öffnete ihr Mündchen und sprach mit einem hohen und klaren Stimmchen, wie eine winzige Elfe:

»Du Vollidiot, Verena ist sauer, weil du immer abhaust, wenn es darauf ankommt.«

Panisch schrie Dam auf. Sein Herz klopfte und die Uhr zeigte ihm, dass er eine halbe Stunde eingenickt sein musste. Er sah nach oben. Die Spinne saß noch am gleichen Platz wie vorhin.

Für einen Moment kniff Dam die Augen zusammen und hielt die Hände vor das Gesicht. Unten hörte er seine Oma.

Er stand auf und ging die Treppe hinunter. Stufe für Stufe wurde es kühler, sein Kopf klarer.

Wortlos streifte er Sofia, die am Herd stand. Sie hantierte mit dem Topf, in dem sie das Wasser für ihren Drogentee zum Kochen brachte.

Dam beugte sich über das Spülbecken und trank direkt das fließend kühle Nass aus dem Wasserhahn.

Seine Oma beobachtete ihn aus dem Augenwinkel.

»Bist du wieder eingeschlafen? Wegen deinen Schlafstörungen solltest du auch mal was unternehmen. Weiß dein Nervenarzt da keinen Rat?«

Dam verschluckte sich und in seiner Nase brannte es vom Wasser, das sich dorthin verirrt hatte.

Hustend korrigierte er seine Oma:

»Kannst du dir mal angewöhnen, dass das Psychologe heißt. Im Übrigen weiß er keinen Rat, weil er gerade im Urlaub ist.«

Dam stellte den Hahn ab und putzte sich mit einem Papiertuch die Nase. Seine Oma schüttelte vielsagend den Kopf und rührte in ihrer Hexensuppe. Die Blüten ihrer Cannabispflanzen ließ sie, zusammen mit anderen Kräutern, köcheln.

Ihr Enkel beachtete nicht weiter ihr gesetzlich verbotenes Treiben und holte den Zeitungsschnipsel aus seiner Hose. Er strich ihn glatt und las noch einmal:

Vegane WG sucht ebensolchen Mitbewohner

So ganz verstanden mit dem Antispeziesismus hatte er es noch nicht. Wie sollte es funktionieren mit den Rechten der Regenwürmer, wenn doch alle meinten, ihre Gärten umgraben zu müssen?

Er nahm das Telefon vom Küchentisch und ging ins Wohnzimmer, wo er sich auf dem Sofa niederließ.

Das Zettelchen legte er klein und verknittert auf die Häkeltischdecke, durch welche das dunkle Furnier des Couchtisches glänzte. Dam tippte die Nummer ab. Während er das hupende Freizeichen hörte, fasste er an die feine Handarbeit und ließ seinen Daumen darüber gleiten. Als sich ein Mann mit dem Vornamen Vincent meldete, ließ Dam das Häkeldeckchen fallen und sagte schnell:

»Ich rufe wegen der Anzeige an.«

»Erfüllst du die Voraussetzungen?«, fragte Vincent streng und meinte die vegane Lebensweise.

»Sonst hätte ich es erst gar nicht versucht.«

Vincent gab eine gebrummte Zustimmung und meinte:

»Du kannst morgen früh vorbei kommen und dir das Zimmer ansehen.«

11

Damrongchai blinzelte durch die Frontscheibe des Dienstwagens in die Morgensonne.

»Ich ziehe bei der WG ein, weil du nicht willst, dass ich neben dir wohne.« Er drehte sich zu Merten und schmunzelte einseitig und provokant.

Merten setzte ruhig den Blinker und stoppte an der Vorfahrtstraße. Es war kein einziges anderes Auto zu sehen. Er bog ab.

Erst danach bezog er Stellung zu der Aussage:

»Ich hoffe, der wahre Grund bei den WG-Bewohnern einzuziehen, ist dein Verdacht, dass die Tierschützer den Biobauern ermordet haben, weil er Tiere gehalten hat.«

Damrongchai seufzte zu seinem humorlosen Kollegen: »Was denn sonst?«

Das Ortsschild von Unterkulmbach begrüßte sie. Die Hauptstraße zog sich in die Länge. Sie war gesäumt von alten Bauernhäusern mit Schindeln an den Fassaden und auch großzügigen Einfamilienhäusern, die mit Holz verkleideten Balkonen geschmückt waren. Dazwischen lockerte immer wieder brachliegende Wiese das Bild auf.

Eine Mutter schob einen Kinderwagen mit Schirmchen auf dem Gehweg. Ein kleiner Hund hastete mit kurzen Beinchen hechelnd hinterher.

Damrongchai deutete mit dem Finger vor der Windschutzscheibe herum. »Setz mich lieber da an der Bushaltestelle ab. Ich weiß nicht, wie meine baldigen Mitbewohner zu Autos stehen.«

Merten scherte gehorsam an der Haltestelle ein und stellte den Motor ab.

»Trägst du Lederschuhe?«, fragte er und reckte seinen Hals vor, dass sein Blick bis in den Fußraum auf der Beifahrerseite reichte.

»Natürlich nicht.« Damrongchai stieg mit seinen Stoffturnschuhen aus dem Wagen.

»Mach keinen Stuss«, gab ihm Merten auf den Weg, setzte unnötigerweise den Blinker und scherte in den nicht vorhandenen Verkehr ein. Zügig rauschte er davon, nach Calw ins Büro.

Damrongchai spürte, wie das gläserne Wartehäuschen hinter ihm Wärme abstrahlte. Es hatte wohl schon ausreichend Sonne absorbiert.

Kunstvoll, bunt und unleserlich leuchtete ein Schriftzug, den vermutlich ein junger Rebell auf die Rückwand gesprüht hatte. Ein Blick auf den Fahrplan verriet, dass Unterkulmbach lediglich von zwei Bussen am Tag frequentiert wurde. Der erste Bus holte die Schüler frühmorgens ab, der Zweite brachte sie am Nachmittag wieder nach Hause.

Damrongchai drehte sich um, denn er hörte die hohe Stimme der Mutter mit dem Kinderwagen. Sie unterhielt sich an einem Zaun mit einer Frau, mit blonder Föhnfrisur und einer Rosenschere in der Hand. Er konnte das Gespräch nicht verstehen, aber es musste amüsant sein. Sie lachten und das Hündchen stimmte bellend ein.

Damrongchai ging ein paar Meter in Richtung einer Pferdekoppel, auf der zwei braune Shetlandponys ihr zweites Frühstück einnahmen, und entdeckte dabei die

Straße, welche Vincent ihm genannt hatte. Er machte sich auf den Weg in eine Sackgasse, die bergauf führte.

Dicht gedrängt standen links drei neugebaute Reihenhäuser, die alle das gleiche Gelb hatten. Mit der Hand bildete der Kommissar einen Sonnenschutz über seinen Augen und las gegenüber auf einem Schild, dass hier günstige Bauplätze zu haben waren.

Er ging weiter und hinter einer Kurve, im trockenen, hohen Gras zirpten die Grillen. Jetzt war auch das letzte Gebäude der Straße zu sehen, an dem die Sackgasse endete. Der ehemalige Bauernhof, den die Wohngemeinschaft ersteigert hatte. Das fast baufällige Anwesen harmonierte mit knorrigen Obstbäumen, die schon unreife Birnen und Äpfel trugen.

Jemand hatte die Bretter der Scheune teilweise durch Glas ersetzt, so dass innen ein Gewächshaus entstanden war. Durch die Scheiben erkannte Damrongchai, wie Tomaten, Zucchini, Auberginen und grüne Bohnen gediehen.

Eine Katze sah kurz heraus. Sie lag unter den Bohnenranken, platt wie eine Flunder. Nachdem sie den Kommissar, als nicht gefährlich eingestuft hatte, schmiegte sie ihren Kopf wieder an die Erde und schloss die Augen. Er machte sich Sorgen um den Kreislauf der Katze. Es musste schrecklich heiß sein hinter den Scheiben. Niemand wusste besser als er, wie sich das Leben in einem Gewächshaus anfühlte. Er wollte gerade eingreifen, sah dann aber, dass die Tür zum Gewächshaus offen stand und das Tigerchen selbst über Leben und Tod entscheiden konnte.

Er ließ das autarke Tier zurück und steuerte vorbei an einem leeren Kuhstall auf die verwitterte Haustür zu. Neben dem Eingang hing ein aus Glas gefertigtes Schild. In weißen Lettern stand, Vincent Richter, Anwaltskanzlei, geschrieben.

Der Sandsteinsockel dahinter auf der Tafel bildete einen edlen Kontrast zu dem kühlen, sachlichen Schild.

Damrongchai ging ein paar Meter zurück und betrachtete den Rest des Hauses noch einmal. Es hatte sich nicht verändert, auch jetzt nicht, wo er doch nun wusste, dass sich darin eine Kanzlei befand.

Die von den Schindeln abblätternde, dicke Farbschicht, die alten Fenster mit Holzrahmen, für die ein Anstrich längst fällig wäre, wiederholten beim besten Willen nicht, was das Schild versprach. Sie hatten sich nicht in eine glänzende Glasfassade verwandelt.

Quer über dem Eingang prangte die grün-schwarze Flagge, von der die Betrunkenen beim Fest erzählt hatten. Sie war groß und sichtbar unter zwei Fenstern über der Haustür befestigt und gab dem unordentlichen Gesamteindruck den letzten Schliff.

Antispeziesistische Aktion stand kreisrund auf der grünen Flagge, ein wirklich schwieriges Wort. Doch vielleicht auch nur, weil man es nicht gewohnt war, dass Tiere Rechte bekommen sollten. Vor dem Gesetz wurden sie als Sache behandelt. Das mit der Kanzlei hatte offensichtlich seinen Grund.

Damrongchai klingelte unterhalb des Anwaltsschilds an einem schwarzen Knopf, der in den letzten sechzig Jahren sicher nicht erneuert wurde. Es läutete schrill.

Eine junge Frau öffnete die Tür.

Sie trug ein enganliegendes Top mit dünnen Trägern, das ihre sportliche Marathonfigur nicht verbarg. Ihre Haare hatte sie mit einem Tuch nach hinten gebunden.

Sie sah ihm einen Moment ins Gesicht. Vielleicht wunderte sie sich über ihn, wie das alle taten, wenn er in einem Schwarzwalddorf auftauchte. Ihre auffallend graublauen Augen waren freundlich, es schien ihr zu gefallen, dass er anders war.

»Du willst das Zimmer ansehen? Komm rein.« Sie nahm kurz seine Hand zur Begrüßung. Ihre Haut war rau. Sicher hatten sie auch einen Kartoffelacker hinter dem Hof. »Ich heiße Johanna«, stellte sie sich vor.

Er trat ein. Im Haus schwebte, trotz der neuen Bewohner, noch immer der Geruch von Kuhmist und Milch in der Luft.

»Waren hier Kühe?« Dam erinnerte sich daran, dass der stämmige Mann auf dem Fest gesagt hatte, die Kühe seien nicht mehr weiter als Nutztiere gehalten worden.

»Ja, wir haben sie in eine Herde gegeben, wo sie mit Bullen und anderen Kühen, ihren Kälbchen und Rindern zusammen sind.«

»Das gibt es?«

»Selten, und dort werden die Rinder auch getötet, aber Lore und Lotte sind zu alt für den Schlachter. Wir bezahlen dafür, dass sie dort leben dürfen.«

Ein paar Stufen folgte er ihr eine Treppe mit aufgeklebtem Teppichboden hinauf. Johanna führte ihn in eine Wohnung und zeigte ihm sein zukünftiges Zimmer.

Eine Matratze, ein altes Klappsofa und ein Schreibtisch teilten sich bereits den Raum. Die Tapete war grau mit kleinen Heinzelmännchen.

Na großartig, dachte Damrongchai, das passt ja bestens zu meiner geplanten Veränderung, wenn ich wieder in einem Kinderzimmer wohne.

Aber es nutzte nichts. Er sagte:

»Nehm ich. Kann ich gleich einziehen?«

Er setzte sich auf die Couch mit dem Federkern und dem kratzigen Überzug.

»Ich möchte noch warten bis Vincent und Cedric da sind.« Johanna lehnte sich in den Türrahmen. Ihre Arme hingen lang herunter. Offensichtlich wollte sie ohne ihren Anwalt nichts entscheiden.

»Wohnt ihr zu zweit hier?«

»Zur Zeit zu dritt, mit dir dann wieder zu viert.« Sie stieß sich vom Türrahmen ab. »Möchtest du einen Kaffee?«

Er nickte und folgte ihr quer über den Flur in die Küche. Dabei erhaschte er einen Blick in ein anderes Zimmer, das hell gestrichen war und mit Tüchern und Bildern dekoriert deutlich wohnlicher aussah als seines. Hinten in der Ecke stand ein Bücherregal mit Romanen. Er blieb kurz stehen und erkannte Dostojeswki und Hermann Hesse.

»Liest du gerne?«, fragte Johanna, wartete aber seine Antwort nicht ab, was ihm recht war, denn er gab ungern zu, dass er ausschließlich Comics las. Sie fügte jedoch mit genervtem Unterton an: »Wahrscheinlich auch lieber die wichtigen Bücher.«

Ihm war unklar, weshalb sie die sogenannten wichtigen Bücher nicht mochte und konnte nur vermuten, dass sie in diesem politischen Haushalt für ihre Liebe zur klassischen Literatur kritisiert wurde. Mit wichtig meinte sie wohl, vegane Sachbücher, wenn es so etwas gab. Er wusste es nicht und wurde unsicher, ob er sich nicht hätte ein wenig bilden sollen, bevor er hier einzog und so tat als ob.

In der Küche setzte er sich mit seinen Zweifeln an einen großen Tisch, auf dem die Brandränder von Kochtöpfen ihre Spuren hinterlassen hatten. Der Herd sah nicht so geputzt aus, wie der von Sofia.

Damrongchai gefiel es hier. Er fand es wohnlich.

Johanna löffelte gemahlenen Kaffee in eine Espressokanne.

Sie stellte eine Flasche auf den Tisch mit einer weißen Flüssigkeit darin, die stark an Kuhmilch erinnerte. »Das ist Mandelmilch. Die machen wir selbst, um Müll zu sparen. Die gibt es immer noch nur im Tetrapack zu kaufen.«

»Ja, das habe ich auch schon überlegt …« Tatsächlich hatte er bis jetzt nicht die geringste Ahnung, dass es Mandelmilch überhaupt gab.

Johanna entzündete die Gasflamme am Herd und stellte das Kännchen darauf. »Seit wann lebst du vegan?«

»Noch nicht so lange.«

Unten ging die Tür, jemand kam die Treppe herauf und direkt in die Küche. Ein großer schlaksiger Mann mit breiten, knochigen Schultern beugte sich herunter.

»Vincent«, sagte er nur, genauso wie am Telefon, und drückte dem sitzenden Damrongchai fest die Hand.

»Mein Name ist Dam«, stellte sich nun auch der Kommissar vor und wunderte sich, dass ihm einfach so sein Spitzname herausgerutscht war. Schließlich kannten den nur seine engen Freunde und natürlich seine Oma und seine Mutter.

»Wo kommst du her?« Vincents Vollbart bewegte sich beim Reden und seine nussbraunen, ungekämmten Haare, hatte er hinter das Ohr geklemmt. Er setzte sich zu Dam, der antwortete:

»Aus Frankfurt, doch die Stadt wurde mir zu teuer und zu laut. Eigentlich wollte ich nur ein paar Tage Urlaub bei meiner Oma machen, aber dann habe ich Eure Anzeige gelesen. Das ist genau das, was ich suche.«

Die Espressokanne dampfte und zischte, als wollte sie Dams Lügen entlarven. Aber niemand außer dem Kommissar selbst hörte ihre Warnungen.

Johanna ergriff das Kännchen mit einem Topflappen und stellte es zu den Brandflecken auf den Tisch. Dieses mal hatte sie an einen Untersetzer gedacht.

Aus einem Oberschrank holte sie Tassen. Dam nahm ihr ein geblümtes Tässchen ab, das sie über den Tisch reichte und das aussah, als sei es noch vom Service der vorigen Hausbesitzer übrig geblieben.

Er befüllte das hübsche historische Porzellan nur zur Hälfte mit dem schmalen Rinnsal aus der Espressokanne, goss dann die Mandelmilch auf den schwarzen Kaffee, der sich hellbraun verfärbte. Winzige Mandelstückchen wirbelten auf.

Die Stückchen beobachtend, fragte er:

»Und du betreibst hier eine Anwaltskanzlei?«

Vincent nahm drei Löffel Zucker und keine Milch. »Das ist wichtig, denn ohne Kanzlei habe ich keine Zulassung und kann nicht als Anwalt klagen.«

»Hast Du viele Klienten?« Dam probierte seinen Kaffee mit Mandelmilch und spürte die Mandelflöckchen auf der Zunge. Es schmeckte anders als Kuhmilch, noch ungewohnt aber doch angenehm und cremig.

Vincent sah ihn an, als wäre er irritiert von der etwas zu langen Verkostung. Dam schluckte schnell die Mandelflöckchen hinunter. Vincent ließ ihn noch nicht aus den Augen und antwortete langsam:

»Nein, wenn sie die Flagge sehen, gehen die meisten wieder und die anderen haben sich schon vorher über mich informiert und verfolgen die gleichen Interessen. Viele sind das leider nicht. Und was ist mit Dir? Wie hast du bisher gewohnt?«

Dam räusperte sich, bevor er sprach.

»Bis jetzt habe ich mit meiner Freundin zusammen gelebt, aber sie möchte in Frankfurt bleiben und fand mich zu extrem.«

Johanna hatte interessiert zugehört und auch Vincent hatte den Kopf aufgestützt und gelauscht, was Dam zu erzählen hatte.

Dam plagte das Gewissen, weil er sie anlog. Sie waren ihm aus irgend einem Grund so vertraut. Vielleicht, weil sie nicht hierher passten, wie er auch. Er fühlte sich fast ein bisschen sicher, ein bisschen wie zu Hause, wenn er sie nur nicht anlügen müsste.

»Macht Ihr auch Aktionen?«, fragte er, bekam aber keine Antwort, stattdessen rief von unten jemand aus dem Keller. Johanna lief zur Treppe und antwortete laut:

»Cedric, komm' bitte hoch.«

Cedric hatte ein paar Sägespäne in seinen Haaren und hinterließ beige Fußabdrücke aus Holzstaub mit seinen nackten Füßen auf den gelb-schwarzen Fliesen. Er hatte eine stämmige Figur und war klein. Eigentlich wirkte er wie das komplette Gegenteil der feingliedrigen Johanna und doch hatte er die gleichen strahlenden, graublauen Augen, fiel Dam auf.

Cedric goss eine Tasse voll mit Mandelmilch und trank hastig. Genauso hastig erzählte er dann:

»Ich habe was für Katharina gebaut. Jemand muss mir nachher helfen, es hochzutragen.«

»Was willst du noch alles anschleppen? Tiere sind keine Spielzeuge.« Vincent war aufgestanden. »Die Katze hast du auch schon wieder gefüttert.«

»Aber nur mit Sojamilch und dem veganen Futter«, verteidigte Cedric sich und Johanna legte den Arm um ihn. Er war ein wenig kleiner als sie und wirkte auch jünger, fast noch wie ein Jugendlicher. Da war eine starke Vertrautheit zwischen den beiden und diese gleichen Augenpaare.

Jedenfalls traute sich Vincent nicht mehr Cedric weiter anzuklagen. Entweder war das so, weil sie sich zu zweit gegen ihn stellten oder Vincent hatte vor Johanna Respekt.

Er murmelte nur leise:

»Füttere die Katze doch endlich mit deinem Hamster.«

Den Satz verstand nur Dam, der direkt neben ihm

stand und registrierte, dass Vincent eher eine politische als eine herzliche Beziehung, zu Tieren hatte.

»Wann kann ich also einziehen?«, fragte er in die Spannungen zwischen den Dreien hinein.

Johanna hatte Cedric wieder losgelassen und schob ihr Tuch am Oberkopf zurecht. Mit einem Seitenblick zu Vincent sagte sie:

»Morgen.«

Cedric zog aus einem hohen Küchenschrank eine Tüte Chips, die er raschelnd öffnete, hineingriff und zu knuspern begann.

»Kannst du gut kochen?«, war seine Frage an den neuen Mitbewohner.

Dam würde Merten konsultieren müssen. Wie gut, dass sein Kollege einen veganen Kochkurs belegte.

12

Die Sonne funkelte in den kleinen Wellen des Tübinger Baggersees. Verena schwamm neben Damrongchai und es könnte alles perfekt sein, wenn er jemand anderer wäre. Ein Mann ganz ohne Beziehungsstörung, der Verena in den Arm nahm, ihr ins Ohr hauchte, dass er sie liebte und dann küsste. Warum war ihm immer alles unklar?

Verena stoppte kurz und paddelte auf der Stelle, so dass sie Damrongchai direkt ins Gesicht sehen konnte. »Der Ermordete hatte reichlich Alkohol im Magen und schon über zwei Promille im Blut. Wenn er sich damit noch nicht auffallend stark betrunken verhielt, war er Alkoholiker oder zumindest Gewohnheitstrinker.«

Damrongchai tauchte ab und machte unter Wasser ein paar Züge auf Verena zu. Verschwommen erkannte er ihren Körper. Ein Fischlein flosselte an ihr vorbei. Was hatte sie gleich gesagt? Damrongchai stieß durch die Wasseroberfläche. Er benötigte Luft.

»Hörst du mir eigentlich zu?« Verena wartete seine Antwort nicht ab.

Sie schwamm zum Ufer. Dort entstieg sie dem Wasser und glitzerte in der Abendsonne. Ihr Bikini war einfach schwarz und knapp, jedoch keineswegs zu knapp.

Damrongchai wollte nicht einfallen, was sie gesagt hatte.

Er stolperte ungeschmeidig aus dem See. Die Kiesel am Grund schmerzten an seinen Fußsohlen.

Verena hatte ein Badetuch um sich gewickelt. Nur noch die schmalen Träger ihres Bikinis waren zu sehen.

Jetzt wusste er wieder, was sie zu ihm gesagt hatte und überlegte: »Er war also Alkoholiker. Merten meinte, die Reaktionszeit sei sehr schnell gewesen für Bienengift.«

Verena erklärte:

»Der Alkohol und die Hitze haben ihn dehydriert. Das ist Gift für den Kreislauf und begünstigt den allergischen Schock.«

Damrongchai erinnerte sich an die Kellnerin, die über Volkers verlangsamtes Verhalten verwundert war, dann wechselte er in sein Privatleben und fragte:

»Sollen wir noch was Essen?«

»Ich habe gehört, du lebst jetzt vegan?«

»Hat Merten dir das gesagt?«

»Der Staatsanwalt jedenfalls nicht. Aber keine Angst, ich schweige.« Sie legte den Zeigefinger vor ihren Mund.

»Ruft er dich immer noch an?« Obwohl Damrongchai wusste, dass Verena den Staatsanwalt Nydhal entsetzlich fand, bekümmerte es ihn doch, wenn er erfuhr, dass sie Kontakt hatten.

»So einmal in der Woche meldet er sich und danach kauft er bei meiner Mutter neue Anzüge. Wenn er weg ist, ruft sie mich an, dass er doch eine gute Partie sei.« Sie schüttelte den Kopf. »Es ist komplett verrückt.«

Sie öffnete ihr Badetuch und gab es Damrongchai. »Du tropfst. Gehen wir zum Kiosk«, meinte sie.

Gehorsam nahm er Verenas feuchtes Tuch entgegen, denn er hatte vergessen eines der geblümten Froteetücher von Sofia einzupacken. Er vermied es einen Turban um den Kopf zu wickeln, was er sonst so gerne tat, sondern rubbelte sich ab und rannte dann Verena barfuss hinterher, die schon voraus gegangen war.

Er folgte ihr zwischen den Büschen hindurch. Dabei pieksten Steine an seinen Füßen. Am Hauptstrand wurde der Weg angenehmer. Der warme Sand umschloss seine Zehen, als sie das Kiosk erreichten. Vor dem Bretterhäuschen mit Markise warb der Besitzer auf einer Tafel für Eis am Stil.

Verena und Damrongchai stellten sich hinter ein Pärchen, das sich zusammen eine Cola mit zwei Röhrchen kaufte. Sie tranken beide davon, gleichzeitig. Arm in Arm gingen sie an den Sandstrand in Richtung des Sees. Zutiefst beglückt und in sich versunken, als ob es die Welt um sie herum nicht gäbe.

Die Frau hinter der Theke blinzelte mit Herzchen in den Augen den beiden nach, wandte sich dann aber Damrongchai zu. Ihr Blick wurde ausdruckslos und ihre stumpfen, krausen Haare flogen.

Er hatte sich überlegt Salat zu essen und fragte nach:

»Welches Dressing haben Sie?«

Sie öffnete für einen Moment tonlos den Mund, dann antwortete sie, was sie für richtig hielt:

»Wie Dressing? Halt das im Beutel.«

Sie holte aus einer Schublade einen kleinen Plastikbeutel mit Aufdruck und hielt es hoch.

»Das ist mit Joghurt, das nehme ich nicht.«

»Salat ist sowieso aus.«

»Gut, dann Pommes ohne Mayo.«

»Die sind kalt. Ich hab noch Wurst da, für Currywurst.«
Auf dem Grill lagen gut gebräunte Würstchen.

»Was gibt es denn sonst noch?« Damrongchai wollte
noch nicht verzweifeln.

»Äh, Eis.«

»Auch Wassereis ohne Milch?«

»Haben Sie eine Laktoseintoleranz?«, erkundigte sie
sich ehrlich besorgt.

Er zeigte auf die Tafel mit den Eissorten.

»Ich nehme ein Capri-Eis.«

Verena bestellte sich einen Kaffee, leider war die Milch
ausgegangen.

Mit ihrem mageren Abendessen setzten sich an den
Strand und sahen auf die spiegelnde Wasseroberfläche.
Die Sonne versank im See und färbte ihn golden.

Während diesem wunderschönen Naturschauspiel
nahm Verena einen kleinen Schluck aus ihrem Pappbe-
cher und verzog das Gesicht, weil der Kaffee ihr nicht
schmeckte.

Aber sie fluchte nicht, sondern begann zu kichern,
wurde immer lauter und sah zu Damrongchai herüber.
Sein Eis tropfte und lief ihm kalt über die Hand, als er
laut mitlachte. Plötzlich war alles so leicht. Sie legte ihre
Hand auf seine Schulter.

»Ich kenne ein gutes vegetarisches Restaurant, in dem
sie auch vegane Gerichte anbieten.«

Er sah sie an, spürte ihre schmale Hand.

»Darf ich danach noch mit zu Dir?«, fragte er und
verlor sich in ihren moccabraunen Augen.

In Verenas Wohnung war es stickig und warm. Sie öffnete die Fenster. Aber auch von den Tübinger Gassen strahlte nur die Tageshitze wieder. Der aufgeheizte Asphalt kühlte nicht die Luft, wie ein See oder ein Wald, die beide abends die Glut der Sonne mit ihrem Atem davon bliesen.

»Das Essen war sehr gut.« Damrongchai setzte sich auf das rote Sofa.

»Da gehe ich ganz gerne hin.« Sie wollte sich gerade zu ihm setzen, als es an der Wohnungstür klopfte.

Verena ging barfuss über den glänzenden Parkett und hinterließ Fußabdrücke.

Dam hörte, wie sie mit einer Frau sprach, die fragte:

»Kann ich kurz reinkommen?«

»Ich habe Besuch.« Das klang wie eine Entschuldigung, als sie um die Ecke ins Wohnzimmer kamen.

Verena presste die Lippen zusammen. Er spürte ihre Anspannung.

»Das ist meine Nachbarin,« säuselte sie.

Die Nachbarin war groß und blond und hatte eine Eleganz, wie die Frauen in den Filmen aus den sechziger Jahren, die ihre zarten Kopftücher auf der Fahrt mit dem Cabriolet dem Wind schenkten.

Damrongchai stand auf und reichte ihr die Hand, die sie herzlich schüttelte.

»Agnes«, stellte sie sich vor und irgendwie sah sie ihn wissend an.

Verena war in die Küche geeilt und kam mit einer Flasche Wasser und Gläsern zurück, die sie auf den Tisch stellte. Nervös glitt ihr Blick an ihm vorbei. Sie setzte sich auf einen unbequemen Beistellhocker.

Agnes nahm neben Damrongchai Platz.

Freudig meinte sie: »Ich ziehe aus.«

»Warum das denn?« Verenas Stimme hörte sich löchrig an.

»Ich habe so ein gutes Angebot in München bekommen. Das muss ich machen.« Agnes sah mit Bedauern zu Verena. »Tut mir leid. Ich hatte wirklich noch nie so viel Spaß mit meiner Nachbarin. Du kommst mich besuchen. Ich bin doch nicht aus der Welt.«

»Natürlich. Ich freue mich für Dich.« Verena streckte ihre Hand aus und Agnes nahm sie in die ihre und drückte fest.

Nach diesem kurzen innigen Moment, drehte sich Agnes zu Damrongchai und fragte ihn:

»Du brauchst nicht zufällig eine Wohnung?«

Verena sah sie spitzig an, was Damrongchai durchaus bemerkte und vielleicht gab er auch deswegen zu:

»Ja, ich suche zur Zeit eine Wohnung.«

Agnes klatschte einmal in die Hände. »Nebenan wird es frei. Dann kannst du jeden Tag bei Verena auf der Couch sitzen.«

Verena rutschte auf ihrem Hocker herum. »Ich glaube nicht, dass er das will.«

Damrongchai stand auf. »Darf ich mir die Wohnung mal ansehen?«

»Klar, komm' mit«, lud sie ihn ein.

Er ging voraus. Verena kam nicht mit. Sie blieb auf dem Hocker zurück.

Agnes hatte ihre Wohnungstür offen gelassen und gab ihm den Vortritt. Er schritt auf die Holzdielen, welche nicht so wunderbar gepflegt waren, wie das Parkett in Verenas Flur. Die Kratzer, die Damrongchai entdeckte und das leicht stumpfe Aussehen des Bodens fand er entzückend.

Er ging bis zum Ende des Flurs, in das Badezimmer, das bunte Fliesen hatte und ein schmales, hohes Fenster mit Blick zum Innenhof. Dort spielten ein paar kleine Jungs unter einer Platane in einem Sandkasten.

Er lächelte und drehte sich zurück zu Agnes, die ihn weiter in die Küche führte.

»Die Schränke und Geräte bleiben drin«, meinte sie. »In München ziehe ich in eine WG. Was anderes kann ich mir dort erst mal nicht leisten.«

Diese Küche war nicht so perfekt wie Mertens Reich und deswegen so passend für Damrongchai. Er fuhr mit den Fingerspitzen über die leergeräumte Arbeitsplatte und fand ein paar Krümel, die er zwischen den Fingern rieb.

Durch eine Schiebetür sah er das Wohnzimmer, wo sich Umzugskartons stapelten, die vollgepackt auf ihren Abtransport warteten.

Damrongchai schnippte die Krümel weg und ging hinein.

Erschöpft setzte er sich auf eine der Kisten, als hätte er nicht nur drei Zimmer besichtigt, sondern ein ganzes Hochhaus. »Schön die Wohnung, aber Verena will ja nicht, dass ich neben ihr wohne.«

Agnes ging in die Hocke.

»Also Ihr seid schon sehr kompliziert.« Sie neigte den Kopf zur Seite. »Glaub mir, am liebsten hätte sie, dass du bei ihr drüben einziehst – aber das muss ja nicht mal sein. Das wäre ein Anfang hier. Dann könntet Ihr abklopfen, wie das so funktioniert mit Euch beiden.«

Damrongchai fühlte wieder diese Motten.

Er atmete hörbar, fast schon seufzend, aus, als er aufstand und mit Agnes ins Treppenhaus zurückging. Verena hatte im Türrahmen gewartet.

Agnes fasste an die Wand.

»Da kann man auch einen Durchbruch machen, dann ist man zusammen und doch nicht. Das entspricht doch Eurer Beziehungsart«, stichelte sie lächelnd.

»Du hast Ideen.« Verena verschränkte die Arme, aber ihre Freundin meinte unbeirrt positiv:

»Ich kann dem Vermieter Bescheid sagen, der freut sich über einen Kommissar als Nachmieter.«

»Fragt mich eigentlich auch mal jemand, ob ich mich über einen Nachmieter freue?«

Für einen Moment hasste er sie dafür, dass sie das gesagt hatte.

»Ich melde mich«, sagte er zu Agnes, obwohl er überhaupt keine Nummer von ihr hatte.

Dann umfasste er Verena an der Taille und machte die Tür hinter ihnen zu. Er stand sehr dicht bei ihr, sein Gesicht berührte fast ihr Gesicht.

»Du willst nicht, dass ich in deiner Nähe bin?«

Er spürte ihren Atem, dann drehte sich aus seiner nicht zärtlichen Umarmung.

»Ich weiß nicht«, sagte sie schroff.

Sie lehnte sich an die andere Wand des Flurs und war so weit weg. Er schluckte und was er sagte, war auch weit weg. »Ich muss los. Morgen ziehe ich in die WG.«

Verena stieß sich von der Wand ab.

Sie sah ihn für einige Sekunden an, wie er da stand, verletzt, zurückgezogen. »Willst denn du, dass ich in deiner Nähe bin?«

»Ich weiß es auch nicht.« Er öffnete die Tür und ließ Verena zurück.

Das Geräusch des zufallenden Türschlosses hallte durch das Treppenhaus.

13

Damrongchai parkte unterhalb der Kurve, denn ein kleiner Bus stand vor dem Anwesen der veganen Wohngemeinschaft. Vom Blech des Transporters grinste als Werbung ein Möbelpacker mit starken Oberarmen. Auf seiner breiten Brust prangte eine Telefonnummer, unter der nicht er selbst, sondern der Umzugstransporter zu vermieten war. Um das Bild des Mannes herum schwebten Gegenstände des täglichen Gebrauchs, wie ein Klavier und ein Sekretär aus der Epoche von Louis-quatorze.

Der Kommissar stieg aus dem Auto. Er versteckte sich hinter einem Gebüsch und so konnte ihn auch niemand sehen, als der junge Mann mit den roten Haaren aus der Tür kam.

Dieser trug eine Matratze über dem Kopf und schrie:

»Du überzeugst doch niemanden mit Gewalt.« Vincent, der Anwalt der Tiere, war ihm bis zur Straße gefolgt und brüllte genau so laut zurück:

»Als ob du mit deiner Hafermilch in der Fußgängerzone irgendjemand überzeugt hättest. Die wollten doch nur Johannas Titten sehen und nicht wissen, worum es geht.«

Der Rothaarige winkte ab und warf die Matratze in den Kleinbus. Damrongchai befürchtete, nicht mehr möbliert anmieten zu können.

Sein Vormieter startete den Motor und sah sich nicht mehr um, bevor er zu schnell davon fuhr. Zu schnell für dieses Gässchen und zu schnell, um ökologisch zu sein.

Vincent kickte wütend einen Stein, der fast eine Scheibe des Scheunengewächshauses getroffen hätte, und ging dann zurück ins Haus.

Damrongchai folgte ihm. Vincent verschwand über die Treppe einen Stock höher, doch der Kommissar konnte ihm nicht folgen, denn Cedric kam mit der Katze auf dem Arm aus dem Keller.

»Bist du schon da? Hast du das Gebrülle mitbekommen? So ist es nicht jeden Tag«, sprudelte er auf Damrongchai ein, der dachte, dass es vielleicht ergiebiger war, sich mit dem unbedarften Cedric zu unterhalten, als Vincent zu beobachten.

Also begann er, sich wie ein ganz normaler Neuankömmling zu sorgen:

»Sind die Möbel jetzt weg?«

»Nein, keine Angst, er hatte ein Zimmer im oberen Stock«, erklärte Cedrik.

»Hat Euch mein Vormieter nicht bei Euren Aktionen unterstützt? Er hat was von Gewalt gesagt?«

Cedric schüttelte genervt den Kopf und winkte ab. Die Katze kuschelte sich an seinen Hals. Ihr Fell verband sich mit Cedrics Haaren, die eine nicht definierbare Farbe hatten und fettig aussahen. Die Katze störte das nicht. Sie ließ sich von Cedric die Treppe nach oben tragen.

Dam folgte ihnen nach. Die Katze sah auf ihn herab und er sagte, während er in ihr getigertes Gesichtchen mit den gelben Augen sah:

»Gut, dass die Möbel noch da sind. Ich habe keine eigenen.«

Bis in Dams Zimmer ließ sich das braun-graue Tigerchen tragen, dann sprang es von Cedrics Arm, der meinte:

»Der Schreibtisch ist von mir. Ich habe mehr Platz gebraucht für Katharina.«

»Katharina?«, wunderte sich Dam.

»Katharina die Große, die Zwerghamsterin.«

»Die hatte ich vergessen.« Dam lachte, bückte sich herunter und streichelte die Katze.

Er sah nach oben zu Cedric, der zu erzählen begann:

»Ich entdeckte das Hamsterchen an einem Fenster, in einem viel zu kleinen Käfig mit Gitterstäben. Ein Kerl mit schwarzen Klamotten saß den ganzen Tag am Computer und zockte World of Warcraft. Dazu hörte er Dark Metal und rauchte eine nach der anderen. Das Hamstermädchen raste wie verrückt im Laufrad, dabei brauchen Hamster ihren Tagschlaf.«

»Und wie hast du sie gerettet?«

»Ab und zu musste der Nerd dann doch mal was essen. Gelegentlich kaufte er beim Discounter ein und füllte seinen Vorrat an Fertiggerichten auf. Und irgendwann habe ich seine Tür einfach aufgebrochen und sie da raus geholt.« Cedric redete aufgeregt und war errötet. »Heute Abend kannst du vorbei kommen und sie mal bewundern. So gegen sieben wacht sie auf. Sie ist so süß.«

Dam nickte und setzte sich an den Schreibtisch, der mit Schnitzereien verziert war, die nach einem Schuljungen aussahen. Cedric hatte seinen Namen in das Holz eingeritzt, dazu Schimpfwörter und ein paar Mädchennamen, von denen Dam nicht wusste, ob es Menschen- oder Hamstermädchen waren.

Er wollte sich zurücklehnen, aber die starre Holzlehne drückte in seinen Rücken, so dass er lieber aufrecht saß.

Da er weiterhin versuchen musste herauszufinden, was mit dem ausgezogenen Mitbewohner los war, fragte er:

»Was hatte Vincent vorhin gemeint wegen Johanna?«

Cedric hatte sich inzwischen zu seiner Katze auf den Boden gesetzt, die sich an seinen Armen schnurrend streifte.

»Ach so das, eigentlich wollten wir die Kühe mit in die Fußgängerzone nehmen, aber das Amt erlaubte das nicht. Deswegen zog Johanna ihr T-shirt aus und legte eine selbstgebaute Menschen-Melkmaschine um, damit die Leute verstehen, was sie da eigentlich trinken, nämlich die Nahrung von Babys. Wir schenkten Hafermilch aus und hatten Bilder von Kälbchen mit ihren Müttern aufgehängt. Vielen Leuten schmeckte die Hafermilch. Vincent passte das natürlich wieder nicht, weil wir angeblich zu sehr auf die Tränendrüse gedrückt hätten und nicht mit seinen Fakten rumgeworfen hatten.«

Dam wunderte sich:

»Ihr hattet doch die Aufmerksamkeit.«

Johanna rief aus dem Nebenzimmer:

»Vincent glaubt nur die Pornografische.«

Dam musste lachen. Er hatte nicht daran gedacht, dass sie mithören könnte.

Sie kam hinzu und fragte:

»Sollen wir dir helfen deine Sachen reinzutragen?«

Sie wollte das Gespräch wohl beenden. Cedric plauderte zu viel mit dem Neuen.

Dam fügte sich und meinte: »Ich hole mein Auto.«

Dieses Mal fuhr parkte er direkt vor die Haustüre. Er hatte sein Fahrrad eingeladen und einige Umzugskisten, die er nie ausgepackt hatte, von seinem Dachboden geholt.

Die Kartons waren mit dem Rad verkantet. Er zerrte zuerst sie und dann das Fahrrad heraus.

Zu dritt trugen sie sein bescheidenes Hab und Gut ins Haus und stellten alles in seinem Zimmer neben dem Schreibtisch ab.

Die Katze lag inzwischen auf dem Sofa und ließ sich vom Trubel nicht stören. Sie wirkte dekorativ mit ihrem glänzenden Fell und machte das, doch etwas unpersönlich gestaltete Zimmer, gemütlich durch ihre entspannte Präsenz.

Cedric hatte die letzte Kiste hochgetragen. »Habt Ihr auch Hunger?«

Offensichtlich aß Cedric sehr gerne und er hatte auch schon in der Küche Sommergemüse aus dem Gewächshaus vorbereitet.

Auf dem Tisch lagen Paprika, Tomaten, Zucchini, Auberginen, ein paar vereinzelte grüne Bohnen und noch manches, was nicht aus dem Gewächshaus stammte.

Dam besah sich eine Karotte, die voller Erde war. »Habt Ihr auch einen Acker?«

Cedric kaute Paprikastückchen und schnitt Zwiebeln.

»Ja, und manches wächst auch im Müllcontainer des Supermarkts.« Er zeigte auf einen eingetüteten Broccoli und holte ein Päckchen Couscous von der Anrichte.

Dam lachte. »Ja, das sieht nach Supermarkt-Plantage aus.«

Er nahm das grüne Gemüse und entfernte mit einem Messer die Folie, als er von oben ein Rumpeln hörte.

Stürmisch polterte Vincent die Treppe herunter. Er rannte in die Küche und knallte einen Stapel Flugblätter auf den Tisch.

Dam sah einer sehr traurigen Kuh und einigen Hunden in Käfigen in die Augen, bevor er den Text las:

Leder ist kein Abfallprodukt von Fleisch!

Es ist ein Milliardengeschäft für die Schlachthöfe in Europa und den USA. Wenn Sie Leder tragen, unterstützen Sie die Fleischindustrie!

In China werden Hunde zu Tode geprügelt und ihre Häute zu Leder verarbeitet, das auf den Weltmarkt kommt. Es gibt keine gesetzliche Kennzeichnungspflicht über die Herkunft von Leder. Möglicherweise war die Lederverzierung an Ihrer Jacke einmal die Haut eines Hundes.

Oder Ihre Schuhe die Haut einer heiligen Kuh, denn neunzig Prozent der indischen Lederproduktion wandert in die EU. Da es dort nicht erlaubt ist Kühe zu schlachten, werden die Tiere in alten Lastwägen über holprige Straßen nach Bangladesh gebracht. Falls sie den Transport ohne Wasser und mit Verletzungen überleben, wird ihnen unbetäubt vor den Augen ihrer Artgenossen die Kehle durchgeschnitten.

Die abgezogenen Häute werden zurück nach Indien gebracht, wo billige Arbeiter sie mit Chrom gerben, das Mensch, Tier und Gewässer vergiftet und auch für den Endverbraucher gesundheitsschädlich ist.

Mehr unter tieranwalt.eu

Dam hatte sein Messer weggelegt, weil ihn das Gelesene schockierte. Er durfte jetzt auf keinen Fall zugeben, dass er das alles nicht gewusst hatte. Stattdessen musste er sich in Vincents Sicht hineinversetzen und meinte:

»Du hast die Fakten zusammen getragen, aber auch das Emotionale nicht vergessen. Das mit den Hunden wird alle empören. Darüber werden sie reden. Das solltest du in die Regale zum Haustierfutter legen.«

Vincent setzte sich Johanna gegenüber und meinte:

»Noch wichtiger ist, dass die Lederprodukte gesundheitsschädlich sind. Menschen denken immer zuerst an sich selbst.«

Johanna sah von ihren geputzten grünen Bohnen auf und zog die Augenbrauen nach oben, als sie kritisierte:

»Als erstes lese ich da von den Schlachthöfen. Wenn die Leute das sehen, legen es die meisten gleich wieder weg. Zudem ist es doch wieder viel zu ausführlich geschrieben. Nicht jeder hat deine Auffassungsgabe.«

Vincent kraulte seinen Bart und gab zurück:

»Ich habe die pointierten Stellen so gesetzt, dass sie ins Auge stechen. Ein paar Leute werden vielleicht sogar in der Lage sein, ein Din A fünf Blatt ganz zu lesen.«

Cedrics rundes Gesicht bewegte sich beim Kauen.

Mit vollem Mund trug er zum Gespräch bei:

»Kennt Ihr das Bild von Greenpeace? Ein toter Taucher hängt zusammen mit einer Schildkröte und einem Delphin in einem Fischernetz und darunter steht –Beifang-. Das hat Wirkung. Mit einem Wort ist alles gesagt.«

Er entzündete mit seinen rötlichen Paprikahänden ein Streichholz. Das Flämmchen hielt er in das ausströmende

Gas des alten Herdes, das sich puffend entzündete und blau brannte. Cedric stellte eine Pfanne mit Öl auf den Flammenkreis und warf die Zwiebeln hinein. Woraufhin es zischte und dampfte und das unverwechselbare Aroma von Röststoffen voluminös den Raum erfüllte.

Dam atmete den gefälligen Duft ein und genoss einen Moment, bevor er sich wieder an die indischen Kühe erinnerte. »Nur ist das mit dem Leder nicht so bekannt, wie die Überfischung und die Delphine.«

»Das wird es aber morgen zumindest hier in der Gegend sein.« Vincent legte seine Hand auf den Stapel gelber Blätter. »Heute Nacht klatschen wir die Flyer an die Wände.«

14

Dam hatte sich in sein Zimmer zurückgezogen und saß auf der Couch, deren Stoff an seinen nackten Armen kratzte. Zuerst hatte er überlegt Comics zu lesen, dachte dann aber über die Wohnung neben Verena nach.

Er wollte ihr doch so gern nahe sein und verstand selbst nicht, was die Sache so kompliziert machte.

Es klopfte an der Tür und er schreckte auf.

»Ja?«, sagte er langsam.

Johanna kam herein und setzte sich einfach dicht neben ihn auf das Sofa.

»Hast du das schon gesehen?« Sie zeigte auf einen Laptop, den sie dabei hatte. »Das sind Leute, die sich als Arbeiter in Schlachthöfen oder Mastbetrieben einschleichen und dann heimlich filmen. Die Aufnahmen stellen sie dann ins Netz.«

Sie roch nach feuchter Haut, nach sich selbst und er fand sie süß, aber sie war viel zu jung und außerdem liebte er Verena, auch wenn er davon die Motten bekam.

Sie klappte den Laptop auf. Der Film lief sofort an.

Eine Gruppe Schweine wurde mit einer Metallplatte seitlich in einen Aufzug geschoben, der sie nach unten in einen Schacht fuhr, in dem sie mit Kohlendioxid betäubt wurden.

Die ganze Zeit über quiekten die Tiere voller Angst.

Ein Sprecher erklärte, dass das Gas ein Erstickungsgefühl bewirke und die Schweine schon bei der Fahrt nach unten in Todesangst geraten. Wegen der Kostenersparnis wird aber kein Argon oder Helium verwendet, wodurch nachweislich die Angst und das Gefühl zu ersticken zu verhindern wäre. Zudem sind manche Schweine nicht ausreichend betäubt oder wachen nach dem Entblutestich wieder auf, wenn sie ins Brühbad kommen zur Entfernung der Borsten.

Dam starrte auf den Bildschirm. Die abgebrühten Körper der Tiere wurden aus Kesseln gekippt und glitschten übereinander. Sie wurden an ihren Hinterläufen an Haken gehängt und von Männern mit weißen Gummistiefeln in zwei Hälften gesägt.

Dam wurde schlecht, als er überlegte, wie viel Würstchen er schon gegessen hatte und er wusste noch nicht alles.

Der Moderator meinte weiter:

»Vierhunderttausend Schweine im Jahr sind nicht ausreichend betäubt, wenn sie durch das sechzig Grad heiße Wasser gezogen werden - und das sind nur die Schweine.«

»Macht das aus, ich kann das nicht sehen.« Cedric stand im Flur und zeigte auf den Computer. Seine gestreifte Hamsterin lief auf seiner Schulter und schnupperte an seinem Hals.

Johanna klappte das Gerät zu.

Vincent kam aus der Küche und bückte sich herunter zu dem kleineren, fast zehn Jahre jüngeren, Cedric. Dabei steckte der böse Tieranwalt, Katharina, der Hamsterin, eine Winzigkeit zu essen zu, obwohl er ihr vor wenigen Minuten noch die Katze an den Hals gewünscht hatte.

Er reckte den Kopf ins Zimmer, sah zuerst zu Johanna, dann zu Dam. Überheblich sagte er:

»Cedric ist ein bisschen empfindlich und deswegen meistens nicht so gut informiert.«

Johanna rückte dichter zu Dam, als sie Cedric verteidigte:

»Im Gegensatz zu dir hat er es im Gefühl, was das Richtige ist und braucht dazu keine Informationen.«

Vincent schlug wütend gegen den Türrahmen. »Ein paar Einzeltiere zu retten, ist jedenfalls nicht das Richtige. Die Plakate und Aktionen in der Fußgängerzone haben doch praktisch keine Wirkung. Ich weiß gar nicht, warum ich mir das alles immer noch antue. Es muss mal was passieren. Dieser Gewalt kann man nicht ständig mit ein paar Kochrezepten begegnen. Wir müssen endlich zurückschlagen. Es müssen Köpfe rollen.«

Cedric ging in das Zimmer, weg von Vincent. Er hielt das kleine Tierchen auf seiner Schulter bedeckt, wohl, um es zu schützen, damit es keine Angst bekam, denn er schrie:

»Spinnst du eigentlich so etwas zu sagen? Weißt du denn nicht, dass der Volker tot ist? Der wurde ermordet. Wir sind doch gegen das Töten, wollen doch, dass es aufhört und morden nicht zurück. Du bist doch der Anwalt. Wir haben doch die Klagen laufen gegen die Schlachthäuser.«

Dam hatte vermutet, dass der jüngere und sensiblere Cedric Angst hätte, sich dem klugen, übermächtigen Vincent zu widersetzen, aber anscheinend hatte der

Wunsch nach Gewalt Cedrics offenen Widerstand geweckt.

Vincent lachte gallig und redete, wie jemand, der nicht an die Gesetze glaubte: »Die Klagen laufen schon seit Jahren. Es bewegt sich nichts, gar nichts. Der Löffler, der Hühnerschänder, müsste weg und dann immer weiter. Die Betreiber der Schlachthäuser. Nur so würde auffallen, worum es geht.«

Johanna stand auf und schob Cedric zur Seite, damit sie einen freien Blick zu Vincent hatte, als sie ihm entgegen spie: »Dass du einen gewaltigen Schaden hast, weiß ich ja schon lange, aber dass er so ausgeprägt ist, konnte ich nicht ahnen«, sie schüttelte den Kopf bevor sie weiter redete: »Ich schlage vor, wir gehen deine Plakate kleben, bevor du noch mit dem Küchenmesser losziehst.«

Die grazile Johanna hatte sich vorgebeugt und die Hände in die Hüften gestemmt.

Vincents Augen wurden trübe. Sie hatten an Lebenswillen verloren. »So schätzt Ihr mich ein. Ihr führt Euch auf, als hätte ich den Volker umgebracht. Ich spreche darüber, was man tun sollte und nicht, was ich tun werde. Ihr seid doch paranoid.«

Cedric holte das Hamsterchen von seiner Schulter auf die Hand.

»Wir brauchen auch noch Lebensmittel«, flüsterte er.

Vincent fokussierte Johanna, während er sagte: »Wir teilen uns beim Plakate kleben auf und danach treffen wir uns beim Supermarkt.«

Johanna drehte sich zu Dam und sagte:

»Wir fahren mit den Rädern.«

»Ja, ich bin dabei.« Der Kommissar gab vor, das als völlig selbstverständlich zu betrachten, dabei war Vincent ab jetzt tatverdächtig.

Mit schwerem Atem radelte Dam durch die Landschaft des Mittelgebirges und der Abstand zu den anderen wurde immer größer, während er überlegte, dass er später Merten anrufen musste. Löffler musste geschützt werden, so unsympathisch Dam ihn fand.

Auf der restlichen Strecke, die den Berg hinunter führte, konnte der Kommissar seine teilweise mordverdächtigen Mitbewohner auch nicht einholen.

Der kaum von seiner flackernden Fahrradlampe ausgeleuchtete Waldweg, barg viele Stolperfallen. Wurzeln und größere Steine machten ihn unwegsam. Dam bremste ab und wich den Hindernissen so gut es ging aus.

Unten am Ortseingang warteten die anderen geduldig auf ihn und hatten die Lichter an ihren Rädern gelöscht.

Vincent trug den Stapel Flugblätter in seinen Händen. Er teilte den gelben Blätterhaufen, gab Johanna die Hälfte und bestimmte:

»Dam und ich gehen zusammen. Wir bekleben die Bushaltestellen und die Volksbank. Cedric und du, Ihr klebt die Flyer an die Läden und die Straßenlaternen. Das Ganze mit Klebestreifen, sonst ist es Sachbeschädigung.«

Sollte Vincent wirklich über Leichen gehen? Dam zweifelte daran. Er erinnerte sich, wie Vincent die possierliche Katharina auf Cedrics stämmiger Schulter gefüttert hatte. Und jetzt auch noch die Klebestreifen, um keinen Grund des Anstoßes zu liefern. Das passte doch nicht zusammen. Dam wollte das nicht, dass Vincent ein Mörder war. Der große Anwalt war doch auch einer von den Guten, der mal wütend war und mal Unsinn redete, weil sich nichts veränderte.

Das waren Dams Gedanken. Trotzdem schrieb er schnell und heimlich eine SMS an Merten zum Schutz für den Hühnerzüchter Löffler.

Er hatte sich mit dem Rücken zu den anderen gedreht und tippte hastig.

Dam sendete und Vincent wurde ungeduldig:

»Was tust du denn da? Komm' jetzt!«

»Komme«, rief Dam und eilte Vincent nach.

Sie klebten die Flugblätter auf Fahrpläne, neben Fahrpläne und an die gläsernen Wände der kleinen Bushäuschen, die Schutz bieten sollten gegen lausiges Wetter.

Dam musste über die Klebestreifen lachen, die sich nicht abziehen ließen und die Aktion verlangsamten. »Ich dachte immer, so was muss schnell passieren.«

Vincent winkte ab. »Um die Uhrzeit schlafen hier alle.«

Sofort nachdem er das gesagt hatte, wurden sie von den Lichtkegeln eines vorbeifahrenden Wagens erfasst. Schnell warfen sie sich hinter einer Sitzbank zu Boden.

Jetzt lachte auch Vincent und Dam fühlte etwas, das er zuletzt mit Karin erlebt hatte, als sie noch Kinder waren. Er spürte Verbundenheit.

»Komm' wir klettern auf das Dach.« Vincent zeigte auf das Bankgebäude gleich neben der Bushaltestelle. Er machte für Dam eine Räuberleiter.

Der Kommissar stieg mit seinem Fuß auf die gefalteten Hände von Vincent, der ihn mit viel Kraft nach oben stemmte, wo sich Dam über den Rand des Blechdachs zog und auf ein Stück ebene Fläche kroch.

Vincent kletterte einfach an einer Dachrinne hoch.

Er setzte sich mit lang ausgestreckten Beinen hin und Dam faltete sich in den Schneidersitz.

Die Straßenlaternen brannten um diese Uhrzeit nicht mehr. Der Mond stand als breite Sichel neben dem Kirchturm, der auf der anderen Seite der Kreuzung über die Dächer der Häuser ragte.

Die beiden erschöpften Plakatekleber legten sich nach hinten und beobachteten die Sterne. Es war ganz still. Dam hörte seinen eigenen Atem. Die Sterne, die Unendlichkeit ließen alles nichtig erscheinen, doch Vincent holte ihn zurück auf die Erde.

Die Worte durchrissen den Nachthimmel. »Was hast du in Frankfurt so getrieben? Du bist ja schon was älter.«

Wieder musste Dam aus seinem Leben erzählen, dass er so überhaupt nicht geführt hatte. »So aktiv wie ihr, war ich nicht. Ich kochte mein Essen und versuchte meine Freunde zu überzeugen.«

»Hast du gearbeitet?«

»Ja.« Dam setzte sich nervös auf.

»Was?«

»Äh, mit Gemüse«, stammelte Dam, »Biogemüsehändler war ich, aber ich die Miete für meinen Laden in Frankfurt wurde mir zu teuer.«

Vincent schien nicht mehr zuzuhören. Er verschränkte die Arme hinter dem Kopf.

»Sie mag dich«, sagte er.

Dam drehte sich nach hinten zu Vincent. »Du meinst Johanna?« Er wendete sich wieder nach vorne und redete in die Nacht: »Keine Angst, sie ist viel zu jung für mich. Zu dir passt sie viel besser.«

Vincent kniff kurz die Augen zusammen. »Sie hasst mich. Das hast du doch vorhin gesehen.«

»Sei einfach ein bisschen netter zu Cedric. Das stört sie.«

»Er ist so empfindlich und dumm. Er zieht sich zurück, statt raus zu gehen und die Sache zu verteidigen. Aber er ist ihr kleiner Bruder und sie wird ihn niemals alleine lassen.«

Dam erinnerte sich, wie ihm die gleichen Augen der beiden aufgefallen waren und dass sie sonst überhaupt keine Ähnlichkeit miteinander hatten. »Cedric ist doch kaum achtzehn. Was ist denn mit ihren Eltern?«, fragte er.

Vincent stützte sich seitlich auf seinen Ellbogen.

»Von dort sind sie abgehauen. Als sie kleiner waren, sperrte die Mutter sie immer weg, wenn sie ihre neuen Verehrer mit nach Hause brachte.«

»Deswegen will Cedric alles befreien, was lebt.« Dam legte die Hand auf seine Wange.

»Er knackt alle Schlösser. Das hat er schon in seiner Kindheit begonnen zu perfektionieren.« Vincent setzte sich auf. »Später begrabschten die Verehrer auch mal Johanna oder schlugen Cedric. Die Wut, die du vorhin gesehen hast, die tragen sie beide in sich.«

»Warum nimmst du dann nicht ein wenig Rücksicht auf ihre Gefühle?«

Vincent zog seine Knie zu sich. »Das habe ich nicht gelernt. Bei mir zu Hause ging es immer rein analytisch zu. Meine Mutter hat sehr genau nachgefragt, warum ich ihre Blumenvase kaputt gemacht habe oder was mich dazu antrieb meine Schwester zu schlagen. Das zeigte mir, dass Gefühle unsinnig sind und nur rational zu leben vernünftig ist. Vernünftig, das war übrigens ihr Lieblingswort. Ich habe verlernt, wie das ist, ohne Berechnung zu leben.«

»Du hast deine Schwester geschlagen?«

»Ja, ich war zehn Jahre alt und sie hat zu mir gesagt, dass ich hässlich und ein Streber bin und nie Freunde haben werde. Diese blöde Ziege! Dabei ist sie doch selbst auch, genau aus diesen Gründen, in den Pausen alleine rumgestanden.«

Dam schmunzelte, Vincent zog die Schultern hoch und grinste auch. Dann deutete er auf die Kirchturmuhr.

Die Zeiger aus Messing reflektierten das schale Mondlicht. »Es ist halbzwei. Die anderen warten sicher schon.«

Sie hangelten sich an der Dachrinne herunter und Vincent fuhr mit dem Rad voraus. Dam strampelte hinterher und war froh, dass der Weg zum Supermarkt nur wenige Meter die Straße hinunter führte.

Cedric und Johanna warteten schon auf dem Parkplatz. Sie sahen aus wie Scherenschnitte vor dem Licht, das matt aus dem Inneren des Gebäudes schien.

Vincent ließ sein Rad ausrollen und stoppte an der Laderampe. Hier parkten die Lastzüge rückwärts ein und brachten die Lebensmittel. Auf dieser Rampe stand auch ein Container mit einem Vorhängeschloss.

Cedric ließ sein Rad scheppernd zu Boden fallen und holte seinen Rucksack vom Rücken. Er zog zwei Schraubenschlüssel heraus und steckte beide bündig in den Metallbogen des Schlosses. Ohne sichtbare Kraftanstrengung drückte er die Werkzeuge gegeneinander. Das Schloss fiel scheppernd zu Boden. Der Bogen war herausgebrochen.

Vincent klopfte Cedric auf die Schulter und achtete darauf, dass Johanna es sah, aber so wie Dam es beobachtete, hatte Johanna es höchstens im Augenwinkel bemerkt.

Sie drückte den Deckel hoch und leuchtete mit einer Stirnlampe in den Container. Dann kletterte sie hinein und griff neben ihre Füße.

»Avocados, das ist gut.« Sie holte drei Netze der exotischen Früchte heraus.

»Sieh mal dort.« Vincent leuchtete mit einer Taschenlampe in eine andere Ecke. »Das sind doch Tüten mit Nudeln.«

»Die werfen auch noch Nudeln weg? So ein Unsinn.« Dam nahm die Nudeln in der raschelnden Plastikverpackung entgegen.

»Wenn das Haltbarkeitsdatum überschritten ist, müssen die Sachen weggeworfen werden«, erklärte Johanna und zeigte mit den offenen Handflächen auf all die Lebensmittel zwischen denen sie stand.

Sie bückte sich und holte noch Fenchel in einer Plastikschale, der ein paar braune Stellen hatte. Die eingeschweißten Hähnchenschenkel ließ sie liegen.

Sie packten alle ihre Rucksäcke voll, die Cedric von den Gepäckträgern geholt hatte.

Vincent boxte Dam leicht in die Seite. »Jetzt hast du dich strafbar gemacht. Wie fühlt sich das an?«

Dam überlegte, dass er sich schon oft strafbar gemacht hatte. Dieses Mal fühlte es sich völlig anders an, als sonst, wenn er eine Tütensuppe oder Kaugummi stahl.

Weggeworfene Lebensmittel zu holen, um sie noch zu verwenden, fand der Kommissar richtig. Dass das Entwenden von Müll Diebstahl sei, war seiner Meinung nach, lächerlich. Er fühlte sich moralisch im Recht und damit gut.

Seine Kleptomanie hingegen sorgte dafür, dass er sich schlecht fühlte. Laut seines Psychologen baute die Tat kurzfristig Druck ab, danach wurde aber alles nur noch schlimmer. Letztlich war er wegen seines Zwangsstehlens nach Calw versetzt worden.

Frankfurt hatte ihm sehr gut gefallen. Dort hatte er in Flughafennähe gewohnt und konnte dadurch Thailand und seine dortigen Freunde als näher empfinden.

Allerdings behauptete sein Therapeut, Dam reise nur nach Thailand, weil er dort unbewusst seinen Vater suche.

Das alles wollte Dam nicht im Detail erläutern und stellte Vincent einfach die Gegenfrage:

»Wie ist es für dich als Anwalt, Schlösser aufzubrechen und Müll zu stehlen?«

»So schnell bekomme ich kein Berufsverbot«, lachte Vincent, doch dann sprang er hektisch zur Seite. Das Licht eines Autoscheinwerfers streifte das Gebäude.

Ein Wagen bog in den Parkplatz des Supermarkts ein. Der gelbe Aufdruck eines Sicherheitsdienstes war auf dem dunklen Lack zu sehen.

Dam packte Johanna, die auch dem Scheinwerferlicht ausgewichen war, am Arm und zog sie mit. Sie eilten zu den Rädern.

Dieses Mal war er nicht der Langsamste. Seine Oberschenkel brannten, seine Knie schmerzten stechend. Die Panik trieb ihn weiter an. Ohne Licht fuhren sie im Dunkeln. Sie nahmen eine Steigung durch ein Wohngebiet direkt in den Wald.

Das Vorderrad holperte über den Weg und Dam hoffte, nicht einen Igel zu überfahren, der gerade auf Nahrungssuche durch die Nacht streifte.

Cedric hatte einen Moment seine Fahrradlampe eingeschaltet und fuhr vom Weg ab, zwischen den Bäumen hindurch. Dam hörte wie Äste krachten und ein Rad umfiel. Cedric selbst gab keinen einzigen Laut von sich.

Dam stieg ab und ließ sein Rad auf den weichen Waldboden fallen. Nach dem Geräusch des Unfalls versuchte er, die Richtung zu bestimmen und Cedric aufzuspüren. Mit den Händen schützte er sein Gesicht vor den Ästen.

Die stacheligen Bodenranken mit ihren erbarmungslosen Widerhaken hielten ihn an seinen Hosenbeinen fest. Dann hörte er Motorengeräusche. Die Verfolger hatten aufgeschlossen.

Er blieb stehen, bewegte sich nicht. Zwei Lichtkegel schnitten durch den Wald. Der Wagen drehte ab. Zum Glück war es den Sicherheitsleuten zu wenig ruhmreich, Mülldiebe zu schnappen.

Noch einige Minuten hörte Dam seinen eigenen Puls, bis endlich die Stimmen seiner Freunde das Geräusch ablösten. Vincent leuchtete mit der Taschenlampe. Auch er stand gefangen von Gestrüpp zwischen den Tannen und Fichten. Johanna hatte sich hinter einem Baum versteckt.

Sie lachten und es schallte durch den stillen Wald. Dam fühlte etwas Warmes in sich. Hier draußen mit schmerzenden Beinen in einer unglücklichen Position, mit Leuten, die viel zu jung für ihn waren und von ihm nicht wussten, dass er Polizist war, die er anlog, seit er sie zum ersten Mal gesehen hatte, fühlte er sich so wohl, wie schon lange nicht mehr.

Mordverdacht hin oder her. Er gehörte dazu. Das kannte er nicht. Er hatte noch nie zu einer Gruppe gehört, nicht in der Schule, nicht damals beim Tischtennisverein und auch nicht bei seinem jetzigen Verein, der Polizei.

Ab heute gehörte er zu den veganen Spinnern mit der Flagge am Haus und mit der Anwaltskanzlei im oberen Stock.

15

Damrongchai hatte seinen Mitbewohnern gesagt, dass er seine Oma besuchen würde, tatsächlich saß er bei Merten im Büro.

Durch die Lamellen der Jalousien begehrte die Sonne Einlass. Damrongchai blinzelte ihr aus seinem Schreibtischstuhl entgegen. Die Rückenlehne fühlte sich heiß und klebrig an.

»Ich muss noch ein bisschen mehr Vertrauen aufbauen«, meinte er. »Damit ich solche Ermittlungen betreiben kann. Sonst fällt das auf, wenn ich Bullenfragen stelle.«

Merten polierte das Chrom seiner Kaffeemaschine. »Löffler wird jetzt beschattet und beschützt. Ich habe eine Streife vor sein Hühnerimperium geordert mit Zustimmung von Sattler. Eigentlich könntest du jetzt ausziehen. Was du da treibst, braucht sehr viel Zeit und die andere Arbeit bleibt mal wieder an mir hängen.«

Damrongchai wollte nicht ausziehen und spöttelte:

»Du möchtest doch alles alleine machen. Worüber könntest du dich sonst beklagen?«

Merten presste die Lippen zusammen. Missbilligend blickte er durch seine Brille auf Damrongchai.

Verstimmt legte er den Lappen gefaltet zur Seite und setzte sich an seinen Computer. »Unser Mordopfer war mit seiner Landwirtschaft finanziell nicht auf der Höhe. Er hatte diverse Kredite laufen und konnte sie nicht bedienen. Er stand ziemlich unter Druck.«

»Weil er bio anbaut?« Dam erinnerte sich an die Aussagen der Festbesucher, die alle meinten, Volker Engels sei knapp bei Kasse wegen seines Biobauernhofs.

Merten juckte sich an der Nasenwurzel. »Die Bankmitarbeiterin aus der Kreditabteilung hat was in die Richtung angedeutet.«

Damrongchai überlegte:

»Das kann ich mal meine Mitbewohner fragen.«

Merten wehrte ab:

»Glaubst du, dass Leute, die aus der Mülltonne leben mit wirtschaftlichen Aspekten vertraut sind?«

»Allerdings, davon bin ich überzeugt. Vincent macht sich sehr viele Gedanken über die Zusammenhänge von Wirtschaft, Tierleid und Umweltzerstörung.«

Merten stutzte:

»Du scheinst mir, ein wenig emotional verstrickt zu sein, pass lieber auf.«

Das wollte Damrongchai nicht hören. »Blödsinn«, meinte er und zeigte auf die Kaffeemaschine. »Kann ich einen haben?«

Merten verspannte sich. »Gibt es in deiner WG keinen vernünftigen Kaffee?«

»Vernünftig schon aber nicht so einen wunderbaren Genuss.«

»Es ist nicht nötig, dass du dich einschmeichelst.«

Merten holte einen kleinen Plastikbecher aus einem Stapel hinter seiner Maschine und stellte das Becherchen unter den Siebträger, den er mit gemahlenem Kaffeebohnen befüllte.

Das heiße Wasser presste sich durch das kräftig angedrückte Kaffeepulver, nahm das Aroma auf und ergoss sich als schwarze Flüssigkeit in den weißen Becher.

Merten rührte einen Löffel Zucker ein.

»Damit du hier nicht wieder alles vollkleckerst.« Mit diesen Worten drückte er Damrongchai eine Serviette in die Hand und hielt ihm die Tür auf.

Damrongchai überlegte, ob er wirklich den guten Kaffee verschütten sollte, um Merten zu ärgern. Er tat es. Nur ein bisschen, es brannte auf seinen Fingerknöcheln, als die Tropfen darüber perlten, um dann auf dem Boden aufzuschlagen.

Wenn Merten weniger beherrscht wäre, hätte er wohl aufgeschrieen, aber er eilte nur mit dem Lappen und wischte über Damrongchais Hand und den Becher, bevor er zu Füßen seines Kollegen die winzige schwarze Pfütze von dem Tuch aufsaugen ließ.

Während des Putzvorgangs sah er schräg nach oben zu Damrongchai und giftete ihm zu:

»Das hast du doch mit Absicht gemacht.«

»Niemals.« Damrongchai fand sein Verhalten selbst kindisch, hatte aber Probleme mit dem Merten, der nicht nur rummeckerte, sondern mit seinen neuerlichen Erziehungsversuchen ihn kolossal stresste, ihm sogar die Tür wies. Diese Verunsicherung, die er in allen Lebenslagen verspürte, nahm zu und er wird einen Teufel tun und mit seinem Kollegen darüber reden.

Er verließ einfach den wütenden Merten und wollte damit seinem eigenen inneren Chaos entfliehen. Schnell rannte er die Treppe hinunter und riss die Tür auf.

Am Ufer der Nagold fand er endlich den ruhigen Schutz eines Baumes und trank den inzwischen kalten Espresso, von dem er weitere kostbare Tropfen an die Treppe des Polizeigebäudes verschwendet hatte.

Im Rücken spürte Damrongchai die raue Rinde der Trauerweide. Ihre Äste hingen fast bis zum Boden

Die Blätter bewegten sich in einem leichten Lüftchen und über Damrongchais braune Hände tanzte das Licht.

Der Fluss schien fast still zu stehen. Nur ein paar Enten suchten kopfüber ihr zweites Frühstück.

Damrongchais Gedanken kreisten. Wie sollte er an Informationen kommen, ohne das Vertrauen seiner Freunde noch mehr zu missbrauchen? Spielte es überhaupt noch eine Rolle? Er hatte von Anfang an gelogen. Nichts stimmte von dem, was er erzählt hatte. Das konnte er nicht mehr ungeschehen machen. Er konnte nur verhindern, dass der Schaden nicht noch größer wurde.

Deswegen musste er versuchen, sie zu entlasten. Sie haben doch niemanden umgebracht, niemals. Er musste die Wahrheit herausfinden.

Zielstrebig verließ er den Baum und die Enten und ging zu seinem Auto, das auf dem Parkplatz der Kripo auf ihn wartete.

Den Becher warf er in den Fußraum der Beifahrerseite. Er ließ die Fenster herunter und fuhr zurück zu seinen neuen Freunden, bei denen er sich so erstaunlich wohl fühlte.

Cedric arbeitete im Gewächshaus, als Dam auf den Hof fuhr. Eine Hitzewand schlug ihm aus dem Glasbau entgegen und er fragte:

»Kann ich dir helfen?«

Cedric wischte seine klebrigen Haare aus seinem runden Gesicht und seine Finger hinterließen Erde auf seiner Stirn. Wieder konnte Dam seine Augen sehen, die gleiche graugrüne Farbe wie in Johannas Augen und der ebenso wachsame Ausdruck, obwohl er lachte.

Offensichtlich freute er sich Dam zu sehen.

»Du kannst die Tomatenpflanzen ausschneiden und dann nichts wie raus hier«, teilte er die Arbeit zu.

Cedric hielt ihm eine kleine Schere entgegen und Dam schnitt mit ihr die Zwischentriebe heraus. Welche das waren, hatte er von seiner Oma gelernt.

Die Luft war extrem feucht, ähnlich wie in Thailand. Die Tomaten hatten ihren ganz eigenen strengen Geruch und ihre Triebe befeuchteten klebrig seine Finger und juckten an den Händen.

Cedric, als Jüngster der WG, würde am wenigsten Verdacht schöpfen, wenn Dam die Polizistenfragen stellte. »Woher wusstest du, dass Volker Engels ermordet wurde?«

»Na ja, ich war auf dem Fest.« Cedric rieb sich über die perlende Stirn.

»Du, auf dem Haxenfest?«, entfuhr es Dam.

»Sag es den anderen nicht. Ich lernte ein Mädchen kennen und sie wollte sich mit mir auf dem Fest treffen.«

»Und? War sie dort?«

»Ja, aber ich habe sie nur von Weitem beobachtet. Ich traue mich das nicht. Die wollen doch nichts von mir wissen.«

»Wer? Alle Mädchen dieser Welt? Wie kommst du denn darauf? Wahrscheinlich hat sie auf dich gewartet.«

»Nein, hat sie nicht. Es war ein anderer dabei, den sie geküsst hat.« Cedric schluckte trocken seine nicht geweinten Tränen hinunter.

»Ich sage es keinem«, versprach Dam, als ob es helfen würde.

Cedric nickte dankbar und goss die Zucchini. »Weißt du, wie Volker gestorben ist?«, lenkte er ab.

»Er hatte eine Allergie gegen Bienenstiche. Irgendjemand hat ihm eine Biene in seinen Geldbeutel gesteckt, die ihn stach. Daran starb er, Wahnsinn, oder?«

»Krass.« Cedric stellte die verzinkte Gießkanne bei Seite.

Dam erinnerte sich an das Gespräch mit den Betrunkenen auf dem Fest und schnitt weiter die Seitentriebe der Tomaten.

Möglichst unauffällig klopfte er das Wissen von Cedric ab. »Und jetzt denken alle, der Imker hat ihm die Biene ins Portemonnaie geschmuggelt.«

Cedric sah auf. »Nie im Leben. Albin ist in Ordnung. Er lebt fruktarisch und bekommt von seinen Bienen Honig geschenkt. Er hat mir erzählt, dass sie mit ihm sprechen und sie ihm das anbieten, sonst würde er ihnen niemals etwas wegnehmen. Er würde überhaupt niemandem was wegnehmen und schon gar nicht das Leben. Aber der Volker hatte Milchkühe und hat die Kälbchen den Kühen weggenommen und sie an Rinderzüchter verkauft und hat dann immer so getan, als wäre er unser Freund.«

»Kannte er Euch gut?«

Die Haare auf Cedrics Kopf bewegten sich in feuchten Strähnen, als er den Kopf schüttelte. »Er wollte, immer etwas zusammen auf die Beine stellen, weil er knapp bei Kasse war. Dass der Hühnerschänder ihn bedrängte, seinen Hof zu verkaufen, hat der Volker uns jedoch verschwiegen.«

»Der Hühnerschänder? Du meinst Löffler mit der Tierfabrik? Wer hat Euch das erzählt, dass Löffler seinen Hof aufkaufen will?« Dams T-shirt klebte an seinem Rücken und er bewegte die Schulterblätter, damit der nasse Stoff sich von seiner Haut ablöste.

»Der Hühnerschänder hat sich selbst verplappert. Wir haben ihn ein bisschen geärgert und dann wollte er uns zurück ärgern und hat sich gerühmt, dass er bald expandiert und dazu den Biohof aufkaufen wird.«

»Ihr habt ihn geärgert?«

Dam gefiel das und er stellte sich Löffler mit seinem Boxerhund an der riesigen Hühnerhalle vor, wie er rot wurde, sein Blutdruck stieg und er Sachen sagte, die er sonst nicht ausplaudern würde.

»Wir haben Hühner frei gelassen und er hat gelacht und gemeint, wir könnten ihn nicht aufhalten. Weißt du, wie so ein Irrer, der die Weltherrschaft an sich reißen will und seine ganzen Pläne auspackt, wie der Bösewicht bei James Bond, der 007 töten will, was dann nie klappt, weil er so lange gelabert hat.«

Die Katze umschmeichelte Cedrics Beine. Sie hatte seine Stimme gehört, weil er so laut erzählt hatte, und war von ihrem Schlafplätzchen auf einem Balken, herunter gesprungen. Cedric kniete sich runter, kraulte das Tigerchen am Hals. Es schnurrte und schloss die Augen.

Dam sah nach unten zu Cedric. »Ich habe noch was vergessen«, log er, wie in letzter Zeit so oft und meinte weiter: »Ich komme erst heute Abend wieder.«

Er eilte zu seinem Fahrrad und strampelte damit in Richtung Calw.

16

Merten hatte darauf bestanden, den Dienstwagen zu nehmen.

»Das ist ja alles richtig mit dem Klimawandel und den Ressourcen, aber Polizeiarbeit auf dem Fahrrad ist nun mal zu langsam.«

»Jetzt wäre es doch gegangen, so eilig sind wir nicht.«

Damrongchai hatte von Merten ein neues Hemd bekommen. Sein T-shirt war durchgeschwitzt vom Tomatenschneiden und vom Radfahren. Merten tolerierte keine unreinen Gerüche. Leider hatte Damrongchai, aber die falsche Kleidergröße und das hellgraue Hemd floss weit um seinen Körper.

Merten hielt das Lenkrad mit beiden Händen fest. Die Sommersprossen auf seinen Handrücken hatten durch die viele Sonne ein dunklere Färbung als im Winter und bildeten einen Kontrast zu den blonden Härchen.

Er stellte klar: »Ich möchte nicht auf dem Gepäckträger eines uralten Rades sitzen, dich von hinten umarmen und so zu einer Befragung einfahren.«

»Warum nicht?« Damrongchai machte die Arme weit. »Das ist doch nur deine Angst, dass du für andere Leute lächerlich wirken könntest.«

»Das ist richtig. Ich möchte nicht lächerlich wirken.«

Damit endete das Gespräch, denn der Wagen ratterte über das Kopfsteinpflaster des Biohofs. Die Kommissare hatten ihr Ziel erreicht.

Die roten Gummistiefel lagen jetzt im Gemüsebeet.

Wenn es die letzten Tage geregnet hätte, wären sie mit nasser Erde befüllt.

Daniela Engels kam aus dem Stall. Ihre Gummistiefel waren nicht rot, sondern schwarz mit dicken braunen Verkrustungen. Sie trug die Haare mit einem Tuch nach hinten gebunden, ein bisschen wie Johanna, nur sah es bei ihr nicht so verwegen und wild aus.

»Wissen Sie was Neues?« Ihre Augen waren gerötet. Sie hatte geweint.

»Nein«, bedauerte Merten, »aber wir haben noch ein paar Fragen.«

»Dann kommen Sie rein.« Sie schlurfte regelrecht mit hängenden Schultern zum Hauseingang. Auf einem Rost vor der Tür schlüpfte sie aus den Stiefeln und lief barfuß über die kleinen Fliesen. Die Strümpfe steckten in den Stiefelschäften.

Auf dem Esstisch standen wieder noch die Teller der letzten Mahlzeit. Marmeladenbrotreste lagen in den Schüsselchen mit Kindermotiven und in der Mitte sanken Brotkrumen in eine zu weiche Butter.

Die Bäuerin drehte den Deckel einer silberfarbenen Thermoskanne auf und goss sich einen Kaffee in eine der gebrauchten Tassen, die auf dem Tisch standen.

»Wo ist denn Ihre Mutter?« fragte Damrongchai.

Im Sitzen sah Daniela schmal aus. Ihr Gesicht wirkte eingefallen.

»Sie brachte heute Morgen die Kinder mit dem Auto zur Schule und in den Kindergarten und dann kauft sie auch gleich noch ein. So ganz mit der Selbstversorgung, wie wir uns das vorgestellt haben, klappt es eben doch nicht.«

»So ein Hof macht viel Arbeit.« Damrongchai versuchte ihr anzusehen, wie der Satz auf sie wirkte und tatsächlich, schluckte sie daran, als müsste sie schon eine Weile verschweigen, dass ihr die Landwirtschaft und die Kinder zu viel waren.

»Ich habe die Arbeit immer gern getan.« Sie räusperte sich.

»Werden Sie jetzt verkaufen?« Er glaubte ihr nicht.

»Nein, der Hof hier, das alles war doch unser Traum.«

»War es auch der Ihre oder nur der Ihres Mannes?«

Einen Moment schien sie nachdenken zu müssen. Sie blieb bei ihrer Aussage. »Es war unser beider Traum.«

Tränen füllten ihre Augen.

»Wie wäre es, wenn sie sich eine Hilfe einstellten?«

Ihr Gesicht wurde starr. Sie nahm eine tönerne Kanne, aus der sie die restliche Milch vom Frühstück auf ihren Kaffee goss, bis seine Farbe über dunkelbraun zu einem hellen beige wechselte. Sie trank, als müsste sie unverzüglich ihren Durst löschen, dann stellte sie den Milchkaffee ab. Die Flügel ihrer grazilen Nase plusterten sich auf. »Das funktioniert nicht. Wir hatten schon oft Knechte, aber die hat alle mein Mann eingelernt und dann waren sie meistens auch so schnell wieder weg, wie sie gekommen waren.«

»Was wäre dann eine Lösung?« Damrongchai krempelte seine weiten Ärmel nach oben.

Sie biss auf ihren Lippen herum.

»Möchten Sie was trinken?«, fragte sie dann, um der Situation zu entfliehen, die sie wahrscheinlich jede Nacht durchdachte, seit ihr Mann tot war.

Merten hatte seine Hände in die Hosentaschen gesteckt, als ob er sie vor dem schmutzigen Tisch schützen müsste.

Er sagte:

»Sie haben aber ein Angebot bekommen. Wenn Löffler seine Legebatterien erweitern würde, dann wären Sie alle Sorgen los. Mit ihm könnten Sie einen guten Preis aushandeln. Er zahlt bestimmt gut.«

Daniela schob ihren Stuhl mit einem dumpfen Scheuern auf dem Boden nach hinten und stand auf.

Sie nahm ihren Kopf nach oben. »Niemals, werde ich an so jemanden verkaufen. Wissen Sie, wie der die Tiere behandelt? Wir haben ihn schon mehrmals rausgeworfen, aber er ist immer wieder gekommen.«

Damrongchai provozierte sie weiter: »Dann wird er, jetzt erst recht Ihre Situation ausnutzen wollen.«

»Der bekommt es nicht«, murmelte sie tief und voller Groll.

Sie schlug auf den Tisch. Diese Wut kam ebenso unerwartet, wie Cedrics Ausbruch. Daniela Engels schien auch eingesperrt zu sein, in einen unsichtbaren Käfig, den sie sich vielleicht selbst gebaut hatte.

Sie blinzelte und drehte sich zum Fenster. »Meine Mutter kommt zurück.«

Ein Familienauto mit sieben Sitzen und einem Kofferraum, in den man beruhigt großzügiges Gepäck für mehrere Wochen Urlaub leicht verstauen könnte, fuhr auf den Hof.

Gisela Saumburg stellte ihre Füße fast gleichzeitig auf den Boden, weil der Rock ihres Kostüms kaum Bewegungsfreiheit für die Beine zuließ.

So geschmeidig, wie in bequemen Sportschuhen lief sie in ihren Pumps über die Pflastersteine um das Auto zu jenem Kofferraum, in dem sich nicht Reiseutensilien, sondern Einkaufstüten stapelten.

»Ich muss meiner Mutter helfen. Haben Sie noch Fragen?« Danielas Stimme war überraschend sanft geworden.

»Im Moment nicht«, antwortete Merten und sie eilte nach draußen.

Damrongchai kam zum Fenster. »Ich glaube den eleganten Damen nicht. Daniela Engels hat schon lange keine Lust mehr auf den Hof.«

»Was ist mit ihrer Überzeugung? Sie sagte, es sei ihr Traum.« Merten wog seinen Kopf hin und her.

Damrongchai sah zu Merten. »Das war die Überzeugung ihres Mannes. Sie hat seine Vision mitgetragen und jetzt, wo er nicht mehr da ist, kommt sie ins Schwimmen. Noch hält sie daran fest, aber wenn ihre Mutter sagt, sie soll aufgeben, wird sie es tun. Hast du nicht bemerkt, wie wandelbar sie sich verhält? Zuerst verteidigte sie voller Eifer ihr Eigentum gegen den Hühnerbaron Löffler und als die Mutter auf den Hof fuhr, wurde sie zurückhaltend und sprach leise.« Damrongchai rieb sich das Kinn, dann fiel ihm noch ein: »Wie alt sind eigentlich die großen Kinder? Hast du die schon mal gesehen?«

Merten runzelte die Stirn. »Ich habe sie mal zwischen zwei Terminen abgefangen. Sie sind praktisch nur zum Schlafen zu Hause und genervt von dem abgelegenen Wohnsitz. Ihren Vater haben sie kaum noch gesehen. Der fünfzehnjährige Junge war sonderbar unterkühlt.

Das Mädchen ist dreizehn. Sie hat geweint, als ich sie auf ihren Vater angesprochen habe. Jedenfalls haben sie nichts gesehen.«

»Natürlich, wenn sie nie zu Hause sind«, bemerkte Damrongchai mitleidig.

»Das soll nicht unser Problem sein.« Merten zog die Hände aus den Hosentaschen. »Wir gehen jetzt zu Löffler und seinen Hühnern. Wie wichtig ihm dieses Grundstück hier war, hatte er nicht deutlich gemacht.«

17

Die Sekretärin des Eierimperiums hatte dunkelgraue, kurze Haare. Sie trug Gesundheitsschuhe und der dünne Stoff ihrer schwarzen Hose flatterte beim Gehen. »Hier ist das Büro von Herrn Löffler.«

Sie klopfte an die beige beschichtete Tür, wartete aber keine Antwort ab, sondern öffnete sofort.

Sie sprach in den Raum: »Da sind die Herren von der Kriminalpolizei.«

Der untersetzte Mann drückte sich aus seinem Chefsessel hoch und umrundete seinen ausladenden Schreibtisch.

Er schritt auf die Kommissare zu und schüttelte ihnen ernst die Hand. Der Streit vom letzten Treffen schwebte im Raum, wie eine Geruchswolke von zu lange gesammeltem Müll in einer ungelüfteten Wohnung.

Löffler fragte: »Was treibt Sie wieder zu mir? Ihre Kollegen passen doch auf mich auf.«

Durch die Fensterfront, die bis zum Boden reichte, war der Streifenwagen zu sehen, den Merten zum Schutz des Hühnerhalters bestellt hatte.

Merten erklärte:

»Wir sind hier, weil uns neue Informationen zugetragen wurden. Wir hörten, Sie wollen expandieren und der Biohof sei Ihnen im Weg?«

Löfflers Kiefermuskulatur steppte eine Polka. »Hat sie das gesagt? Sie wollte doch, dass es keiner erfährt«, entrüstete er sich. »Kommen Sie«, meinte er dann. »Ich zeige Ihnen mal was.«

Er wies mit einer Armgeste auf einen großen Tisch in der Mitte des Raumes. Darauf standen Spielzeugbäume und Autos zwischen Miniaturlegehallen.

Löffler stützte sich mit seinen Fingern auf. »Ob mit oder ohne dieses Grundstück, mich hält keiner auf.« Er zeigte auf den bereits eingeplanten Grund und Boden des idyllischen Bauernhofs, der auf dem Modell bereits verschwunden war. »Ich kann auch erst mal weiter nach links und den Albin mit seinen Bienen aufkaufen.«

Ein wenig erinnerte er wirklich an den wahnsinnigen Bösewicht von James Bond, wie Cedric den Hühnerhalter beschrieben hatte.

Wie es sich für einen, der die Weltherrschaft an sich reißen wollte auch ziemte, hörte Löffler nicht mehr auf zu reden. »In Zukunft werde ich zusätzlich zu den Legehennen auch auf Masthähnchen setzen und wenn die mir die Mastanlagen nicht genehmigen, gehe ich nach Ostdeutschland oder nach Polen, wenn es sein muss. Über sechshundert Millionen Hühner werden pro Jahr allein in Deutschland geschlachtet. Da ist noch Luft nach oben. Da kann ich expandieren, wie ich will, der Absatz ist mir sicher. Jeder isst Huhn. Hühner sind keine Sympathieträger. Weißes Fleisch ist gesund und hält schlank.«

Er streichelte seinen Hund, der von seinem Körbchen herübergetrippelt war.

Damrongchai hatte die Bilder von den Schweinen im Schlachthof im Kopf, als er sagte:

»Das ist ein toller Plan, damit wären Sie einer der Großen. Das ist Ihnen wichtig.«

»Natürlich will ich Erfolg, das ist doch nur menschlich. Aber deswegen werde ich doch nicht zum Mörder. Außerdem, was Sie denken, mit dem toten Engels«, Löffler deutete mit der Hand in Richtung der Kommissare, »das ist nicht rational, denn der Erfolg bleibt schnell aus, wenn man nicht mit dem Kopf entscheidet. Ich bin Geschäftsmann und wäge immer Kosten-Nutzen-Risiko ab.«

»Wieso? Ohne ihren Mann muss die Witwe doch endlich verkaufen. Das wäre doch von Nutzen. Sonst gehen Sie doch auch über Leichen.« Damrongchais Stimme hatte schon wieder ein zu emotionales Timbre für die Unterhaltung.

»Sie hören mir nicht zu. Ich habe überhaupt kein Motiv.« Die Röte in Löfflers Gesicht verriet seine Wut.

»Albin wird niemals sein Haus verlassen«, behauptete Damrongchai.

Merten schob sich vor ihn und unterbrach mit den kühlen Worten: »Wir werden Ihre Aussage überprüfen. Im Moment ist das alles.«

»Ich bin jetzt mordverdächtig und gleichzeitig bekomme ich Personenschutz. Ich weiß nicht , wozu ich so viel Steuern zahle«, musste Löffler noch loswerden, bevor er zurück hinter seinen Schreibtisch ging und auf einen Knopf an seiner Telefonanlage drückte. »Frau Reischl, die Herren möchten gehen.«

Aber Damrongchai öffnete schon die Tür. »Wir finden selbst hinaus.«

Er stürmte an der verblüfften Vorzimmerdame vorbei, die zwei Treppen hinunter und raus aus dem Gebäude.

Er holte tief Luft, aber auch hier draußen fiel ihm das Atmen schwer. Der Ammoniakgeruch der Hühnerausscheidungen waberte um die Halle, obwohl das Tor geschlossen war. Auch das Gackern der Tiere schallte heraus.

Merten hatte Damrongchai eingeholt. »Wir sind hier bei der Arbeit und nicht auf einer Podiumsdiskussion über Tierhaltung. Ich habe den Eindruck, dass du nicht objektiv in dieser Sache bist.«

Damrongchai hatte auch definitiv keine Lust objektiv zu sein. »Dieser widerliche Geldhai, hast du dir mal angesehen, wie die Tiere geschlachtet werden? Und warum glaubst du, sind die Tore zu? Bestimmt nicht, weil er nichts zu verbergen hat.«

»Falls du dich erinnerst, klären wir einen Mord auf und sind nicht hier, um moralische statt gesetzliche Standards in der Massentierhaltung zu implementieren.« Merten schob seine Brille zurecht.

Damrongchai ließ seinen Kollegen einfach stehen und ging zum Wagen. Er setzte sich auf den Beifahrersitz und starrte aus dem Seitenfenster.

Merten riss die Fahrertür auf. Sein Geduldsfaden war vollständig gerissen und er bestimmte:

»Ich bringe dich zurück zu deiner WG. Du wolltest doch unbedingt verdeckt ermitteln, dann tue es endlich und finde heraus, ob deine Freunde vielleicht nicht auch über Leichen gehen.«

Damrongchai verzog das Gesicht, als liefe er durch einen prasselnden Regen. Mertens Worte schlugen auf ihn ein.

Genau das Gegenteil werde ich beweisen, dachte Damrongchai trotzig, nämlich die Unschuld von Cedric, Johanna und Vincent.

18

Dam kam gerade hinzu, als Cedric einen Altkleidersack im gemeinsamen Wohnzimmer leerte. Schwarze Kleidungsstücke lagen knöchelhoch verteilt auf dem Boden.

Johanna schlüpfte in eine eng sitzende Jeans, die viel zu warm war, aber ziemlich gut an ihr aussah. Dam ertappte sich dabei, das zu denken und sah zu Vincent, der wohl dasselbe dachte und Johanna anstarrte.

Dam konnte seine Verzweiflung nachfühlen, erinnerte sich aber daran, weshalb er hier war und fragte:

»Was habt Ihr vor?«

»Wenn es dunkel ist, gehen wir zu den Hühnern«, gab ihm

Cedric zur Antwort und zog ein zu großes Hemd über, so eines, wie Dam es von Merten bekommen hatte. Nur war Cedrics Hemd pechfinster wie die Nacht, in der sie unentdeckt bleiben wollten.

Dam griff nach einer der Wollmützen und schwitzte an den Händen, aber nicht nur wegen der warmen Strickmaschen.

Die Angst, die observierenden Kollegen könnten vor dem Grundstück warten, ließ ihn nervös werden. Löffler wohnte zwar nicht auf seinem Hühnerhof, aber vielleicht hatte er länger im Büro zu tun oder schwelgte vor seinem Modell in den Aussichten auf seine ruhmreiche Zukunft.

Dam ließ seine drei Freunde ins Verderben laufen und

stürzte sich mit in den Untergang. Und doch war es das Richtige. Er wird die Welt retten.

»Wart ihr nicht schon dort?«, seine Stimme zitterte, anscheinend war er sich doch nicht so sicher mit der Weltrettung.

»Da kann man nicht oft genug hingehen.« Vincent hatte sich seine Diebeskostümierung für heute Nacht zur Seite gelegt und hielt Dams Aufregung hoffentlich für die normale Angst vor dieser Art von Vorhaben.

»Wo habt Ihr denn die vielen schwarzen Anziehsachen her?«, wunderte sich Dam.

»Aus Altkleidersäcken, wie alle Klamotten.« Johanna saß in der zu warmen Hose auf dem gemusterten Teppich.

»War das der Sack von Bankräubern?« Dam setzte sich neben sie.

Sie lachte. »Von jemandem, der seine dunkle Vergangenheit hinter sich lassen wollte.«

Cedric knöpfte sein Hemd wieder auf.

»Ich sehe mal nach meinem Werkzeug«, meinte er.

»Hamster füttern nicht vergessen«, rief Vincent ihm nach und zog einen Mundwinkel nach oben. Dann trafen sich Johannas und sein Blick und er hörte auf einseitig zu grinsen.

Frostig sagte sie:

»Das ist gut mit dem Werkzeug. Ich kümmere mich um die Kamera.«

Johanna stand auf. Vincent erfolgte sie mit den Augen, bis sie das Zimmer verlassen hatte. Als sie draußen war, ging er ihr sofort nach.

Vincent hatte wieder Johannas kleinen Bruder angegriffen und ihren Beschützerinstinkt geweckt. Immerhin merkte er inzwischen, wenn er es wieder verbockt hatte, aber leider zu spät.

Dam schlich ihnen nach. Er musste hören, ob noch mehr hinter ihrem Streit steckte oder ob es wirklich nur um Cedric ging.

Aus Johannas Zimmer hörte er Vincent und sie reden. Gelegentlich wurden sie laut. Die Schwingung der Stimmen, wie Dams Mutter Friederike sagen würde, war aggressiv.

Er lauschte an der Tür, konnte jedoch nur noch verstehen was Johanna zuletzt sagte:

»Raus hier.«

Dam rannte zurück. Seine Hände zitterten und er atmete schnell. Die Tür hatte er einen Spalt geöffnet, um einen Blick nach draußen zu ergattern, doch Vincent polterte nur wütend die Treppe nach oben.

Dam verzweifelte allmählich, denn er hatte keine Ahnung, wie er den Verdacht entkräften sollte.

Noch einmal wühlte er in der Kleidung. Er zog ein T-shirt heraus, das er neben sich auf den Boden legte.

Matt sah er sich im Zimmer um. Ein paar Sessel waren im Kreis gestellt, in der Mitte ein niedriger, runder Couchtisch.

Darauf lag ein Buch. Er nahm es und es hatte abgegriffene Ecken. Es war so gebraucht, dass es fast doppelt so dick sein musste, als an dem Tag, an dem es jemand aus der Buchhandlung gekauft hatte. Dostojewski, sicher war es von Johanna.

Dam setzte sich auf einen orange-braun gestreiften, sehr tiefen Sessel, der noch aus den siebziger Jahren stammen musste. Langsam zog er sein Handy aus der Hosentasche und starrte es an. Er musste verhindern, dass seine Kollegen heute Nacht vor der Hühnerhalle warteten.

Er rief in der Polizeizentrale an.

»Hauptkommissar Hägle hier«, meldete er sich und hielt eine Hand vor, damit die anderen ihn nicht hörten, »die Kollegen, die Löffler observieren, können heute Nacht abgezogen werden. Ich kümmere mich bis morgen früh persönlich um seine Bewachung.«

Der Mann in der Zentrale widersprach ihm nicht, sondern wollte es sofort weiter geben.

Für einen Moment schloss Dam die Augen. Er spürte die Aufregung, die in ihm herrschte, hinter seinen Lidern. Kurz legte er die Hand vor seine Augen, dann blinzelte er und griff zu dem Buch auf dem Tisch.

Schon lange hatte er sich nur in seine Comics vergraben, eigentlich schon immer. Er blätterte in dem kleingedruckten Werk mit den vielen Seiten, doch konnte er sich nicht konzentrieren, sich geistig nicht in die Literatur vertiefen. Die Worte und Sätze ergaben keinen Sinn.

Dam fläzte sich in die Sofakissen, kippte seinen Kopf nach hinten und starrte an die Decke.

Es dauerte noch bis sie los gingen, bis er seinen Kommissarstatus riskierte.

Er blätterte noch einmal in dem Buch und zwang sich vom alten Russland und seinem Adel zu lesen. Bei Seite fünf legte er es wieder weg, stand auf, ging zum Fenster und wieder zurück. Er bewegte sich wie ein Panther hinter Gittern.

Um ein Uhr nachts hörte er Vincent im Flur reden. »Wir sollten langsam los.«

Dam ging zu den anderen, die schon ihre schwarzen Kostüme trugen. Ihm war flau, seine Knie zitterten, gleichzeitig war er froh, dass das Warten ein Ende hatte.

»Du hast dich noch nicht umgezogen?« Vincent baute sich als Vorwurf vor Dam auf.

Vincent hatte keinen Spaß mit seinen Mitbewohnern, die so vielen ablenkenden Interessen nachgingen und Johanna hatte keinen Spaß mit Vincent. Sie schob sich an ihm vorbei, lief nach draußen und knallte die Haustür hinter sich zu.

Cedric kam aus seinem Zimmer. »Was ist denn schon wieder so schlimm? Soll ich sie verhungern lassen?«

Er dachte, der Aufruhr galt wieder ihm als Haustierbeschützer.

Doch Vincent sagte nur: »Ich warte draußen.«

Cedric zog seine dunklen Augenbrauen in Richtung Nasenwurzel. »Der ist so ein verblendeter Hardliner. Der sieht nur seinen Film. Er überlegt in seinem Kopf, teilt die Welt ein und alles, was andere denken oder fühlen, ist falsch.«

»Was hat er denn gegen deine Haustiere?«, fragte Dam.

Er konnte sich noch immer nicht mit der schwarzen Wollmütze, die er sich vom Kleiderstapel geholt hatte, anfreunden und zog erst mal Mertens Hemd aus.

Cedric wurde noch wütender, je mehr er erzählte. »Es sei Gefühlsduselei, einzelne Tiere zu retten, denn er meint, dass der Typ, von dem ich Katharina holte, sich längst wieder einen neuen Hamster in der Zoohandlung gekauft hat und ich das Massenzüchten und die Haustierindustrie unterstütze.«

Dam warf das Hemd zur Seite und überlegte, dass er es Merten zurück geben musste, rein und gestärkt. Er wird es zu einer Wäscherei mit Bügelservice bringen müssen.

Gedanklich drängte er Merten bei Seite und fragte weiter: »Die Katze ist dir aber zugelaufen?«

»Da regt er sich immer auf, dass ich ihr Wurst gebe und Kuhmilch, aber die hole ich ja nur aus dem Container und zwar ganz alleine.«

»Dann fängt sie weniger Mäuse und Vögel«, überlegte Dam laut.

Er zog sich das T-Shirt über den Kopf. Der Halsausschnitt war etwas eng geraten und er strich sein Haar so gut als möglich wieder in Form.

Cedric kniete sich herunter und zog Stoffturnschuhe an. An seinen Schläfen war er verschwitzt vom Ärger und von der Hitze.

»Ich soll ihr veganes Futter geben, aber das frisst sie nicht«, er machte eine kurze Frustpause, bevor er weitersprach: »Zum Glück ist Johanna bei mir. Vincent hat überhaupt keine Gefühle. Der lebt nur im Kopf.«

Cedrics Turnschuhe waren nicht schwarz, aber dafür so schmutzig, dass sie dunkel genug sein durften. Er schnürte sie zu und band zwei Schleifen.

Dam kniete sich auch zu seinen Schuhen herunter. Er nestelte an seinen Schnürsenkeln. Der Verdacht gegen Vincent ließ sich nicht entkräften. Doch war jetzt nicht der Zeitpunkt, Merten darüber zu informieren. Dam hatte alles unter Kontrolle. Er wich Vincent nicht von der Seite.

Dam richtete sich auf und klopfte Cedric auf die Schulter. »Lass uns gehen.«

Die Haustüre stand noch offen.

Johanna saß in der Hocke und streichelte die Katze. Vincent beobachtete sie, sah aber sofort auf, als Cedric und Dam aus dem Haus traten.

Im ehemaligen Kuhstall, der an das Scheunengewächshaus angrenzte, zog Cedric einen Fahrradanhänger mit Transportboxen aus der Tierbehausung, die jetzt nur noch Spinnen beherbergte.

Aufbrausend sagte er zu Vincent:

»Ich gehe nicht zum Löffler rein, ohne ein paar Hühner rauszuholen.«

Vincent wehrte mit erhobener Hand ab. »Natürlich nehmen wir Hühner mit. Das stand nie zur Debatte, aber du kümmerst dich um sie.«

Es folgte ein Augenduell zwischen den beiden jungen Männern. Cedrics Hilflosigkeit schien von Testosteron überdeckt zu sein.

Johanna fuhr bereits los. In Hahnenkämpfe griff sie nicht ein. Dam hatte auch Besseres zu Tun. Schnell strampelte er ihr nach, damit er nicht allzu sehr zurückfiel.

Er schwor sich, sobald der Mord aufgeklärt war, kaufte er sich ein Fahrrad mit einundzwanzig Gängen, denn schon beim Anfahren hatte er das Gefühl, doppelt so viel treten zu müssen als die anderen.

Er schnaufte den Berg hoch bis zu den Tannen. Im Wald endete die Steigung. Würzig und leicht wehte die Luft nun an Dam vorbei.

Im Schwarzwald wurde man auch noch in lauen Sommernächten von der Kühle überrascht. Kein Wunder also, dass selbst die Zaren zur Sommerfrische angereist waren. Doch das war schon lange her. Heute gibt es verwaiste Luxushotels. Ihnen hängt etwas Verruchtes an, doch der ursprüngliche Glanz lässt sich immer noch erahnen.

Dam trat in die Pedale, anscheinend hatte er zu viel im Dostojewski Buch geblättert. Schnell schloss er zu den anderen auf.

Ruhig fuhren sie auf der einsamen und dunklen Straße. Zu hören waren nur die Räder, die über den Asphalt rotierten.

Bis ein Flutlicht die Nacht durchbrach. Der Geruch veränderte sich. Je näher sie kamen, umso mehr erinnerten die grellen Strahler an ein Gefängnis, das Gefangene von der Flucht abhalten sollte.

Doch die Gruppe von schwarzen Gestalten preschte dessen ungeachtet vor. Ihre Räder warfen sie einfach ins Gras, von wo sie in Richtung des Zauns krochen, der das Gelände umfasste. Jeder hatte zwei Transportboxen dabei, die groß genug waren für eine Katze, die zum Tierarzt musste.

Cedric holte einen Bolzenschneider aus seinem Rucksack. Ruhig knipste er die Zaundrähte durch, nur so viel wie notwendig, nur so viel, dass sie hindurch schlüpfen konnten.

Cedric ging zuerst. Dam blieb mit seinem T-Shirt hängen und er befreite sich vorsichtig. Johanna half ihm und folgte ihm dann nach. Vincent kroch als Letzter durch das Loch im Zaun.

Gebückt schlichen sie weiter auf den Halleneingang zu, den Dam bereits von heute morgen kannte. Erst ein paar Stunden war es her, dass der Kommissar in seiner anderen Rolle hier gewesen war.

Er spielte zwar Rollen, aber er fühlte sich doch wohl bei seinen Freunden, auch wenn er sie anlügen musste, auch wenn sie stritten. Es war doch richtig. Es war doch er und er gehörte dazu.

Der staubtrockene Asphalt strahlte noch Wärme von der Mittagssonne ab. Dam hatte seine Mütze, die er zuerst gar nicht mochte, tief in sein Gesicht gezogen.

Alle stellten sich um Cedric, der mit filigranem Werkzeug am Schloss der Hallentür hantierte. Falls Kameras auf sie gerichtet waren, konnte niemand nachverfolgen, dass er die Tür mit Pics und Spannern geöffnet hatte.

Cedric drehte mit zwei Fingern eine Art Dietrich und das Schloss klickte. Er hatte es geschafft. Sie traten durch die geöffnete Tür in eine Schleuse, in der sie sich Plastiküberzieher auf die Schuhe stülpten. Das sollte Keime abhalten, denen die geschwächten Hühner nicht gewachsen waren.

Dam betrat als Erster das Hühnergefängnis. Der beißende Geruch schnitt in seine Nasenhöhlen. Die Luft war schwer und heiß wie Brei. Es war dunkel. Die Fließbänder für Futter und Eier standen still. Das Licht war gelöscht. Die Hühner schliefen. Sie hatten ihren Sechzehn-Stunden-Tag hinter sich gebracht.

Nach anderthalb Jahren werden sie durch das Eierlegen im Akkord so ausgelaugt sein, dass sie getötet werden. Als Suppenhühner, Tiermehl oder in Biogasanlagen finden sie dann ihre letzte Verwendung, obwohl sie eine natürliche Lebenserwartung von bis zu zwanzig Jahren hätten.

Dam sah mit dem Schein von Cedrics Stirnlampe auf Gitterstäbe und wunderte sich: »Ich dachte Legebatterien seien verboten.«

»Weißt du das nicht?« Cedric hatte seine Stirnlampe angeschaltet und streifte mit dem Lichtschein über Dams Gesicht. »Jetzt heißt es eben Kleingruppen. Hört sich besser an. Ist aber im Prinzip nicht wesentlich anders und Bodenhaltung ist auch nicht artgerechter. Sechstausend Tiere auf einem Haufen mit Gitterboden, ein paar Stangen und ohne Hähne.«

Johanna begann zu filmen. Dam stellte sich hinter sie. Er wollte nicht als Akteur im Internet auftauchen.

Johanna redete in die Aufnahme: »Die männlichen Küken werden geschreddert oder mit Kohlendioxid vergast.«

Vincent hielt eine Lampe auf die Hühner, die wach wurden und ihre Hälse reckten. Sie hatten kaum Gefieder an ihren Köpfen und Bäuchen. Die wenigen Federkiele standen wie Fremdkörper aus der geröteten Haut. Benommen, fast schon torkelnd, bewegten sie sich über die Gitterstäbe unter ihnen.

Dam konnte an dem vordersten Huhn erkennen, dass

ihm ein Zeh fehlte und dass am Stumpf ein eitriges Geschwür blutig schmierte. Mit seinem gekürzten Schnabel pickte die Henne auf die Gitterstäbe, als wäre sie draußen in der Natur und könnte so Körner fressen oder Würmer aufspüren.

Der Gang, an dem links und rechts die Käfige hoch gestapelt waren, schien sich im Unendlichen zu verlieren. Der Lichtschein reichte die nahezu hundert Meter bis ganz zum Ende des Zwischengangs nicht.

Die Tiere wurden nervös. Der Platz von anderthalb Seiten Papier, der ihnen vom Gesetz zugesprochen wurde, reichte nicht. Sie hackten aufeinander ein, rissen sich gegenseitig die Federn aus.

Dam witterte den Geruch der Rechtsmedizin. Verwesung drang in sein Bewusstsein. Ein nahezu mumifiziertes Huhn lag grau auf den Gitterstäben, inmitten seiner Artgenossen. Es sah aus, wie festgetreten. Staub lag zentimeterdick auf dem Kadaver.

Wie viele Eier hatte Dam schon in seinem Leben gegessen? Versteckt in Nudeln, in Kuchen, in Keksen, mit brauner oder weißer Schale, eingefärbt zu Ostern, auf Mitnehmbrötchen vom Bäcker oder am Frühstücksbuffet in Hotels.

Zu neunundneunzig Prozent waren es nicht die Eier von Sofias Nachbarin Emilie und so viele Eier konnten Emilies Hühner auch nicht legen. Eier für siebeneinhalb Milliarden Menschen, dazu brauchte man Leute wie Egon Löffler.

Cedric zog Dam am Ärmel ins Dunkel. Zwei der Transportkisten standen geöffnet auf dem Boden.

Cedric reckte sich ein wenig nach oben und griff in einen der Käfige nach einem Huhn. Es flatterte nicht. Er hatte es fest umfasst, damit es sich nicht verletzen konnte. Leise redete er mit dem Tier und Dam wunderte sich, dass das Huhn, das noch nie den geringsten Anlass hatte zu vertrauen, sich nicht zur Wehr setzte, nicht vor Angst fliehen wollte.

Erst als Cedric es in die Plastikkiste steckte, wurde es unruhig und Dam musste schnell das Gitter schließen, damit es nicht heraus flatterte. Dabei sah er, dass auch die Henne mit dem eitrigen Fuß in der Box war. Ängstlich drückte es sich an die Hinterwand.

Cedric hielt den nächsten Legekäfig auf. »Jetzt du.«

Dam zögerte, wusste nicht, welches der Hühner er wählen sollte als Herr über das Schicksal. Dann griff er einfach hinein, umfasste eines der Tiere, das aufflatterte und den Hals reckte.

Er hatte Mühe es festzuhalten und es war so leicht, dass er Angst hatte, ihm weh zu tun. Cedric hielt ihm schnell die geöffnete Transportkiste hin. Hastig und zu grob schob er die Henne hinein. Ihre Flügel streiften an der Kiste.

»Noch eins«, meinte Cedric dann.

»Ist die Kiste nicht voll?« Dam fühlte noch die Haut und die Federn auf seiner Handfläche.

»Noch nicht voll genug.«

Dam sah in die Käfige und nickte.

Dieses Mal griff er gezielter zu, umschloss den Körper und die angelegten Flügel mit seinen Händen. Schnell setzte er das Huhn in die Transportbox, als plötzlich die

Neonröhren des Hallenlichts aufflackerten. Das vorher leichte Gackern wurde lauter.

Mit schweren Schritten ging Löffler, der Besitzer des Anwesens, durch den Korridor. Er blieb vor Vincent und Johanna stehen, die in den vorderen Reihen gefilmt hatten. Seine zornige Stimme erfüllte die ganze Gebäude:

»Seid ihr eigentlich vollkommen wahnsinnig oder glaubt ihr, dass ich es bin?«

Johanna schritt dicht auf ihn zu. »Wir kommen so lange, bis sich irgendwas verändert.«

Löffler zeigte auf die Kamera und drohte:

»Her mit der Kamera. Sonst zeig ich euch an.«

»Das werden Sie nicht tun. Wenn Sie uns anzeigen, kommt es ans Licht, wie es hier aussieht.« Vincent versuchte, wie alle Anwälte, den Gegner einzuschüchtern, obwohl er wusste, dass er wenig in der Hand hatte.

Das wusste auch Löffler. »Der winzige Artikel in der Lokalzeitung über einen Einbruch ist schnell vergessen.«

Johanna hielt die Kamera hinter ihrem Rücken versteckt. »Da wäre ich mir nicht so sicher«, raunte sie.

Doch Löffler beeindruckte das nicht. »Wenn ich euch anzeige, ist die Kamera auch weg und das sieht sich in der Asservatenkammer niemand an. Die Polizisten interessiert nicht, wo ihr Kantinen-Fraß herkommt.« Er stutzte, sah nach links und nach rechts. »Wo ist denn euer Kleiner? Klaut der mir wieder die Hühner?«

Dam ereilte in seinem Versteck nun das Gefühl, das er immer hatte, wenn er bei einem Diebstahl erwischt wurde. Das war es, was nicht hätte passieren sollen. Seine Freunde werden von seinem Verrat erfahren und der Staatsanwalt wird ihm wieder einmal die Hölle heiß machen.

Es war ausweglos, der Kommissar konnte sich nicht verstecken. Die Halle war hell erleuchtet. Wenn er hier wieder raus wollte, musste er an Löffler vorbei.

Er sah zu Cedric, der weiter die Hühner in die Transportkisten rettete.

Einen Moment zögerte er noch, doch dann trat Dam einfach dem Hühnerschänder entgegen und sah ihm in die Augen.

»Dass es hier so schlimm aussieht, hätte ich nicht gedacht.«

Löfflers Gesicht zeigte eine ausdruckslose Verwirrung, dann begann er bösartig zu grinsen. »Herr Kommissar, das ist also ihr Hobby. Da bekomme ich Vertrauen zur Polizei.«

»Und ich zur Lebensmittelindustrie.« Dam stand dicht neben Johanna, die ihn verunsichert musterte.

Der Hühnerhalter ging einen Schritt zurück, ignorierte den tausendsten Angriff auf sein Geschäft und unterbreitete dann seinen Wissensvorsprung:

»Das hat er euch nicht erzählt. Der schlitzäugige Kommissar will euch nur aushorchen. Euer neuer Freund glaubt, Ihr hättet den Biobauern getötet.«

Mit einem gezielten Sprung warf sich Vincent auf den unvorbereiteten Hühnerbesitzer und drückte ihn auf den staubigen Boden.

Der mutige Angreifer schrie zu den anderen: »Rennt!«

Cedric schloss gerade die letzte Kiste. Kein weiteres Huhn hätte noch Platz gefunden. Schnell drückte er

Dam und Johanna je zwei der Transportboxen in die Hände. Er selbst nahm vier Boxen, an jeder Hand zwei, so dass die oberen seitlich kippten und die Tiere durcheinander geworfen wurden, doch über den Komfort der Beförderung in die Freiheit konnte sich im Moment keiner Gedanken machen.

Cedric rannte zur Tür, vorbei an Vincent und Löffler, der sich langsam nach oben kämpfte und versuchte Vincent abzuschütteln.

Es gelang ihm einen Arm zu befreien, mit dem er nach der rennenden Johanna griff. Er erwischte sie an ihrem Fußknöchel. Sie strauchelte und hielt sich von hinten an Dams Schultern fest. Er drehte sich, griff sie unter den Armen und zog, um sie zu befreien. Doch Löffler hielt sie mit einer ungeheuerlichen Kraft fest.

Johanna rief nach Cedric, der sich daraufhin in eine Art Monster verwandelte. Die Erde bebte, als er zurücklief, um seine Schwester zu retten. Voller Wucht trat er auf Löfflers Handgelenk, der aufschrie und sofort losließ.

Johanna rannte mit den ängstlich gackernden Hennen hinaus. Dank Vincent, der den wütenden Unternehmer immer noch in den Schmutz drückte, konnten sie, ihr Bruder und der geoutete Kommissar entfliehen.

Ohne zurückzusehen krochen sie durch das Loch im Zaun, eilten zu ihren Rädern. Die Boxen stellten sie auf den Anhänger.

Die Tiere waren frei, was allerdings auf Dam zukam, wollte er lieber nicht wissen und er machte sich auch Sorgen um Vincent. Bekümmert hielt er dessen Rad fest.

Johanna hatte Dam beobachtet und meinte:

»Vincent erzählt dem Löffler was von Nötigung wegen Freiheitsberaubung und dann ist er ganz schnell draußen.«

Sie schnappte sich ihr Fahrrad und fuhr los. Cedric trat schwer in seine Pedale. Der Anhänger ruckelte beim Anfahren.

Das Gackern wurde einen Moment lauter, dann immer leiser bis es ganz verschwand. Johanna und Cedric waren nur noch ein Punkt auf der langen, geraden Asphaltstraße.

Dam überlegte. Er musste Vincent da raus holen. Das war er ihm schuldig. Mutig näherte er sich wieder dem grellen Flutlicht, aber schon am Zaun kam ihm Vincent ohne große Eile entgegen.

»Du hast gewartet? Das war nicht nötig«, sagte er. Geschickt krabbelte er durch das Loch im Zaun und nahm sein Fahrrad von Dam entgegen.

Sie fuhren zusammen los und redeten erst, als der Kommissar im Wald abbremste, einige Kilometer von ihrem Einbruch entfernt. Der Morgen dämmerte bereits und sie standen sich als graue Schatten gegenüber.

»Was ist mit deiner Anwaltszulassung? Du hast ihn festgehalten«, fragte Dam und atmete schnell.

Vincent stützte sich auf seinen Lenker. »Das war nicht während meiner Tätigkeit als Anwalt, sondern in meiner Freizeit. Da müsste ich schon den Mord begangen haben, den du mir anhängen willst.« Er sah Dam in die Augen. »Dass du lügst wurde mir schon bei unserem ersten Treffen klar. Du hast die Mandelmilch im Kaffee so lange nachgeschmeckt, weil du sie nicht kanntest.

Aber ich dachte, du willst einfach eine billige Wohnung haben. Außerdem hat mir unser Gespräch auf dem Dach gefallen.« Er presste kurz die Lippen zusammen, bevor er weiter redete. »Glaub mir, wir haben Respekt vor dem Leben, wir bringen niemanden um, keine Bienen und keine Menschen.«

Dam empfand die Worte wie Schläge mit einem Knüppel und er wollte wenigstens zeigen, dass er an den wichtigen Stellen aus Überzeugung gehandelt hatte. »Ich bin mitgegangen, weil ich es richtig finde, was Ihr macht.«

Vincent schüttelte unverständig den Kopf. »Wo gehörst du hin?«

Dam spürte das dumpfe Zusammenziehen in der Magengegend, dieses Gefühl, dass er auch als Kind hatte, wenn er nicht mitspielen durfte. Er hatte diesmal gedacht, er gehöre dazu, aber das stimmte nicht.

»Ich habe keine Ahnung, wohin ich gehöre«, sagte er mit trockenem Mund.

Löffler hatte das Licht ausgemacht und stand vor seiner Halle. Er klopfte sich noch mal den Staub aus seinem Anzug. Die Kameras hier draußen hatten nicht aufgenommen, dass dieser Irre ihn einfach in den Dreck gedrückt hatte

Aber er wird einen Teufel tun und bei den Hühnern Überwachungskameras installieren lassen. Am Ende hacken die Tierschützer sich in sein System und ließen eine Live-Übertragung im Internet laufen.

Die Menschen waren verrückt. Sie kauften seine Produkte, und wenn sie hörten, dass bei ihm eingebrochen wurde, jubelten sie.

Er griff zu seinem Handy und meldete eine Körperverletzung, einen Einbruch und einen Diebstahl. Dann drückte er die Verbindung weg und rieb sich sein Handgelenk.

19

Polizeichef Sattler war größer als sonst. Er stand im Büro und sprach von oben herab, laut und klar und es war nicht so, dass er nach Worten rang, nein die Worte schienen sich selbst den Weg aus seinem Mund zu suchen. »Sind Sie nun endgültig wahnsinnig geworden, Hägle? Erst diese unangemeldete Undercoveraktion und dann auch noch das.«

Damrongchai lehnte am Fenster und verteidigte sich:
»Das eine hat mit dem anderen nichts zu tun.«

Sattler interessierte das nicht. »Haben Sie wenigstens irgendetwas heraus gefunden?«

»Die Tierschützer waren es nicht.« Er wollte nicht, dass Merten Vincent befragte, hatte Vincent doch selbst gesagt, dass er weder Mensch noch Tier etwas antun würde.

»Lieferte die Überwachung von dem Hühnerzüchter irgendein Ergebnis?«, versuchte es Sattler mit Vernunft bei Merten.

Dieser rückte seine Brille zurecht. »Das läuft noch, aber bislang ist da nichts Konkretes zu vermelden.«

Zum Glück hatte niemand bemerkt, dass Damrongchai die Kollegen, dic Löffler observieren sollten, über Nacht nach Hause geschickt hatte.

Sattler wandte sich wieder Damrongchai zu und erhob die Arme, als würde er irgendeinen Gott anrufen. Am besten den, der gerade Zeit hatte. »Was haben Sie denn die letzten paar Tage überhaupt gemacht? Sind wir hier bei den Affen im Zoo? Sie sollten mal wieder zu meinem Psychologen-Bruder. Es scheinen ja zur Kleptomanie noch mehr psychische Störungen dazugekommen zu sein.«

Merten mischte sich ein: »Also, Ihr Bruder sagte, dass …«

Schnell zog er die Lippen ein, als könnte er damit das bereits Ausgesprochene zurücksaugen.

Damrongchai stieß sich vom Fensterbrett ab und beugte sich zu seinem Kollegen, der am Schreibtisch saß. »Du sprichst mit meinem Therapeuten über mich?« Seine Stimme überschlug sich. »Du bist doch selbst komplett gestört mit deinen Scheißputztüchern und deinen polierten Pflanzen und ich darf nicht mal neben Dir einziehen, damit das Treppenhaus nicht schmutzig wird.«

Mertens Lider zuckten. Er holte ein Feuchttuch aus der Schublade und wischte damit die Oberfläche seines Schreibtisches. Es war wie ein Tourette-Syndrom, er konnte nichts dagegen tun dachte Damrongchai, dann richtete er sich auf und drehte sich zum Polizeichef. »Ohne tierische Produkte auszukommen, ist keine psychische Störung. Fragen Sie Ihren Bruder, den Psychologen.«

Jetzt wurde Sattler laut. »Hier geht es um etwas anderes, als Vegetarier zu sein. Sie können froh sein, dass der Hühnermann so kulant reagiert hat.«

Damrongchai hob das Kinn an. »Das hat er nur wegen der schlechten Publicity gemacht. Was glauben Sie, wie es da drin aussieht. Das will er natürlich vertuschen, aber er hat die Kamera nicht bekommen. Wir haben alles gefilmt.«

»Der Camcorder ist natürlich beschlagnahmt«, meinte Sattler von oben herab.

Merten ließ von seinem Wischtuch ab und klärte seinen unwissenden Vorgesetzten über die neuesten technischen Möglichkeiten auf:

»Das bringt jetzt nichts mehr. Der Film ist doch längst im Netz.«

Sattler musste erst verstehen, was er da gehört hatte und brauchte einen Moment, bis er weiter sprach:

»Ist auch egal. Jedenfalls hat Löffler Sie ausgespart, Herr Hägle. Sonst hätten Sie eine Anzeige wegen Einbruchs, Hausfriedensbruchs und nicht das erste Mal wegen Diebstahls. Ein Wunder, dass Sie nicht auch noch in die Körperverletzung verwickelt waren.«

»Das macht er nur, weil er Angst hat vor mir und glaubt, ich hänge ihm den Mord an.« Damrongchai schlug auf den feuchtgewischten, glänzenden Tisch und rief theatralisch: »Dann soll er auch mich anzeigen!«

»Hägle, seien Sie froh, dass es so ist. Wenn Sie sich noch einen Schnitzer erlauben, sind Sie weg vom Fenster, guter Ermittler hin oder her. Dann können Sie Strafzettel schreiben oder Verkehrserziehung in der Grundschule betreiben, falls überhaupt. Glauben Sie bloß nicht, ich beurlaube Sie, nicht dass Sie sich wieder fast selbst umbringen, wie bei Ihrem letzten Fall.« Sattler sah rüber zu Merten, der gerade die Tastatur auspinselte. »Sie befragen mal die jungen Leute. Mir scheint der Anwalt ist der Drahtzieher.« Sattler schwitzte. »Und haben Sie ein Auge auf Ihren Kollegen.«

Merten warf den Pinsel auf den Tisch und entrüstete sich:

»Was soll das denn heißen? Ich bin doch kein Kindermädchen für Leute, die in ihre emotionale Pubertät zurückgefallen sind und sich irgendwelchen Gruppen anschließen.«

Damrongchai merkte, wie die Sonne durch die Fensterscheibe auf seinen Hinterkopf brannte. An seiner Stirn pochte es von innen, die Buchstaben des Wortes Pubertät sprangen im Rund seines Schädels umher.

Jetzt reichte es. Er ging einfach. Ließ Sattler und Merten im Büro zurück. Passierte im Flur ein paar Kollegen. Nahm die Treppe nach unten und die Tür nach draußen.

Er wollte durchatmen, aber an der Straße schlug ihm der Geruch von heißem Teer entgegen. Ein Laster mit Kies fuhr vorbei und zog eine Staubwolke hinter sich her.

Erst mal musste Dam dahin gehen, wo ihn niemand vermutete. Er musste nachdenken. Wie sollte er reagieren? Vincent warnen? Merten informieren? Seine Pubertät aufarbeiten?

Dahin wo ihn niemand vermutete …

20

Dams Mutter hatte ein großes geblümtes Tuch um den Kopf gebunden und kam aus ihrem Haus mit einem Tablett, auf dem sie zwei buntgeringelte Tassen mit Tee und ein Zuckerdöschen trug.

»Hast du heute keinen Kurs?«, fragte Dam.

Er beobachtete Friederike, wie sie alles abstellte und sich auf die Hollywoodschaukel setzte, die er Anfang des Sommers für ihren Garten vom Baumarkt geholt hatte.

»Nein, heute habe ich mir mal frei genommen.« Sie öffnete das Tuch und ihre roten Haare flossen über den bunten Stoff. Sie griff nach einer Tasse und trank einen Schluck.

Er wunderte sich: »Wie kannst du heißen Tee trinken, wenn es dreißig Grad hat?«

»Das fragt mich ein Halbasiate?« Sie lachte und klopfte auf den Platz neben sich.

»Nein, von dem Geschaukel wird mir immer schlecht«, lehnte Dam ihr Angebot, neben ihr zu sitzen, ab.

Er legte sich lieber in die Wiese und sah nach oben. Nur ein paar einzelne Blätter bewegten sich an den Ästen. Der Himmel schimmerte in Kreta-Azur hindurch. Die Schaukel quietschte regelmäßig und die Grashalme pieksten leicht an seinen nackten Armen.

»Warum bist du hier?«, störte ihn Friederike.

Kurz hatte er vergessen, dass er nachdenken wollte. Das Unklare kam zurück, aber er antwortete nur:

»Ich darf dich doch besuchen.«

Kritisch zog sie die Augenbrauen nach oben und die Mundwinkel nach unten. »Hast du wieder was geklaut?«

Er richtete sich auf. »Nein, ich habe Hühner befreit aus ihrem Legegefängnis und das wird mir vorgeworfen. Was ist daran falsch?«

»Daran ist gar nichts falsch. Ich bin sehr stolz auf dich. Endlich kommst du zur Vernunft.« Versonnen lächelnd sah sie ihren Sohn an.

Dams Mutter war gegen die Polizeiausbildung gewesen und fand auch albern, dass er ein Problem mit Sofias Cannabis hatte.

Ihre Haare glänzten feurig in der Sonne, als sie begeistert erzählte:

»Ich gebe gerade Kurse in Tierkommunikation. Das ist auch ein Schritt. Verstehen ist überhaupt der erste Schritt. Ohne das ist gar nichts möglich.«

Er hielt die Finger an seine Schläfen und hoffte klar im Kopf zu bleiben, obwohl er mit seiner Mutter sprach.

»Mit was für einem Unsinn beschäftigst du dich immer? Der Imker redet auch mit seinen Bienen. Hört Ihr Stimmen? Dafür gibt es Medikamente.«

Sie beugte sich vor. »Du solltest mal wieder besser zuhören, mir und anderen.«

»Nachher fahre ich zum Imker und höre den Bienen zu«, witzelte Dam, doch Friederike nahm es nicht als Spaß auf. »Ja, das solltest du wirklich tun.« Aufmunternd und bestätigend nickte sie ihm zu.

Dann stand sie auf und ging ein paar Schritte zu ihrem Kräuterbeet.

Die Schaukel wippte noch nach, als sie rief: »Verfluchte Schnecken!«

Sie griff unter die Petersilie und hatte eine kleine Schnecke mit Haus in der Hand, die sich lang machte und Halt suchte, auf dem Boden, einem Blatt oder Friederikes Finger. Aber der Finger wich der winzigen Schnecke aus.

Dam riet:

»Sprich doch mit ihr, dass sie das nicht tun soll, einfach unter deinen Kräutern wohnen und sie essen.«

Friederike trug die Schnecke über den Zaun und setzte sie gnadenlos in den Garten des Nachbarn.

»Benutzt dein Nachbar Schneckenkorn?«, fragte Dam.

»Nur der auf der anderen Seite.« Sie ging zurück zu den Kräutern und strich über die grünen Blätter. »Hast du bereits eine Wohnung gefunden?«, lenkte sie ab.

»Nein, und ich glaube auch, dass ich bei Oma bleiben sollte.«

Friederike kniff ein Auge zusammen und meinte:

»Sofia geht es sehr gut. Sie trinkt ihren Tee und ich behandle sie mit Fernheilung. Sie hat alleine gewohnt, als du in Frankfurt warst und sie kommt auch jetzt wieder alleine klar. Es ist der Dachboden, du und dein Dachboden. Dorthin hast du dich schon immer verkrümelt und ich glaube, daran hat sich nichts verändert. Das Leben zieht an dir vorbei, Junge, und du sitzt bei deiner Oma unter dem Dach und liest Comics. Was sagt denn Verena dazu?«

»Was hat sie denn dazu zu sagen? Das ist dann wohl meine Entscheidung.« Er setzte sich auf.

»Du triffst eine Entscheidung? Das ist großartig.« Friederike wedelte mit ihren weiten Ärmeln.

Dam fasste in seine Hosentasche. Sein Handy vibrierte und er war froh, dass er aus der Situation entkommen konnte, doch es war Verena, die sich mit Neuigkeiten meldete, die ihn nicht entspannten:

»Meine Nachbarin zieht jetzt aus. Wenn du die Wohnung haben möchtest, dann musst du dich schnell entscheiden.«

Er sah zu seiner Mutter, die auf der Schaukel sinnierte und lächelte, worüber war Dam vollkommen unklar.

»Ich komme mal vorbei«, meinte er, um sich nicht sofort festlegen zu müssen und um Friederike zu entkommen.

Dam stand auf und sie sah zu ihm hinüber.

»Hat Verena nun doch etwas gesagt?«

»Das war Merten. Ich muss nach Calw«, behauptete er und kratzte sich an den Armen. Die Grashalme hatten seine Haut irritiert.

»Ach, bist du denn nicht wieder beurlaubt?«, wunderte sich Friederike.

Sie legte sich hin, streckte die Beine über die volle Länge der Sitzfläche.

Er stand ruckartig auf. »Nein, sonst bringe ich mich um, hat Sattler gesagt.«

Friederike nickte, als wäre sie mit dem Polizeichef vollkommen gleicher Ansicht.

»Ich muss los.« Dam sprang über die Kräuter und stieg über den Gartenzaun.

21

Schon von Weitem sah Damrongchai das Schild. Es wäre nur ein kurzer Abstecher, bevor er zu Verena nach Tübingen weiter fuhr. Die Verzögerung würde nicht auffallen, machte er sich vor. Er setzte den Blinker und bog auf den großen Supermarktparkplatz ein.

So konnte er sich bei Vincent, Johanna und Cedric entschuldigen. Er lud sie zu einem veganen Essen ein. Das zeigte ihnen, dass er ihre Sache ernst genommen hatte und er nicht nur wegen der Ermittlungen mit ihnen Hühner stehlen war.

Er parkte, holte sich einen Einkaufswagen und ging durch die automatische Schiebetür in die weiten Gänge des Vollsortimenters.

Die Gemüseabteilung eröffnete den Markt. Damrongchai schöpfte aus dem Vollen. Er griff zu Zucchini, Karotten, von jeder Kräuterart ein Töpfchen, Tomaten in verschiedenen Farben, Staudensellerie, Kartoffeln und Obst.

Die Wassermelone, die er mit dem ganzen Arm trug, wog sieben Komma drei Kilogramm.

Außerdem entdeckte er Kirschen, die sein Opa früher vom Baum im Garten geholt hatte. Den Kirschbaum hatte, jedoch inzwischen eine Krankheit dahingerafft.

Damrongchai nahm nur eine Handvoll des nicht ganz günstigen Steinobstes türkischen Ursprungs. Er war noch nicht sicher, wann er seine Freunde einladen würde und Kirschen waren, nach seiner Erfahrung, nicht besonders lange haltbar.

Besser geeignet waren Nüsse und Körner für Salate. Er warf verschiedene Tütchen in den Wagen. Der Gitterkorb war schon zur Hälfte mit Gemüse und Obst befüllt.

Damrongchai schob seine Einkäufe bis zu den Nudeln in der ersten Regalreihe. Nudeln waren immer gut und hier schien das Sortiment nahezu unerschöpflich. Wichtig war nur, dass sie keine Eier enthielten.

Farfalle in Schleifchenform gefielen ihm optisch besonders, aber er begeisterte sich auch für Spiralformen, die Mädchennudeln in Einhornform und die Vollkorn- und Kamut-Spaghetti packte er ebenso in den Wagen.

Er ließ sich weiter treiben zu den Hülsenfrüchten. Linsensalat war delikat, den kannte er von Merten.

In diesem Tempel der Fülle gab es braune, grüne, rote, schwarze Linsen, Tellerlinsen, Belugalinsen oder gemischt mit Getreide und Erbsen als Minestrone-Grundlage.

Damrongchai konnte sich nicht entscheiden und nahm von allen ein Päckchen mit.

Die Fleischtheke ließ er aus und kam dann zum Kühlregal, wo er Seidentofu für einen Nicht-Käsekuchen holte.

Ganz außerordentlich zufrieden war er mit seinem Einkauf und fast hätte er vergessen, dass er wegen der Entscheidung zu Verena musste.

Schwere legte sich auf ihn, als ihm die Tübinger Wohnung wieder zu Bewusstsein kam. Zögerlich schob er seinen Wagen weiter und schielte in den Quergang zu den Regalen mit den Produkten in den bunten Verpackungen.

Die Shampoos, Duschgels und die Badezusätze reihten sich im Regal.

Eine der Flaschen, die er besonders hübsch fand, nahm er heraus und drehte sie um. Bei den Inhaltsstoffen auf der Rückseite war ein Kaninchen aufgedruckt, das nur aus ein paar Strichen bestand, aber damit trotzdem der Putzigkeit eines solchen Tierchens gerecht wurde.

Dieses Kaninchenbild bedeutete, dass dieses Produkt ohne Tierversuche und überhaupt ohne Tier hergestellt worden war.

Er brauchte das Shampoo nicht. Aber es war auch nicht böse es zu besitzen. Er könnte es Johanna schenken. Cedric benutzte kein Shampoo und Vincent wollte es bestimmt nicht, weil das Kaninchen zu süß war.

Er überlegte, wie er das Shampoo einstecken könnte. In die Hosentasche passte es nicht.

Sein Herz klopfte und es war wieder so weit. Es war zum Verzweifeln mit ihm. Sein Psychologe gab nicht zu, dass die Therapie ohnehin nichts nutzte. Aber Dam wusste es besser. Er gehörte zu den hoffnungslosen Fällen.

Eine junge Frau bog in die Regalreihe ein. Sie beschäftigte sich mit den rötlichen Haarfarben. Im Moment schimmerte ihr Schopf in einem merkwürdigen Pink in den Spitzen. In der Nähe des Scheitels sollte es wohl burgunderrot sein.

Mit dem Daumen strich Damrongchai über das niedliche Kaninchen, drehte die Flasche noch mal um und las auf dem hellgrünen Etikett: Für feines Haar.

Das entsprach nicht seiner Haarstruktur, bei Johanna war er sich nicht sicher. Verena konnte er es ohnehin nicht schenken, sie würde sofort wissen, dass er es gestohlen hatte.

Langsam atmete er ein und aus, zwang sich zur Ruhe.

Die junge Frau stellte währenddessen die Farbe wieder zurück und ging aus dem Seitengang.

Das faszinierte den Kommissar. Er tat es ihr gleich, stellte die Flasche einfach zurück. Niemand brauchte das Shampoo für feines Haar.

Fast schon stolz ging er einfach weiter. Übermütig holte er noch eine Packung Klorollen und da sah er den Abflussreiniger, klassisch, schlicht, weiße Flasche mit rotem Deckel, ein Granulat. Vorne das Etikett mit schwarzer Schrift und das einzig Verspielte ein Wurm, der durch ein Rohr kroch. Das kannte er irgendwo her.

Ganz kurz sah er sich um. Er war alleine und als er sein T-shirt hochzog und den Reiniger in den Hosenbund steckte, war es für diesen Moment, als würde er sich von außen beobachten. Seine flache Bauchdecke wich vor dem kalten Plastik zurück und trotzdem mussten sie sich letztendlich berühren, die Haut und das Rohrfrei.

Das T-shirt zeigte eine Ausbuchtung, zu eckig und schmal, um an natürliches Übergewicht zu erinnern. Damrongchai zog seinen Bauch in Richtung der Wirbelsäule und bog die Schultern nach vorne unten. So wirkte er wie jemand mit schlechter Haltung, aber nicht wie einer, der soeben einen Ladendiebstahl beging, indem er eine ätzende Chemikalie für eins neunundachtzig gegen seinen Unterleib presste.

Kribbelnd floss Adrenalin in seinen Blutgefäßen auf und ab. Das flache Atmen, zu dem er genötigt war, um beizubehalten, dass sein Bauch nach innen gewölbt blieb, trug nicht zu seinem Wohlbefinden bei.

Wenn er jetzt rausrannte, würde es auffallen. Er musste seine Einkäufe bezahlen.

Seine Halsschlagader pochte, als er die Unmengen von Gemüse zur Kasse schob und er sich an der Schlange anstellte. Ihm wurde vom Sauerstoffmangel schwindlig.

Wenn die Flasche herunter rutschte und unten heraus fiele, vorne an der Kasse, dann würden die anderen Kunden ihn festhalten, während die Kassiererin die Polizei rief.

Aber all das konnte nicht passieren, beruhigte er sich selbst, denn seine Hosenbeine waren zu eng dazu. Da war er sich fast sicher.

Noch einmal sah er sich um. Niemand hatte ihn beobachtet, aber das zartgebräunte kleine Mädchen mit dem gelben Kleidchen, hinter ihm in der Schlange, flüsterte etwas zu ihrer Mutter, deren Blick ihn streifte.

Noch musste er warten. Eine ganze Familie legte ihren Wocheneinkauf auf das Band. Die beiden Kinder, ein Junge und ein Mädchen waren möglicherweise Zwillinge oder hatten jedenfalls nur einen geringen Altersunterschied. Sie hatten großen Spaß dabei Schokolade und Käse auf das Band zu legen. Der Vater gab die Reihenfolge vor, während die Mutter schon an der Kasse die ersten gescannten Lebensmittel in Taschen lud.

Es war eine ungewöhnliche Szene für eine Supermarktkasse. Eine Welle der Harmonie erschlug Damrongchai fast. Diese Familie machte ihm zu schaffen, nicht nur, weil sie den Laden leer gekauft hatten und deswegen so lange die Kasse blockierten. Es war auch noch das harmonische Miteinander, das ihn regelrecht anwiderte. Doch zu seinem Entsetzen spürte er gleichzeitig, wie ihm genau das fehlte.

Ihn schauderte. Er zog den Bauch wieder ein und krümmte sich noch mehr nach vorn. Das Plastik klebte an seiner verschwitzten Haut.

Er hätte an die andere Kasse gehen sollen, dachte er ungeduldig, dort wäre er schon dran. Die Mutter und das Mädchen mit dem gelben Kleid waren doch eben auch noch hinter ihm gewesen und hatten jetzt schon bezahlt und standen draußen bei der Bäckereifiliale.

Der Familienvater gab der Kassiererin Geldscheine. Die Kinder packten noch mehrere Sahnebecher oben auf die zum Platzen gefüllten Taschen. Endlich schob die Familie ihren Einkauf, der zum sechsmonatigen Überleben in einem Bunker locker reichte, zum Bäcker, wo sie vermutlich ihren Vorrat mit Teigwaren komplettierten.

Zitternd legte Darongchai seine Sachen auf das Band. Die Kassiererin beachtete ihn kaum. Routiniert zog sie alles über den Scanner und stapelte dahinter auf.

Der Kommissar musste seiner eingeschränkten Bewegungsfähigkeit durch den Abflussreiniger vor seinem Magen gerecht werden. Deswegen schob er einfach sein Gemüse über die Rampe und ließ es in den darunter stehenden Einkaufswagen plumpsen.

»Sammeln Sie Treuepunkte?« Mit getuschten Wimpern klimperte sie ihn für Sekunden an, um sich dann wieder der Kasse und dem Rückgeld zuzuwenden.

Irgendwie war er froh, dass sie redete, dass irgendjemand ihn aus seiner Isolation des Diebes holte. Eine Art Resozialisierung und doch zog er das Rohrfrei nicht heraus und legte es nicht auf das Warenband, um es zu bezahlen.

Die Dame an der Kasse nannte ihm den Betrag, der auf ihrem Display erschien. Er erschrak, hatte er doch nicht bedacht, dass er sein Geld aus der Hosentasche herausnehmen musste.

Verstohlen drehte er sich zur Seite und zerrte mehrere Zwanzig-Euro-Scheine hervor. Die knittrigen Geldmittel streckte er der Dame an der Kasse entgegen.

Das Rückgeld hatte er fast vergessen. Er verstand sich selbst nicht. Wie konnte er sich so wahnsinnig verhalten?

Grußlos eilte er davon, strebte dem Ausgang zu, erinnerte sich daran, nicht zu schnell zu werden.

Er fixierte die Tür. Sie war das Symbol für Rettung und frische Luft, von der er ein paar tiefe Züge nimmt, wenn er erst am Auto angelangt war und sein Diebesgut die Atmung nicht mehr reduzierte.

Durch das Glas der Schiebetür fiel ihm noch einmal die Mutter mit ihrer Tochter auf, wie sie draußen bei den Einkaufswägen sich verabschiedeten. Sie küsste das Mädchen und es lief über den Parkplatz und winkte noch ein letztes Mal. Als es nicht mehr zu sehen war, zündete sich die Frau eine Zigarette an. Damrongchai ahnte, weshalb die Mutter zurückblieb.

Der letzte Schritt aus dem Supermarkt, über die Türschwelle, beruhigte seinen Herzschlag nicht. Ratternd schob er seinen Wagen bis zum Auto. Noch immer zog er den Bauch ein, als er schon den Kofferraumdeckel öffnete.

Zuerst roch er Zigarettenrauch, dann spürte er eine leichte Berührung an seiner Schulter.

Ihre Stimme passte nicht zu einem Kaufhausdetektiv.

»Sprechen Sie deutsch?«, fragte sie.

»Meistens.« Er drehte sich um.

»Wozu um alles in der Welt stiehlt man Abflussreiniger und auch noch den Billigen?«

»Das frage ich mich auch.« Damrongchai zog sein Diebesgut aus dem Hosenbund.

Kurz überlegte er, ob er seine Dienstmarke ziehen sollte und erzählen, er sei einem Mörder auf der Spur. Aufgrund seiner psychischen Störung habe er eine Stressentlastung dieser Art benötigt, um weiter ermitteln zu können. Dazu konnte er ein ärztliches Attest nachreichen.

Aber er verwarf den Gedanken. Dann würde erst recht alles bei Staatsanwalt Nydhal und Kripochef Sattler landen.

So folgte er ihr einfach durch den ganzen Laden, auch an der Kasse vorbei, wo ihn die Kassiererin verwundert ansah.

Das Büro der Kaufhausdetektivin grenzte direkt an die Leergutrückgabe und hatte die Größe einer zweifachen Besenkammer.

Damrongchai setzte sich auf den kalten Kunststoffstuhl. Im Hintergrund hörte er das Geräusch von berstenden Plastikflaschen, die eine Maschine im Leer-

gutraum zusammenpresste. Der Geruch von sauer gewordenen Bierresten vermischte sich mit dem Aschen-
becher, der auf dem Tisch stand.

»Ihr Name ist Hägle, Sie wohnen in Oberhengstett
und Sie versuchten einen Warenwert von einem Euro
neunundachtzig zu entwenden.« Die Detektivin steckte
ihre Brille auf ihre Haare und stützte ihr Kinn in ihre
Hände. »Ich muss Sie anzeigen, aber der Staatsanwalt
stellt das sicher wegen Geringfügigkeit ein.« Sie legte ihm
nun das kurze Protokoll zur Unterzeichnung vor. »Oder
ist es nicht das erste Mal?«

Es war das vierte Schriftstück dieser Art, unter das
er seinen Namen setzte. Er schämte sich vor sich selbst.

22

Dam brachte seine Einkäufe nach Hause zu seiner Oma. Schließlich konnte er die Sachen nicht in dem heißen Auto lassen. Das Gemüse verräumte er in den Keller, das Tofu verstaute er im Kühlschrank.

Kurz angebunden erklärte er, dass er ein paar junge Leute zum Grillen einladen wolle.

Darüber freute sich Sofia sehr und dann fragte sie es doch:

»Du hast aber nicht wieder etwas gestohlen?«

»Wie? Das ganze Gemüse soll ich gestohlen haben?«, wehrte Dam ab.

Sie sah ihn mit ihren grauen Äuglein an und er war sich fast sicher, dass sie seine Mutter anruft, sobald er das Haus verlassen hatte. Sie werden sich besorgt über ihn unterhalten, als wäre er ein fünfzehnjähriger Junge, der in schlechte Gesellschaft geraten war.

Bevor Sofia noch irgend etwas Unangenehmes fragen konnte, verabschiedete sich Dam unverzüglich und machte sich erneut auf den Weg zu Verena.

Ein kleiner Lieferwagen parkte vor Verenas Haustür. Der Transporter war voll beladen. Zwischen Umzugskisten klemmte ein modernes Gemälde in kräftigen Rottönen.

»Hallo, Herr Kommissar!«, rief Agnes hinter Damrongchai. Sie trug eine große Pflanze in den Armen und lachte ihn durch die grünen Blätter an. »Wie schön, das freut mich, dass du einziehst. Da weiß ich Verena gut versorgt.«

Er nahm ihr die Pflanze ab und sie übergab ihm bereitwillig den schweren Topf.

»Bringst du den Benjamini in den Lieferwagen? Das ist nett.«, meinte sie beschwingt. »Die Wohnung ist jetzt leer. Ich gehe noch mal hoch und verabschiede mich.«

Sie ließ Damrongchai stehen. Die Blätter kitzelten an seiner Nase und die zarten Ästchen wippten über seiner Schulter.

Vor der Ladefläche des Lieferwagens hielt er inne. Agnes gestand ihrem Bäumchen nur wenig Platz zu oder vielmehr überhaupt keinen und es wäre besser gewesen, sie hätte das grünblättrige Gewächs einfach dagelassen – nicht bei ihm, aber bei Verena.

Nun gab es aber Menschen, die hatten ein inniges Verhältnis zu ihren Pflanzen. Manchen waren ihre Pflanzen wichtiger als das Wohlbefinden ihres Enkels und manche staubten den ganzen Tag die Blätter ab.

Damrongchai quetschte das stumme Lebewesen zwischen die Umzugskisten. Ein paar der Äste waren abgebrochen und Blumenerde war auf die Kartons gefallen.

Schnell schloss er die Schiebetür, damit das Bäumchen nicht aus dem Transporter fiel.

Auf einmal stand Agnes hinter ihm. Er hatte sie nicht herannahen bemerkt. Wo sind seine Polizisteninstinkte geblieben?

»Euch beide besuche ich bald.« Sie umarmte ihn.
Ihre Energie überrollte ihn.

Er drückte sie zögerlich. »Ich wünsche dir alles Gute in München.«

»Lass nicht locker bei Verena«, gab sie noch den Tipp. Dann stieg sie in den Lieferwagen und startete den Motor.

Er winkte ihr zu, doch sie sah ihn schon gar nicht mehr. Sie hatte den Blick nach vorne gerichtet.

Sein Blick richtete sich zur Haustür. Das schwere Eichenholz stellte sich ihm entgegen. Kraftlos stemmte er die Pforte mit seiner Schulter auf und das Treppenhaus im Jugendstil zeigte seine Pracht.

Damrongchais Beine liefen sperrig nach oben. So ähnlich musste sich seine Oma Sofia auf den steilen Stufen ihres Häuschens fühlen.

Oben angekommen, zog es ihn in die leere Wohnung.

Durch die tief stehende Sonne zeigte sich ein besonderes Licht, das die Farben wärmte und die Wände weitete.

Im Schlafzimmer hatte Agnes eine Fotografie auf dem Boden liegen gelassen. Er nahm das Bild auf.

Verena lachte und saß auf einer Wiese. Ihre Beine hatte sie zur Seite gelegt und sie stützte sich seitlich mit dem Arm ab. Ihre Augen strahlten, er strich über ihr Gesicht. Für einen Moment spürte er ihre zarte Haut.

Vorsichtig lehnte er das Foto gegen das Fenster und ging endlich zu Verena. Ihre Tür stand offen.

Sie wartete mit zwei vollen Gläsern in der Hand. »Willst du eine Cola?«

»Kommst du vom Arbeiten?«, fragte er zurück.

Der Geschmack von Cola neutralisierte fast alles, hatte

sie ihm einmal erklärt, auch den Leichengeruch in der Rechtsmedizin.

Sie reichte ihm ein Glas und legte den Arm vor ihren Bauch, als müsste sie etwas verbergen.

»Hast du mit Agnes noch geredet?«, wollte sie wissen.

»Nur ganz kurz«, entgegnete er.

»Sie ist so überzeugt davon, dass du einziehst, dass sie keine Anzeige aufgegeben hat.«

Er nahm es mit einem Kopfnicken zur Kenntnis, scheinbar gleichgültig. In seinem Inneren bemerkte er jedoch die Abwehr, sich in die Begeisterung von Agnes hineinziehen zu lassen. Es war fast schon Angst, was er verspürte. Die Angst, das Leben könnte endlich mal anfangen.

Er lehnte sich mit dem Rücken an die Wand und ließ sich zu Boden sinken. Verena setzte sich dicht neben ihn. Das Parkett war angenehm kühl.

Ihre Beine waren nackt, die kurze Hose, die sie trug, reichte nur bis zum ersten Drittel ihrer Oberschenkel.

Er legte seine Hand auf das Parkett. »Hast du noch was gefunden bei der Obduktion?«

»Es war die Biene.« Sie sah ihn an, neigte den Kopf ein wenig und er war froh, dass Verena nicht so direkt war wie seine Mutter, sonst hätte sie ihm gesagt, wie dämlich er war, nicht sofort einzuziehen. Aber, dachte er, Verena ging es doch genau so. Sie hatte auch noch nicht gesagt, ja bitte, zieh endlich ein.

Die Kohlensäure prickelte auf seine Hand. Er hielt das Glas fest umklammert. Seine Knöchel drückten sich weiß in seine Haut.

Dam stotterte bei den ersten Worten, die aber wieder nur dem Fall galten und Ausflüchte waren:

»Der Nachbar ist Imker, der mit seinen Bienen gesprochen hat, dass sie nicht so weit fliegen sollen, weil der Biobauer sie nicht mag.«

Verena hob ein klein wenig das Kinn an. »Hat er ihnen auch erklärt, dass es nichts Persönliches ist? Dass der Mann nichts gegen Bienen hat, sondern nur wegen seiner Allergie um sein Leben fürchtet?«

»Ich denke schon.«

»Das letzte Mal, als du mir so einen Unsinn erzählt hast, lagst du richtig und konntest den Fall lösen.« Sie rückte ein Stück von ihm ab. »Als Ermittler bist du brillant, aber privat bist du eine Katastrophe. Ich sollte dich rauswerfen. Du sagst mir nicht, dass du mich liebst und wenn du mir näher kommen kannst, windest du dich so schnell wie möglich wieder heraus und gehst dann aber nicht. Du sitzt neben mir und tust mir weh. Ich will das nicht mehr.« Den letzten Satz sagte sie voller Wut.

Er schloss die Augen und alles wurde klar. Sie wusste, was sie wollte und hielt sich nur vorsichtig zurück, weil er unberechenbar war.

In diesem Moment aber hatte sie ihm ihre Gefühle offenbart und ihm ein Ultimatum gestellt. Wenn er so weiter machte, wird er sie verlieren.

Das ertrug er nicht.

Er zog sie zu sich, umfasste ihr Gesicht und berührte es sanft mit seiner Wange, seiner Nase, seinem Mund.

Verena zog an seinem T-shirt und er streifte es sich über den Kopf. Er hielt sie im Arm und legte sie zurück auf das kühle Parkett. Ein bisschen roch sie nach Formaldehyd doch an ihr störte ihn nichts. Er wollte sie so, wie sie war, küsste sanft ihren Hals öffnete ihre Hose und glitt mit seiner Hand langsam in ihren Slip.

Es war dunkel geworden. Im Schein der dezenten Schlafzimmerlampe sah Dam Verenas Konturen. Leicht spürte er ihren Atem an seiner Wange.

Dam hatte das Bedürfnis sich zu erklären. »Der Psychologe sagt, ich habe eine Bindungsstörung, weil ich meinen Vater nicht kenne.«

Sie streichelte über seine Brust. »Und was sagst du?«

»Ich würde gerne mal mit meinem Vater reden. Vielleicht hilft das.«

»Was würdest du ihn fragen? Wie es damals war mit deiner Mutter?«

»Das weiß ich, nein, ich will wissen, ob er jemals daran gedacht hat, dass er einen Sohn haben könnte mit Friederike.«

»Du kennst die Geschichte deiner Eltern?« Sie sah ihn neugierig an.

»Das habe ich noch nie jemandem erzählt.« Er drehte sich auf den Rücken.

»Du vertraust mir nicht. Wenn du es nicht erzählen willst, dann fang nicht damit an.«

Damrongchai fühlte, wie ihm Verena entglitt. Er strich über ihre nackte Haut und wollte sie küssen, aber sie wich zurück.

Sie wollte nicht nur mit ihm schlafen, sie wollte ihn kennenlernen. Er ließ sich in das Kissen fallen und presste die Handballen an seine Stirn. Nach einem tiefen Atemzug öffnete er den Mund und begann einfach zu reden. Es war gar nicht so schwer.

»Friederike wollte abhauen vor einer zu guten Partie, die ihr zu eng wurde. Der Sohn des Firmenchefs hatte sich in sie verliebt und auch seine Eltern waren begeistert von ihr.«

»Ah, zu eng. Liegt wohl in der Familie.« Verena kam ihm wieder näher und kuschelte sich an ihn.

Damrongchai fehlte ein wenig die Luft, als er weiter erzählte:

»Der Juniorchef nahm sie mit auf eine Messe in Hamburg, wo er sie in ein teures Restaurant ausführte und um ihre Hand anhielt. Sie sagte ja, weil doch alles so gut passte. Er schenkte ihr einen Verlobungsring und küsste sie vor ihrem Hotelzimmer. Aber sie zierte sich, ihn mit hineinzunehmen und er war voller Verständnis.

Später in der Nacht wurde ihr bewusst, was sie getan hatte. Sie plante zu heiraten und dann auch noch jemanden, den sie nicht liebte. Sie musste weg von der Enge, schlüpfte sie in ein buntes Kleid und schlich sich aus dem Hotel. Ziellos streifte sie durch die Stadt und setzte sich irgendwann in eine Bar. Dort traf sie ihn.«

Verena hatte ihr Gesicht auf seine Schulter gelegt und sah ihn unentwegt an.

Nun merkte er doch, wie gut es ihm tat, seine Geschichte mit ihr zu teilen. »Mein Vater fiel ihr sofort auf und sie setzte sich neben ihn auf einen Barhocker, da sprach er sie schon an. Sie unterhielten sich so gut es ging auf Englisch und sie verstand, dass er ebenfalls auf der Flucht vor einem zu perfekten Leben war. Er hatte auf einem Containerschiff angeheuert, obwohl er Medizin studieren sollte. Dieses Schiff wurde in dieser Nacht entladen und wieder neu beladen. Er musste also am nächsten Morgen weiter.

Er erzählte ihr von dem farbenprächtigen Thailand, das so schillerte wie ihr Kleid und fasste in ihre Haare. Noch nie hatte er vorher so wilde und rote Haare gesehen, sagte er, und küsste sie. Dann nahm sie ihn mit auf ihr Hotelzimmer, wo sie miteinander schliefen.

Morgens klopfte ihr Verlobter an ihre Tür. Er schenkte ihr eine Rose und sie wimmelte ihn mit vorgetäuschten Kopfschmerzen ab.

Meinen Vater schmuggelte sie aus dem Hotel und begleitete ihn zu seinem Schiff. Er schenkte ihr zum Abschied einen kleinen Buddha-Anhänger aus Jade und sie gab ihm ihren Verlobungsring.«

Verena nahm den Kopf hoch und stützte sich auf ihre Ellbogen. »Wirklich den Verlobungsring? Und das war das Ende ihrer zarten Bande?«

»Friederike wollte den perfekten Moment nicht zerstören und schließlich hatten sie doch zusammen gefunden, weil sie sich nicht beengen wollten.«

»So ist es doch etwas anderes. Sie haben sich doch geliebt.«

»Ich glaube, sie liebt ihn immer noch.« Er streichelte über Verenas Gesicht.

Jetzt wäre doch auch für ihn der perfekte Moment gekommen, Verena zu sagen, dass er sie liebte. Aber er war nicht mutig genug und so sprach er weiter über seine Mutter, anstatt über sich selbst:

»Friederike winkte ihm so lange zu, bis das Schiff den Hafen verlassen hatte. Sie starrte noch lange auf die Elbe und musste sich zwingen zurück ins Hotel zu gehen.

Sie frühstückte mit dem Juniorchef. Dass sie ihren Ring verloren hatte, glaubte er ihr. Sie war nicht ehrlich zu ihm und zögerte ihre Entscheidung noch einige Wochen hinaus, bis sie feststellte, dass sie schwanger war. Ohne Erklärung kündigte sie und trennte sich von ihrer guten Partie, um das Kind mit den dunklen Mandelaugen, das sie ihrem blonden Verlobten ohnehin nicht unterjubeln konnte, alleine großzuziehen. Sie meint, ich habe sie vor einem großen Fehler bewahrt.«

»Das alles ist so außergewöhnlich wie du.« Verena drehte sich auf den Rücken und blickte verklärt zur Decke.

Er setzte sich auf und sah zu Verena hinunter.

»Man könnte auch planlos dazu sagen. Wieso haben sie nicht wenigstens verhütet?«

»Sonst würde es dich doch gar nicht geben. Das wäre doch ein großer Verlust.« Sie kam näher und legte ihren Kopf in seinen Schoß.

Sie hatte gesagt, dass er ihr wichtig war. Aber er hatte sie nicht verstanden. Er zeterte weiter:

»Wieso kann man nicht wenigstens die Adressen und die Nachnamen austauschen? Es ist doch nicht zu viel verlangt seinen Vater kennen zu wollen.«

Er hatte sie aus ihrer schwärmerischen Stimmung gerissen. Ihr Gesicht wurde sachlich, fast ein wenig angespannt. »Und dein Psychologe diagnostiziert, du kannst deswegen nicht mit mir zusammen sein?«

»Ich kann ja nicht mal mit mir selbst zusammen sein.«
Er nahm sie in die Arme und drückte sie fest an sich.
Leise sagte er: »Ich muss mir das noch mal überlegen
mit der Wohnung.«

Warum machte er alles kaputt? Warum hielt er es nicht
aus?

»Ich weiß«, flüsterte sie, »es war dumm von mir, mehr
als diesen Moment zu erwarten.«

23

Damrongchai fühlte sich miserabel und Verena hatte es auch noch geahnt, was für ein verfluchter Idiot er war. Auch schon bevor er ihr zuflüsterte, dass er sich alles noch mal überlegen müsse. Auf den Treppen zum Büro fragte er sich, warum alle Frauen um ihn herum hellsichtig waren. Sie wussten immer, was er gleich sagen würde oder was er verschwieg. Sie durchschauten ihn, waren verletzt oder wollten nur sein Bestes.

Was hat seine Mutter gesagt? Er soll zuhören. Vielleicht ist das der Punkt, das Geheimnis, um zu wissen was der andere als nächstes sagte.

Er drückte die Türklinke herunter.

»Merten«, sprach Damrongchai bedeutungsvoll in den Raum, »Lass uns zum Imker gehen.«

Mertens Brille verrutschte. »Ungern, aber du hast recht. Ich habe ja schon gesagt, dass ich ihn für einen Schauspieler halte. Immerhin hätte er wissen können, dass auf dem Biobauernhof die Tür immer offen steht. Er kann das Notfallset entwendet haben, als keiner zu Hause war.«

»Hast du ihm richtig zugehört?«, fragte Damrongchai.

Merten rückte sich und seine Brille zurecht und kräuselte seine Stirn. »Er hat von telepathisch kommunizierenden Insekten erzählt.«

»Das schon, aber egal wie verrückt, er ist der Nachbar, er muss was gesehen haben, auch wenn er nicht der Mörder war, sind seine Zeugenaussagen doch wichtig.

Alle Nachbarn beobachten irgendwas. Wenn dem nicht so wäre, dann hätte ich ja neben Dir einziehen können.«

»Da hast du recht«, meinte Merten und kniff die Augen zusammen, »Also gut, das kann warten«, sagte er zum Bildschirm.

»Was tust du da eigentlich?« Damrongchai stellte sich hinter Merten und linste über die Schulter seines Kollegen, der erklärte:

»Ich erstelle eine Liste, von denjenigen, die überhaupt von dem Notfallmittel wussten und wer von denen sich Zugang verschaffen konnte. Aber das sind fast alle. Das ganze Dorf wusste davon, die Haustür steht, wie gesagt den ganzen Tag offen und meist ist auch niemand zu Hause.«

»Auf einem Bauernhof ist niemand zu Hause? Ist das eigentlich normal?« Er zuckte zusammen bei dem Wort normal, das er selbst soeben gebraucht hatte. Was war schon normal? Er sei es jedenfalls nicht, haben ihm schon viele seiner Mitmenschen bestätigt.

»Was üblich ist, weiß ich nicht. Hier jedenfalls sind Bauer und Bäuerin bei den Tieren, reparieren Zäune und dergleichen oder sie sind auf dem Feld. Währenddessen fährt die Oma die Kinder zu sämtlichen Kursen, die es gibt, Musik, Kunst, Ballett und ich weiß nicht was.«

Merten lehnte sich zurück und atmete noch einmal schwer, dann sprach er weiter: »Mir fiel bei der Aussage der Kellnerin noch ein Detail auf. Engels hatte seine Notfallmedikamente immer in der Brusttasche seiner Arbeitshose und als er sie herausholen wollte, kamen ihm zwei Päckchen Papiertaschentücher in die Hände.

Das heißt, der Täter musste bedacht haben, dass es Volker Engels auffallen würde, wenn seine Tasche leer war und musste somit auch die Taschentücher in seine Arbeitshose gefüllt haben. Das war auch einfach möglich, denn die Arbeitshose hing nach Feierabend immer im Hauseingang an der Garderobe.«

Damrongchai nickte abwesend. Er nahm den Bildschirm genauer in Augenschein, denn Merten sammelte die Verhöre als Dateien. Wort für Wort transferierte sein Kollege jede Zeugenbefragung in eine geschriebene Datei, exakt nach Datum und Person archiviert.

Und Damrongchai entdeckte, was er vermutet hatte. »Du hast Vincent heute verhört? Das war nicht abgesprochen.«

»Ah, du hast es entdeckt, sonst entziehen sich Unterlagen doch deinem Interesse.« Und Merten fügte gleich noch hinzu: »Das was du da abgeliefert hast, war ja mal wieder nicht brauchbar.«

Damrongchai fühlte ein Pochen an den Schläfen. Hatte er Angst um Vincent oder um sich selbst?

Merten öffnete die Datei. »Dieser Vincent ist kein unbeschriebenes Blatt. Der klebt nicht nur Aufklärungsplakate und isst aus dem Müllcontainer. Wir haben in seiner Wohnung ganz anderes Material gefunden, eine Planung, wie er ein Schlachthaus in Brand setzen will, dabei hat er eindeutig Kontakte zur Animal Liberation Front, die weltweit unterwegs ist und sich als terroristische Vereinigung im Fokus des FBI befindet.«

Damrongchai schüttelte den Kopf. »Vincent ist Anwalt und setzt sich ganz rechtsstaatlich für Tiere ein.«

»Dein Vincent ist ein Radikaler. Das BKA hat ein Auge auf ihn. Wir können ihn nicht festhalten, aber sollte sich noch was auftun, werde ich nicht zögern, ihn Nydhal vorzuführen.«

Merten sprach für seine Verhältnisse laut.

Noch einmal sah Damrongchai Vincent vor sich, nachdem sie die Hühner aus der Legeanlage geholt hatten, wie er neben dem Fahrrad stand und ihm so glaubwürdig versicherte, er habe Respekt vor dem Leben.

Damrongchai regte sich auf: »Das ist doch lächerlich! Radikale Tierschützer begehen nur Sachbeschädigung. Die Gewalttäter sind doch die anderen.«

»In dem Moment, wo ich ein Gebäude anzünde, nehme ich die Verletzung oder Tötung eines Menschen in Kauf.« Einen Moment stockte Merten. Seine Stimme wurde gedämpft. »Eigentlich sollte ich deine Befangenheit Sattler mitteilen.«

Damrongchai funkelte Merten böse an und sagte:

»Arbeiten wir gegeneinander oder miteinander?«

Merten funkelte satanisch zurück und meinte:

»Das frage ich mich auch oft.«

Damrongchai streifte die Pflanzen, die sich ihm auf dem Weg zum Fenster in den Weg stellten. Er blickte hinaus, auf das Erkertürmchen des gegenüberliegenden Hauses. Er konnte Vincent nur helfen, wenn er den Fall aufklärte.

»Lass uns endlich gehen«, meinte er vernünftig.

Merten widersprach dem nicht. Er nahm eine Jacke von der Lehne seines Schreibtischstuhls, woraufhin Damrongchai kritisierte:

»Du willst nicht allen Ernstes noch etwas überziehen?«

»Es soll Regen geben.« Merten legte sich seine Jacke über den Arm und ging voraus.

Damrongchai folgte ihm die Treppe hinunter.

Merten legte das Kleidungsstück gefaltet auf die Rückbank des Dienstwagens.

Damrongchai fuhr los. Er zeigte auf die roten Zahlen des Thermometers, die an der Armatur leuchteten.

»Draußen sind es unglaubliche vierunddreißig Grad. Es ist wirklich ein heißer Sommer.«

Merten empfand das als Kritik: »Was stört dich an einem Stück Stoff, das auf dem Rücksitz liegt?«

Er holte ein Desinfektionstuch aus seiner Hosentasche, riss die Einmalverpackung auf und wischte über die Oberflächen und die Haltegriffe des Wagens.

Damrongchai versuchte ruhig zu bleiben, trotz des Wischens neben ihm, bis er überraschend freudig nach rechts zeigte und meinte:

»Da sehe ich schon die schönen Blumen.«

»Das bringt Frieden in unsere Herzen«, erwiderte unerwartet Merten und ließ sein Lümpchen sinken, wo er doch geplant hatte, dem Imker eindringlich auf den Zahn zu fühlen.

Albin stand in seinem Garten an einem imposant gewachsenen rosa Hortensienstrauch und streichelte leicht über die Blütenblätter.

Jetzt wo er gut zuhörte, meinte Dam zu vernehmen, wie der Imker zu den Pflanzen säuselte und die Pflanzen geschmeichelt zurück sangen.

»Ich wusste, dass Ihr mich noch mal besucht.« Albin lugte unter seinem Strohhut hervor.

Damrongchai überlegte, dass offensichtlich doch nicht nur Frauen, sondern auch Imker seine Gedanken lasen. »Klar, ich bin ein offenes Buch für meine Umgebung«, entfuhr es ihm frustriert.

Merten räusperte sich. »Was wissen Sie denn über Ihre Nachbarn vom Bauernhof? Wie sind die Leute denn so?«

»Komm' mal mit.« Der große Imker fasste den großen Merten am Oberarm und führte ihn bis zum Rand des Grundstücks.

Zwischen den Stilen von Sonnenblumen hindurch, konnte Merten den Biobauernhof mit seinem rötlichen Dach erblicken.

Albin schob die Pflanzen mit dem Handrücken ein wenig zur Seite. »Da siehst du was los ist.«

Merten konnte lediglich eine gefleckte Kuh erkennen. Er strengte sich an. Seine Brille passte noch. Er hatte sich nichts vorzuwerfen, ging er doch regelmäßig zu den Kontrollen beim Augenarzt.

»Ich verstehe nicht«, gab er dann zu.

»Siehst du nicht die grüne Aura. Sie ist von dunklen Streifen durchzogen und völlig zerrissen«, erklärte Albin. Das Entsetzen darüber trieb ihm fast die Tränen in die Augen.

»Das Dach ist doch rot«, wunderte sich Merten weiter. Er konnte da nicht mitschwingen.

Damrongchai drängte sich dazwischen. »Auf dem Hof geht es den Tieren doch einigermaßen gut, wieso ist die Energie so schlecht dort?«

»Aber den Menschen geht es dort nicht gut.«

Der Imker schüttelte den Kopf, wandte sich ohne ein weiteres Wort ab und ging zu seinen Bienenkästen.

Die Bienen kamen zu ihm, krabbelten über ihn. Er hielt seine Handfläche hin und betrachtete die Tiere, die darauf herumwuselten oder auch einfach ganz still saßen.

Damrongchai fühlte die Ruhe, die Zuversicht die Hoffnung, auf welche Art auch immer der Imker mit den Tieren, Pflanzen und dem Universum verbunden war.

Von diesem Empfinden eingehüllt, gingen er und Merten zurück zu ihrem Fahrzeug, an dem Damrongchai der unnatürliche Innenraum störte. Der Kommissar öffnete die Fenster, damit er wenigstens nicht isoliert war von den Blumen, der Natur, dem Leben.

Merten startete den Motor und hängte sich wegen des Fahrtwinds die Jacke um die Schultern.

Damrongchai genoss den Wind, doch seine Gedanken kamen zurück. Ihn plagten die Unklarheiten mit Verena, die Kaufhausdetektivin und Vincent.

Sattler hatte gesagt, Damrongchai sei ein guter Ermittler und das wusste er auch selbst, denn wenn er das nicht wäre, hätten sie ihn schon in Frankfurt wegen der gestohlenen Tütensuppen endgültig rausgeworfen. Ganz zu schweigen von seinen Alleingängen, die er aber auch nicht lassen konnte. Wie sollte er sonst seine Fälle aufklären? Nur so vermochte er zu ermitteln. Ohne Dienstverstöße existierte kein Kommissar Hägle.

Merten störte ihn in seinen Überlegungen: »Das war

doch jetzt wieder völliger Unsinn, was uns der Imker aufgetischt hat.«

Damrongchai sah zu Merten. »Natürlich ist das mit der Aura Quatsch, aber wahrscheinlich hat er mal einen Streit gehört und bildet sich den Rest ein.«

Das kannte der Kommissar von seiner Mutter.

Merten akzeptierte die Erklärung. »Ich fahre erst mal ins Büro. Lass uns überlegen, wie wir am besten vorgehen. Da ist Fingerspitzengefühl notwendig.«

Und ohne Besonnenheit kein Merten, dachte Damrongchai.

24

Der Espresso dampfte aus der verchromten Maschine und Merten gab seinem ungeschickten Kollegen dieses Mal ein Tellerchen unter die Tasse. Auch löffelte er den Zucker für ihn in den Kaffee.

Damrongchai musste nur noch umrühren und die klebrigen Tropfen, die dabei überschwappten, landeten sicher in der Untertasse.

Merten teilte seine Bedenken zur Befragung der Bäuerin mit: »Daniela Engels wird uns nicht erzählen, dass sie mit ihrem Mann gestritten hat. Das hat sie letztes Mal auch schon nicht getan. Da brauchen wir noch was anderes.«

Damrongchai nahm einen Schluck aus der kleckernden Tasse, was Spuren auf seinem Schreibtisch hinterließ. »Wurde das Notfallset, denn auch schon im Haus gesucht?«

Merten beobachtete die Kaffeeschlieren neben dem Aktenstapel, die aber durch seine nachhaltige Betrachtung leider nicht verschwanden. Er wirkte ungehalten, sei es wegen der Frage, sei es wegen der Verschmutzung.

»Von normaler Polizeiarbeit bekommst du überhaupt nichts mit. Das haben wir überall gesucht, auf den Wiesen, im Wald, in den Mülltonnen. Im Haus natürlich nicht. Falls sie ihn ermordet hat, würde sie das Notfallmedikament sicher nicht in den Badezimmerschrank legen.«

»Ja«, sinnierte Damrongchai unbeeindruckt von Mertens Aufregung. »Wir müssen mehr über die schlechte Energie herausfinden.«

Er trank sein Tässchen leer und stellte es dann neben den Unterteller auf jene Akten, die schon länger auf ihre Bearbeitung warteten.

Merten unterdrückte sein Fassungslosigkeit und kramte unter dem Tisch aus seiner Tasche eine Vesperdose.

Damrongchai wunderte sich: »Du gehst heute nicht in die Kantine?«

Merten öffnete das Behältnis und wickelte eine Gabel aus einem Küchentuch. »Nein, ich habe mich ethisch ein wenig von deinen jungen Leuten überzeugen lassen und im Kurs lernte ich die Schmackhaftigkeit der veganen Küche kennen.«

Das Essen roch interessant gewürzt und es erinnerte Damrongchai an das gemeinsame Kochen in der WG.

»Du solltest es warm machen«, riet er.

»Ich besorge mir heute Mittag eine Mikrowelle.« Merten hatte bereits alles durchdacht.

»Ist es von gestern Abend? Warst du im Kochkurs?« Neugierig sah Damrongchai über den Schreibtisch in die Dose.

»Willst du etwas von der Gemüsetarte probieren?« Merten gab ein paar Gabeln auf einen kleinen Teller und rcichte die kleine Köstlichkeit seinem Kollegen.

»Hast du sie mal zu dir eingeladen?«, fragte Damrongchai. Er meinte die Kursleiterin, in die Merten verliebt war.

»Zum Essen?«, gab Merten zurück. »Das ist ja wohl völlig unpassend und dann gleich zu Hause, das ist doch aufdringlich. Ich bin ihre Kundschaft. Du gehst ja auch nicht mit Daniela Engels aus.«

»Das ist auch ein bisschen was anderes. Vielleicht mache ich demnächst ein Gartenfest und dann lade ich deine Kursleiterin und dich ein.«

»So ein Unsinn, du kennst sie doch überhaupt nicht.« Damit beendete Merten das Gespräch und starrte lieber auf seinen Bildschirm, der ihm Halt und Sicherheit gab.

Er tippte ein bisschen und schob mit der Maus.

»Was liest du?«, fragte Damrongchai und aß mit seinem Esspresso-Löffelchen.

»Ich überfliege die virtuelle Lokalpresse.« Merten rückte seine Brille zurecht: »Sieh mal an.«

Damrongchai ging um die Tische herum und hielt seinen Teller in Brusthöhe wie auf einer Stehparty, woraufhin Merten sich nach hinten verbog und nach oben sprach:

»Du isst jetzt aber nicht über mir.«

Damrongchai zeigte mit seinem verschmierten Löffelchen zum Bildschirm. »Da sind Cedric und Johanna.«

Über dem Artikel waren eine Ansammlung von Demonstranten abgebildet, die sich vor dem Biohof versammelt hatten und aus unterschiedlichen Beweggründen gegen die geplante Ausweitung des Hühnerhofs protestierten.

Sie hielten Leintücher hoch mit der Aufschrift:

Nicht noch mehr Gestank

Johanna und Cedric hatten ein Schild gebastelt, auf dem stand:

Stoppt Tierleid

Letztlich war das Ziel dasselbe und mit einer Klage wegen Gestanks zu dicht am Wohngebiet konnten sie mehr Erfolg haben als mit Tierrechten. Das wusste Vincent sicherlich am besten und brütete längst über der Klageschrift, falls er es nicht vorzog einen Brandanschlag auf Löfflers Anwesen vorzubereiten.

Merten rückte ein Stück zur Seite und las:

»Der Hühnerhofbesitzer Hermann Egon Löffler berichtet stolz vom bevorstehenden Kauf des Biohofs zur Erweiterung seines Betriebs.«

Damrongchai zischte: »Sieh an, ist sie doch umgekippt. Wahrscheinlich wusste sie es schon bei der Befragung und hat uns angelogen.«

Merten ging dichter an den Bildschirm. »Was ist eigentlich mit der Oma der Familie los? Sie gehört nicht aufs Land. Schon wieder trägt sie einen eng geschnittenen Rock. Für einen Bauernhof ist das keine angemessene Garderobe.«

Damrongchai nahm den Faden seines Kollegen auf: »Ihre Tochter ist bei ihr aufgewachsen, in der Stadt, mit schönen Kleidchen und Essen aus dem Feinkostladen.« Damrongchai gestikulierte mit seinem Löffelchen über Merten und dozierte weiter: »Daniela Engels war nicht bewusst, worauf sie sich einlässt mit einem Bauernhof. Wahrscheinlich erwartete sie mehr Idylle und weniger Probleme.«

Merten stellte sein Döschen ab. Er hatte das letzte Stück Tarte genossen. »Das Angebot von Löffler wäre die Lösung gewesen, ihren Fehler zu korrigieren. Doch ihr Mann wollte den Hof behalten. Jetzt wissen wir auch, worum der Streit ging, von dem der Imker gesprochen hat.«

Damrongchai fuhr mit seiner Hand einen Kreis um das Gebäude auf dem Foto. »Alles ganz grün da von der schlechten Streitenergie.«

Sie lachten beide.

Dann tütete Merten das leere Essensbehältnis zusammen mit der Gabel ein, wischte über Damrongchais Schreibtisch und spülte noch das Geschirr ab.

»Jetzt können wir gehen«, sagte er mit einem Glänzen in den Augen.

Alles war hübsch aufgeräumt.

25

Der Bauernhof hatte die idyllische Ruhe verloren, die Damrongchai und Merten bei ihrem ersten Besuch empfangen hatte.

Demonstranten hielten Schilder nach oben und diskutierten laut. Die Kommissare drängten vorbei an ernsten und wütenden Gesichtern.

Auf allem lastete eine drückende Decke feuchtwarmer Luft. Nur ganz oben in der Baumkrone der alten Linde tanzten ein paar Blätter in einem sanften Windhauch.

Merten hob die Augenbrauen an. »Wer hat denn das genehmigt auf einem Privatgrundstück? Sollte noch was zu finden sein, verwischen die uns alle Spuren.«

Damrongchai entdeckte Johanna und Cedric in der Nähe des Baumes. Sie wirkten isoliert zwischen den anderen, die als Anwohner mehr die Angst um ihre Wohnqualität und die Grundstückspreise plagten.

Er würde später mit seinen Mitbewohnern reden, jetzt bahnte er einen Weg durch die Demonstranten und Merten folgte ihm bis zum Stall, wo sie die Bäuerin vermuteten und auch alleine vorfanden. Die Tiere waren auf der Weide. Mit einer Mistgabel, die so alt wie das Anwesen zu sein schien, stach sie in das mit Urin und Kuhfladen getränkte Stroh. Sie mistete aus, während auf ihrem Anwesen Fremde gegen ihre Lebensplanung demonstrierten.

Merten hielt sich die Finger unter die Nasenlöcher. Der Geruch der großen breiigen Ausscheidungen der Kühe machten ihm zu schaffen. Nahezu genauso intensiv drängte sich das Aroma der Milch auf. Fliegen schwirrten um die Melkanlage.

Die Bäuerin sah auf, bemerkte die Kommissare erst jetzt. Ihr Kopftuch hatte dunkle Stellen vom Schweiß. Sie schob es weiter nach hinten, aus der Stirn.

Dann begann sie einfach zu reden: »Alleine schaffe ich das nicht, wie soll das gehen? Ich kann niemanden beschäftigen, der auch noch Geld kostet. Nein, der Tod meines Mannes ist das Ende für den Hof.« Sie wischte Tränen von ihren Wangen und hatte danach ein verschmiertes Gesicht von ihren Stallhänden.

Damrongchai fragte sie gezielt: »Das heißt Sie wollen den Bauernhof erst aufgeben seit dem Tod Ihres Mannes?«

»Natürlich, das alles hier, war doch unser gemeinsames Projekt, unser Leben, und die Kinder sollten sehen, woher das Essen kommt und nicht mit Fleisch aus dem Supermarkt aufwachsen.« Sie stellte die Mistgabel zur Seite und richtete sich auf. »Natürlich war es manchmal nicht leicht, aber wir wollten es so.«

Bevor er die Aussage anzweifeln konnte, stand Danielas Mutter im Tor. Gegen das Licht sah sie wie ein schwarzer Scherenschnitt aus. Nur wenige Schritte kam sie näher.

»Lassen Sie meine Tochter doch endlich in Ruhe. Hat sie denn nicht genug gelitten?«

Merten nahm die Finger von seiner Nase, bevor er redete.

»Wie finden Sie es, dass Ihre Tochter auf einem Bauernhof lebt?«

Gisela Saumburg verscheuchte ein Fliege. »Wie ich das finde? Ich habe nicht zu entscheiden, wie sie lebt. Sie war immer zufrieden, aber jetzt ist die Situation natürlich eine andere, jetzt geht es um die Existenz.«

Damrongchai erinnerte sich, dass ihm Cedric gesagt hatte, der Biobauer habe ihn und die anderen um Geld angehauen und fragte deshalb:

»Ging es vorher nie um die Existenz?«

»Wie meinen Sie das?« Ihre Stimme klang schrill. »Ich mische mich nicht in die Finanzen der Kinder ein, es sei denn, ich werde darum gebeten.«

Merten räusperte sich. »Hat man Sie je darum gebeten?«

Die Oma und Mutter fasste an ihr akkurat geschnittenes Haar und drückte es zurecht, als sie etwas beleidigt äußerte: »Nein, ich bin nur für die Enkel da, obwohl ich als ordnende Hand in diesen Dingen nicht ungeschickt bin. Ich war Sekretärin bei einem namhaften Unternehmen.«

Beim letzten Satz war sie nicht mehr pikiert, sondern lächelte stolz, wie jemand, der das Richtige getan hatte.

Damrongchai bemerkte, wie ihre Tochter die Augen verdrehte und schneller und kraftvoller mit ihrem Werkzeug zustach. Anscheinend hörte sie nicht das erste Mal von der ordnenden Hand.

Draußen begann ein Sprechchor gegen den Verkauf zu skandieren.

Die Mutter hörte auf zu lächeln und rief nicht ängstlich, sondern besorgt ihrer Tochter zu:

»Daniela, lass uns jetzt sofort in die Stadtwohnung gehen.«

Aus Danielas Wangen wich das kindliche Rosé. Sie wurden rot, leuchtend, warnend und eine tiefe Wut vibrierte in dem was sie jetzt sagte:

»Die Tiere werden doch erst morgen abgeholt. Sollen sie sich so lange alleine versorgen, oder was?« Kurz war sie laut, dann senkte sie den Blick, bevor sie zu ihrer Mutter sah. »Mama, spätestens Montag ziehen wir zu Dir.«

Sie nahmen sich kurz in den Arm, die Dame mit dem cremefarbenen Kostüm und der Perlenkette drückte die verschwitzte Frau mit dem karierten Hemd an sich und es wäre rührend gewesen, aber sie zeigten keine Freude.

Danielas Gesicht war grau geworden.

Damrongchai ging das alles ein wenig schnell, fast so, als wäre das schon immer als zweite Option im Raum gestanden. Die Flucht vom Bauernhof in die Annehmlichkeiten der Stadt.

»Seit wann haben Sie die Wohnung?«, platzte er deshalb in die vorgetäuschte Harmonie zwischen Mutter und Tochter.

»Schon sehr lange. Mein Domizil habe ich nie aufgegeben.« Gisela Saumburg löste sich von Daniela.

»Warum nicht? Sie wohnen doch hier«, hakte Merten nach.

»Ich helfe zwar gern aus, mag es aber nicht abhängig zu sein.« Voller Sorge fixierte sie ihre Tochter, die verschämt aussah, wie eine Jugendliche, die ihrer Mutter beichtete, das sie vermutlich schwanger war.

Der Kommissar beobachtete die stumme Kommunikation von Mutter und Tochter.

Merten flüsterte ihm zu: »Ich muss hier raus.«

Er ertrug den Gestank nicht mehr. Die drückende Wetterlage verursachte, dass der Mist der Tiere um ein Vielfaches intensiver roch.

Damrongchai nickte verständnisvoll und verabschiedete sich schnell in seinem und im Namen seines Kollegen von den Damen.

Merten eilte voraus und stoppte erst unter der Linde. Ein wenig nasal sprach er:

»Rede du mal alleine mit deinen veganen Freunden. Ich warte im Wagen auf dich.«

Leicht schwankend nahm er den Weg hinaus auf die Straße zwischen den Demonstranten hindurch. Damrongchai war erstaunt und froh, dass Merten ihm doch noch über den Weg traute und ihn alleine ermitteln ließ.

Die Sprechchöre waren verebbt. Hinter sich hörte Damrongchai Johannas Stimme. Er drehte sich in ihre Richtung.

Sie kam auf ihn zu. Sie war nicht freundlich gestimmt. »Weshalb bist du hier? Hat sie ihn umgebracht?«

Eine ältere Frau mit gelbblondem Pagenschnitt und einer zu engen Bluse war auf Johanna aufmerksam geworden. Die Demonstrantin sah zu Damrongchai, als wollte auch sie die Antwort hören, ob Daniela Engels ihren Mann getötet hatte.

Damrongchai umfasste Johannas Arm. Er zog sie hinter die Linde mit dem breiten Stamm. Hinter diesem Baum würde ihnen niemand zuhören.

»Wo ist Vincent?«, wollte er als Erstes wissen.

»Er hängt zu Hause über seinen Gesetzestexten und

sucht nach Anklagegründen. Zumindest hat er das gesagt, als wir gegangen sind."

Sie umfasste mit ihren fast dürren Arme ihren flachen Bauch und ging einen Schritt zurück.

Er verstand ihre Abwehr, musste aber weiter nachbohren.

»Weißt du, dass er radikale Kontakte hat?«

»Er ist ein Spinner. Deswegen bin ich bei unserem Streit auch so ausgetickt, aber angeblich macht er in die Richtung nichts mehr.«

»Was glaubst du? Traust du Vincent einen Mord zu?«

»Ich weiß überhaupt nicht mehr, was ich glauben soll.«

Sie musterte ihn und Dam war vollkommen klar, dass sie an ihm zweifelte und nicht an Vincent.

»Hat der Biobauer zu Euch gesagt, dass seine Frau an Löffler verkaufen wollte?«

Sie überlegte: »An den Hühnerschänder nicht direkt, aber er hat zu mir einmal gesagt, dass seine Frau unzufrieden sei und sie auch schon gerne den Hof los wäre. Sturzbesoffen ist er an dem Abend bei uns auf dem Küchentisch eingeschlafen.«

»Und Volker Engels war immer wieder bei Euch?«, erinnerte sich Dam an das, was ihm Cedric im Gewächshaus erzählt hatte.

»Ja, aber er wollte nicht auf Gemüse umstellen und wir werden uns niemals auf Tierhaltung einlassen. Im Schwarzwald wächst nichts, hat er immer gesagt.«

»Stimmt auch, der Boden ist schlecht. Der Schwarzwald ist nicht für seine Fruchtbarkeit bekannt.«

Johanna hob die Hand und unterstütze mit winkenden

Bewegungen ihre Argumentation: »Früher mussten sie doch ihr Gemüse auch hier anbauen, sonst wären sie doch alle verhungert.«

»Sind sie auch. Deswegen haben sie die vielen Fichten überhaupt angepflanzt. Das ist eine riesige Monokultur hier. Im achtzehnten Jahrhundert flößten sie die Baumstämme nach Holland und verdienten sich so ihr Essen.«

Sie zuckte mit den Schultern. »Jedenfalls gebe ich keinem Geld, der Tiere ausbeutet, nicht mal, wenn ich zu viel hätte.«

»Kauft doch jetzt den Hof, sonst bekommt ihn Löffler!«

»Das haben wir schon versucht, aber so viel wie der Hühnerschänder zahlt, werden wir so schnell nicht über Spenden zusammen bekommen. Die Heuchler hier geben sowieso nichts dazu und für weniger verkauft sie nicht. Die Biotante ist so mies wie der verdammte Tierquäler.« Johannas Mundwinkel zuckten. Sie redete weiter und veränderte ihren aggressiven Tonfall nicht: »Hast du eigentlich mit Vincent über mich geredet, als wir die Plakate klebten?«

Er schüttelte den Kopf.

»Wieso sollte ich das tun?«, fragte er scheinbar unschuldig, dabei erinnerte er sich ganz genau an das Gespräch, in dem er Vincent ermutigte, die Nähe zu Johanna zu suchen.

»Das frage ich dich. Mir ist einfach aufgefallen, dass er sich anstrengt, nicht so zu sein, wie er ist und das strengt wiederum mich an.« Sie durchdrang ihn mit ihren graublauen Augen.

Er war ertappt, noch eine hellsichtige Frau, die ihn da

zur Rede stellte. »Ich dachte, dann würdest du vielleicht seine andere Seite sehen. Er mag dich jedenfalls sehr und will mehr, als nur mit dir zusammen wohnen.«

»Bin ich hier eigentlich in einem Schnulzenroman? Tu das nie wieder. Ich suche mir selbst aus, wen ich gut finde und wenn derjenige nicht will,« Sie tippte ihm gegen den Brustkorb, denn er war gemeint. »verkrafte ich das schon und brauche keinen tröstenden Ersatz.«

Sie ließ es nicht nachklingen. Schneller als sich die Schallwellen in der Luft zerstreuten, war sie verschwunden. Damrongchai begriff, dass er zu weit gegangen war und sich in Dinge eingemischt hatte, die ihn nichts angingen.

Er sah ihr nach bis sie sich neben Cedric stellte. Sie redete aber nicht mit ihrem Bruder, sondern starrte vor sich hin. Damrongchai hatte sie beleidigt. Schon wieder hatte er sich wie ein Idiot verhalten.

Und der Idiot brauchte jetzt einen Durchsuchungsbeschluss.

Daniela Engels log, dass sich die Balken ihrer hundert Jahre alten Scheune bogen.

26

Das Büro war zu eng. Merten, der Polizeichef Sattler und der Staatsanwalt Nydhal nahmen zu viel Raum - oder war es Nydhal alleine, der die ganze Luft verbrauchte?

Der Staatsanwalt wippte mit den Füßen auf und ab.

»Hägle, haben Sie wieder Ideen? Bitte argumentieren Sie schnell und präzise, weshalb ich Ihnen einen Durchsuchungsbeschluss besorgen sollte. Ich habe noch einen wichtigen Termin heute.«

Wahrscheinlich musste Nydhal den Termin Freitagnachmittag auf dem Golfplatz wahrnehmen. Jedenfalls schien niemand über den Diebstahl des Rohrfrei Produkts informiert zu sein.

An die Wand gelehnt, sprach Damrongchai rasch und versuchte trotzdem ausführlich zu sein:

»Nach einer Zeugenaussage wurden wir von Daniela Engels angelogen. Als wir sie befragt hatten, war nicht die Rede davon, dass sie unzufrieden sei oder den Hof verkaufen wolle. Laut ihr verlief alles harmonisch in der Familie, aber in Wirklichkeit war ihr Mann schon länger auf der Suche nach Geldquellen und hat getrunken. Sie stand zwischen Mutter und Mann. Sie wäre auch ganz gerne mit ihrer Mutter zurück in die Stadt, aber ihr Mann bestand auf den Hof.«

Nydhal hatte aufgehört zu wippen. »Das ist ein Mordmotiv? Warum hat sie sich denn nicht scheiden lassen?«

Damrongchai stieß sich von der Wand ab. Ein wenig seines Büros wollte er zurückerobern.

»Sie ist nicht konfliktfähig. Sie ist so merkwürdig mit

ihrer Mutter vorhin umgegangen. Erst wurde sie laut, dann ist sie darüber erschrocken und in die Rolle der guten Tochter zurückgefallen. Das war bestimmt als Ehefrau genau so.«

Merten blinzelte zur Decke. Er stand gleich neben Nydhal und führte aus:

»Ich habe auch mal gelesen, dass Frauen meist aus einer Situation der Schwäche heraus töten, um sich oder ihre Familie zu schützen. Und es sind eben die Art von Frauen, die sich unterlegen fühlen und deswegen glauben keinen Konflikt aushalten zu können. Sie töten am liebsten mit Gift, so dass es wiederum zu keiner Auseinadersetzung kommt. In unserem Fall hat sogar Bienengift ausgereicht.«

Nydhal blies Luft durch die Lippen und meinte nur:

»Haben Sie noch was Handfestes anzubieten?«

Damrongchai hatte das schon geahnt.

Er versuchte weiter Nydhal zu überzeugen:

»Vielleicht hat der Mörder wirklich das Notfallset nicht weggeworfen, aus Angst, dass es dann gefunden werden könnte, in der Mülltonne, im Fluss oder sonst wo. Wir sollten das Gelände komplett absuchen.«

Nydhal war auch damit nicht zufrieden. »Schwierig. Das Ganze ist auch so politisch geworden mit dem Verkauf des Hofs und der geplanten Hähnchenmastanlage. Selbst wenn Sie die zwei Spritzen finden, was beweist es, wenn sie unter dem Bett liegen? Nein, das ist zu vage für eine Hausdurchsuchung.«

Er strich sich über sein gewelltes, nach hinten gekämmtes Haar und sah in die Ferne, als erspähe er weit weg die Bälle, die über das Grün fliegen.

Sattler, der bis jetzt geschwiegen hatte, schmiegte sich seinem Blick an und sagte in Richtung des Fensters:

»Es wäre eine Chance. Wir haben sonst nicht viel.«

Der Staatsanwalt kam geistig zurück ins Zimmer. »Das ist keine gute Begründung, dass die Herren von der Kripo ratlos sind. Die Spuren sind Ihnen ausgegangen. Ich bitte Sie, Herr Merten, dass ihr Kollege keine Ahnung von rechtmäßigen Vorgehen hat, ist mir nicht unbekannt, aber Sie wissen doch wirklich worauf es ankommt.«

Der angesprochene Merten erwiderte: »Ich denke, wir können schon damit argumentieren, dass sie gelogen hat. Sie hat die Situation vor dem Mord geschönt, hat behauptet, sie sei einig gewesen mit ihrem Mann, nicht zu verkaufen, aber eine Zeugin hat das Gegenteil ausgesagt.«

Das Gleiche hatte Damrongchai vor ein paar Minuten auch gesagt, doch Merten rückte die Brille zurecht, eine Geste, die ihn wichtig aussehen ließ, immer wieder, egal, wie oft er es tat. Durch sein verspanntes Auftreten konnte Merten wenigstens in solchen Situationen Eindruck schinden. Damrongchai wurde hingegen nur wahrgenommen, weil er nicht in die Landschaft passte mit seinem asiatischen Gesicht vor den Tannenbäumen.

Der Kommissar registrierte die Veränderung in den Zügen des Staatsanwalts. Plötzlich wurde er zugänglich.

»Das hört sich vernünftig an«, urteilte Nydhal nun.

Natürlich, was Merten sagte, war immer vernünftig. Damrongchai war alles recht, wenn er nur endlich den Durchsuchungsbeschluss in den Händen hielte.

Der Staatsanwalt hob wichtig den Zeigefinger. »Bleibt immer noch der Einwand, dass die Bäuerin jetzt bestimmt schon alle Spuren beseitigt haben wird. Aber vielleicht hat sie die Sachen auch extra nicht weggeworfen, damit sie nirgends auftauchen.«

Er wartete auf Applaus und Damrongchai war zwar fassungslos, weil er vor fünf Minuten auch das gesagt hatte, aber er enttäuschte den Staatsanwalt nicht, sondern bestätigte:

»Ja, das ist ein Gedankengang, den ich noch nicht hatte.« Nydhal lächelte zufrieden. »Gut, ich reiche das beim Richter ein und damit kommen wir auch durch. Sie gehen schon mal zum Bauernhof.«

Damrongchai blickte aus dem Fenster. Draußen braute sich ein Gewitter zusammen.

27

Graue Wolkenberge türmten sich über dem Wald auf und die Luft war so zäh, dass sie scheinbar kurz davor war den Wechsel des Aggregatzustands von gasförmig nach flüssig zu vollziehen.

Die Streifenwägen der Beamten von der Spurensicherung standen schon vor dem Bauernhof.

Uniformierte Polizisten forderten die Demonstranten auf das Areal zu verlassen und die Rebellion löste sich ohne Protest auf. Nur ein paar Hartnäckige postierten sich weiter auf der Straße.

Merten parkte hinter den Autos der Kollegen. Damrongchai öffnete seine Beifahrertür und schloss sie ganz schnell wieder, um den zähen Geruch nicht in das Wageninnere zu lassen.

»Merten, bleib du lieber im Auto. Das schaffst du nicht«, rief er durch die geschlossene Scheibe.

Doch Merten schien seinen Schwächeanfall von vorhin vergessen zu haben, als er aus dem Kuhstall fliehen musste, weil er den Geruch nicht mehr ertrug.

»Ich bleibe nicht zurück«, postulierte er trotzig. »Egal wie es riecht, aussieht oder mir Atemnot verschafft. Ich bin zwar Beamter wie meine Eltern, aber ich arbeite im Außendienst.« Damit stieg Merten aus und begab sich mit festem Schritt in die Geruchssuppe des bevorstehenden Gewitters.

Thorsten Storm von der Spurensicherung eilte mit einem Computer im Arm über den Hof.

Damrongchai stutzte. »Thorsten sieht heute ungewöhnlich aus. Er ist normal angezogen, ohne Papieranzug und das in der Öffentlichkeit. Es ist ein wenig, als sei er nackt.«

Merten schmunzelte, doch sein Lachen erstarb.

Daniela Engels brüllte hinter Storm her. Ihre Zartheit schien wieder einmal zu zerbrechen und darunter setzte sich Magma in Bewegung, das lange geruht hatte.

»Wie soll ich denn meine Abrechnungen jetzt noch machen, wenn Ihr mir den Computer aus dem Haus tragt? Was wollt Ihr denn da drin finden? Da sind Bilder von den Kindern und meinem Mann. Das geht Euch gar nichts an!« Ihre Stimme überschlug sich. Sie weinte vor Wut und Hilflosigkeit, aber Storm drehte sich nicht um.

Nach der Theorie über die mordenden konfliktscheuen Frauen war Storm das nächste Opfer, überlegte Damrongchai, andererseits wirkte sie im Moment nicht so, als würde sie Streit vermeiden. Mit Fremden hatte sie diesbezüglich offensichtlich weniger Probleme.

»Sie bekommen Ihren Rechner zurück, wenn alles geprüft wurde«, versuchte Merten sie zu beruhigen, als sie ins Haus gingen.

Doch der Satz verfehlte seine Wirkung.

»Lassen Sie mich in Ruhe«, bekam Merten zu hören und Daniela raste hinaus.

Im Eingangsbereich durchwühlte eine Polizistin die vielen Jacken, zog Zettel aus den Taschen, die aber nur mit Kinderbildchen bemalt waren oder mit alten Einkaufslisten beschriftet.

Im Wohnzimmer suchten die Beamten in Schubladen und räumten Bücher aus den Regalen.

Oben, wo die Kinder schliefen, lag das Spielzeug auf dem Boden, das für den Umzug bereits verpackt worden war. Die Spurensicherung hatte die Kisten einfach ausgeschüttet.

Die Kinder waren nicht da. Die Oma auch nicht.

Merten dokumentierte die Durchsuchung mit Fotos.

Damrongchai ging ins Badezimmer. Aus dem Fenster konnte er hinter das Haus auf die Weiden blicken, die sich bis zum Waldrand erstreckten. Mehrere Blechtränken standen verteilt auf den Wiesen. Die Kühe wackelten unruhig mit den Köpfen und schlugen mit ihren Schwänzen nach den Mücken.

Daniela Engels stand inmitten der Herde. Sie klatschte in die Hände und trieb so ihr Milchvieh in den Stall. Sicher wegen des herannahenden Unwetters.

Eine der Kühe lief in die falsche Richtung und die Bäuerin rannte ihr über das große Grundstück nach. Ihr kariertes Hemd flatterte, doch ihre Schritte waren schwer und niedergedrückt, wie die Wolken, deren Befestigung am Himmel bald reißt, was die Wassertürme auf die Erde herabstürzten lassen wird.

Warum sollte man etwas im Haus verstecken, wenn man so viele andere Möglichkeiten hatte, überlegte Damrongchai.

Er ging die Treppe hinunter auf den Hof.

Auf dem Bänkchen unter dem Lindenbaum, der sich die Pflastersteine mit seinen Wurzeln zurecht gedrückt hatte, saß ein einzelnes Huhn.

Sonderbar, dass es nicht seiner Gruppe ins Hühnerhaus gefolgt war, aber vermutlich hatte es ähnliche Probleme wie Damrongchai und gehörte einfach nicht dazu.

Aus dem Stall hörte er das Muhen der Kühe. Er besuchte sie und fragte wie das Kasperle in die Runde:

»Seid Ihr alle da? Es wird ein Gewitter geben.«

Der Ventilator an der Decke drückte staubige Luft nach unten. Die Tiere standen tief im frischen Stroh.

Die Schwalben flogen tief durch das große, offene Tor.

Eine der Kühe stupste Damrongchai mit ihrer feuchten Nase an und er streichelte sie zwischen ihren bezaubernden Augen mit den langen Wimpern.

Das kurze, glatte Fell fühlte sich seidig an, wie das eines edlen Pferdes. Die Kuh war weiß am Kopf und der Rest ihres Körpers schwarz-weiß gefleckt.

Ihre beigefarbenen Hörner waren nach außen gewölbt und verjüngten sich oben wie bei einer Vase. Die spitzen Enden zeigten zur Decke. Als Biokuh durfte sie ihre Hörner behalten. Niemand sägte sie ihr ab.

Damrongchai sah die betonierte Gasse zwischen den Kühen entlang. Hinter dem Stall befand sich der Misthaufen, ein riesiger Berg gestapelter Exkremente.

Mit sanfter Stimme verabschiedete sich Damrongchai von der Kuh.

Sie wandte sich ab und schnupperte nun, wie ihre Freundinnen auch, seitlich durch ein Gitter zu den Kälbchen, die abgetrennt von ihren Müttern standen. Die Kleinen schleckten an den rosa Nasen ihrer Mamis.

Er zwang sich, die Tieren zu verlassen und ihre herzzerreißende Bindung, die sie miteinander hatten.

Langsam bewegte er sich zum hinteren Ausgang des Stalls und drehte eine Runde um den Mistberg herum.

Ein Brett lag schräg auf dem Dunghaufen, damit man mit der Schubkarre weiter nach oben fahren und die Fuhre auftürmen konnte.

Er balancierte auf der Diele und sah auf der anderen Seite des Berges einen kleinen Traktor, rot, schmutzig und mit einer Schaufel vorne. Anscheinend erledigte Daniela Engels nicht alle Arbeiten mit der hundertjährigen Mistgabel.

Daneben entdeckte er einen kleinen Schubkarren aus Plastik, voll mit frischem Heu. Die Kinder spielten Bauernhof. Immerhin gefiel den Kleinen das Leben mit den Tieren.

Damrongchai hüpfte das Brett gefährlich leichtfüßig hinunter und schlich leise durch den Stall, so dass die Kälbchen sich nicht ängstigten.

Schnell lief er zurück ins Wohnhaus, wo er, weniger sensibel, ob die durchsuchenden Polizisten sich erschrecken könnten, brüllte: »Storm?«

»Hägle?« Storm konnte lauter schreien. Er polterte die Treppe herunter. »Du brauchst mich doch sonst nie?«

Dam redete nach oben zu dem größeren Storm:

»Was soll das heißen, deine Arbeit habe ich schon immer geschätzt, denn nur du kannst die Nadel im Heuhaufen finden.«

Storm wischte sich die Stirn und sah herunter auf Damrongchai, der ihm den Weg mit der Hand andeutete und dann vorausging. Er führte den Chef der Spurensicherung zu dem kleinen Traktor.

Storms Pupillen waren spitz. Es musste an dem merkwürdig grellen Licht liegen, dass die Sonne noch durch die vielen Wolken presste.

»Das ist kein Heuhaufen, das ist ein Misthaufen und das kein Kleiner.« Storm trug ein gebügeltes T-shirt und seine behaarten Arme waren feucht.

Es war nicht ganz die Feuchtigkeit der Tropen, aber das Klima kam dem ziemlich nahe und das Gewitter war überfällig. Selbst die Blätter auf der Baumkrone, die vorhin noch mit dem Wind spielten, hingen still an ihren Ästen. Die Vögel hatten aufgehört zu zwitschern. Die Spannung, die in der Luft lag wartete auf eine Entladung.

Merten torkelte herbei. Es trieb ihn wohl seine Pflicht als Beamter in die Geruchshölle.

»Sagt mir, dass Ihr das nicht wirklich in Erwägung zieht. Es ist doch auch gar nicht logisch. Der Mist unten ist alt und wie soll das Notfallset unter die Massen von Fäkalien gekommen sein?«

Damrongchai zeigte auf den Traktor. »Damit könnte es jemand begraben haben.«

Merten zog die Lippen breit und kniff die Augen zusammen, Kühn, als gehöre er zum Ensemble des Wiener Burgtheaters sagte er:

»Es könnte sein und es muss getan werden.«

Dann drehte er sich zur Seite. Sattler kam durch die Stallgasse angelaufen.

»Ich bin noch aufgehalten worden«, rief der Kripochef schon von Weitem.

Als er seine Mitarbeiter erreicht hatte, klopfte er erst mal Merten auf die Schulter.

»Tapferer Merten«, freute sich der Polizeichef und wurde düster, als er sich Damrongchai zuwandte: »Herr Hägle, von Ihnen bekomme ich endlich einen wasserdichten Bericht über Ihren Schlenker zu den radikalen Vegetariern und zwar morgen früh und in dreifacher Ausfertigung.«

Er fixierte noch kurz Damrongchai, der sich schon heute Nacht tippend am Computer wähnte.

Dann ließ Sattler von seinem Sorgenkind ab und begutachtete den Misthaufen. »Mit der Beschaffenheit von Mist kenne ich mich aus. Ich bin in einer Landwirtschaft groß geworden. Ich war der Älteste und als ältester Sohn musste ich helfen, erst recht nachdem mein Vater gestorben war.« Er holte noch weiter aus: »Ich war immer für meine Mutter da, solange bis sie ihren Hof aufgegeben hatte und darüber hinaus. Ich habe oft auf meine Familie verzichtet und meine Frau drohte schon mich zu verlassen, aber ich habe immer weiter gemacht. Mein Bruder reiste in der Zeit durch Indien. Später baute er seine Praxis auf. Aber das ist in Ordnung so. Ich mag ihn. Er ist mein Bruder. Ich bin der Älteste. Ich war verantwortlich für den Hof.«

Sattler starrte noch einen Moment an der Gruppe vorbei, der er gerade seine Lebensproblematik geschildert hatte, inspiriert von der bäuerlichen Umgebung.

Seine Mitarbeiter hingen an seinen Lippen. Selbst Merten hatte vergessen, seine Hand als Geruchsschutz, vor die Nase zu nehmen.

Tatendurstig griff Sattler zur Schaufel, die an der Außenwand des Stalls lehnte. Er kratzte an der Oberfläche des Misthaufens und breitete eine Schicht mit Fäkalien getränktem Strohs vor sich aus. »Wir machen das Stück für Stück, ganz vorsichtig. Wem sag ich das? Ihr Jungs von der Spurensicherung wisst das alles nur zu gut.«

Er drückte Storm die Schaufel in die Hand.

Damrongchai sah mitleidig zu Thorsten Storm, aber erst recht zu Merten. Für dessen sensible Sinneszellen musste diese Umgebung eine wahrhaftige Folter sein. Jedoch am allermeisten bedauerte der Kommissar sich selbst wegen des Berichts, den er schreiben sollte.

»Du musst nicht hier bleiben. Warte doch im Auto«, riet er Merten.

»Nein, ich bleibe. Das habe ich doch schon gesagt.« Merten sah nach links, dann nach rechts und wies deutliche Spannungen im Gesicht auf. »Ich rieche noch was anderes. Es erinnert mich an eine Autobahntoilette. Eine, die seit Jahren mit Urinstein unterhalb des Toilettenrands verklebt ist. Wo es nach Ammoniak riecht, wie bei den Tigern im Zoo. Die Tiere, die nur Pflanzen fressen, riechen nicht so. Sie riechen weniger streng, weniger scharf, ganz anders. Ich habe den Geruch der Ausscheidungen von Karnivoren in der Nase. Das ist kein Kuhdung«.

»Du riechst Tigerpipi?« Damrongchai würde niemals Mertens Geruchssinn anzweifeln, möglicherweise hatte er selbst die Tiger hier auf dem Hof einfach noch nicht gesehen.

Merten raufte sich die Haare und entschuldigte sich:

»Ich weiß auch, dass sich das bizarr anhört.«

»Allerdings.« Sattler beäugte seinen sonst so integeren

Mitarbeiter. »Sie fangen an wie Ihr Kollege. Das ist doch alles ein Gestank. Herr Hägle, Sie bringen Herrn Merten heim. Er halluziniert ja schon.«

Storm bestätigte: »Ganz blass der Mann mit den Augengläsern. Der Kurze soll ihn heim bringen.«

Merten sah streng zu Storm. »Ich bin noch soweit bei Sinnen, dass man mit mir reden kann und nicht über mich.« Er rückte streng seine Brille zurecht. »Ihre Namensgebungen habe ich schon mehrfach kritisiert.«

Er schwankte und Damrongchai, der ihn am Arm festhielt, versuchte beruhigend einzuwirken:

»Das ist doch Storm. Der meint das nicht so. Wir gehen jetzt und Storm kümmert sich um den Misthaufen.«

28

Damrongchai und Merten warteten unter dem Lindenbaum auf die Ergebnisse der Misthaufen-Untersuchung.

Sie beobachteten vereinzelte Demonstranten, die sich auf der Straße postiert hatten, nachdem sie das Bauernhofgelände wegen der Hausdurchsuchung verlassen mussten.

Merten atmete konzentriert, damit ihn seine Geruchsempfindung nicht übermannte und meinte:

»Wir müssen herausfinden, wo der andere Gestank herkommt. Was immer es ist, es ist nicht offensichtlich und was nicht offensichtlich ist, kann ein gutes Versteck sein.«

Damrongchai überlegte:

»Schweine haben sie hier keine, nur Milchkühe und Rinder. Die Hühner nicht zu vergessen. Sind es die Hühner?«

»Nein. Es ist nicht der reine Ammoniak, den ich rieche, sondern auch alte Fäkalien.« Merten tupfte seine Stirn mit einem feuchten Tuch und überlegte: »Vielleicht ein Schacht. Wenn die ausgetrocknet sind, stinken die ohnmachtserregend. Oder der Kanal läuft hier durch. Kanalschächte auf Privatgelände gibt es schon. Hast du was gesehen?«

Damrongchai zog die Augenbrauen nach oben. »Nein, keinen Schachtdeckel, aber wir werden ihn finden.«

Ein Tropfen vom Himmel spendete Damrongchais

Stirn eine winzige Erfrischung, denn die Luft floss wie Öl und legte sich als Film auf sein Gesicht.

Die letzten Demonstranten wurden unruhig, wie die Kühe, die aus dem Stall muhten. Sie rollten ihre Banner ein und trugen sie über den Schultern nach Hause. Die Versammlung löste sich endgültig auf.

Unterdessen machten Merten und Damrongchai kleine Schritte über den Hof. Schleichend, mit gesenkten Köpfen suchten sie den Boden ab, ob irgendwo ein Schachtdeckel zu sehen war. Die Tropfen, die ihnen dabei in den Nacken fielen, wurden häufiger.

Storm, der Chef der Spurensicherung, schritt hastig vorbei und hatte zwei Aktenordner untergeklemmt.

»Wir gehen. Da kommt auch gleich ein Wolkenbruch«, sagte er gehetzt.

Damrongchai sah, wie Sattler am Stalltor stand und telefonierte. Der Kripochef gestikulierte ausladend und vermutlich regte er sich schon wieder auf. Damrongchai hoffte, dass dieses Telefonat nichts mit ihm zu tun hatte, glaubte es aber nicht.

Der Himmel über ihm bestand nur noch aus tiefgrau gefärbten Wolken. Die Umgebung verdunkelte sich.

Merten rief Storm hinterher:

»Sie haben bereits den kompletten Mist durchsucht?«

Storm drehte sich um und lief rückwärts während er redete:

»Ich habe mit meinen Leuten alles plan hinten auf der Wiese ausgebreitet. Es war nichts zu finden. Und was macht Ihr zwei Süßen da noch? Ich dachte, Merten sei längst zu Hause, in seinem Büro.«

Er hob die Hand zum Abschied und drehte sich, ohne noch einmal zurückzusehen und die für heute zweite Rüge über seine Ausdrucksweise von Merten entgegenzunehmen.

Sattler hatte zu Ende telefoniert, kam angerannt und schrie laut: »Die Durchsuchung ist beendet.«

Er hob die Hand zum Schutz vor dem immer stärker einsetzenden Regen über den Kopf.

Die dicken Wassertropfen hielten ihn jedoch nicht davon ab, sich über den Inhalt des Telefonats zu entrüsten:

»Der Staatsanwalt hat gerade angerufen. Er musste sich die Unterlagen, von der Durchsuchung in der WG, über Umwege besorgen.«

»Welche Durchsuchung in der WG?«, fragte Damrongchai irritiert.

»Die Durchsuchung haben Sie veranlasst, Merten! In der Asservatenkammer lagen die Pläne von diesem Vincent, ein Pforzheimer Schlachthaus in Flammen aufgehen zu lassen, und keiner hat es Nydhal mitgeteilt. Mir reicht es jetzt. Wir eiern hier bei der Witwe rum und graben in Misthäufen und der Hauptverdächtige wird von meinen Mitarbeitern gedeckt.« Er holte einen Atemzug Luft, bevor er weiterredete: »Sie fahren sofort nach Calw und wir treffen uns in zwanzig Minuten in meinem Büro. Dann will ich hören, was es mit diesen Tierschützern auf sich hat. Sie veranstalten hier nicht den nächsten Affentanz mit diesem Geruchsschwachsinn.«

Der Regen wurde stärker und Sattler folgte fluchend Storm, der inzwischen am Einsatzwagen die Akten einräumte.

Merten schien den Tränen nahe. »Na toll, und meine Jacke habe ich auch noch im Auto vergessen.«

Ein starker Wind zog auf. Die Blätter der Linde rauschten.

Damrongchai packte seinen Kollegen bei den Schultern:

»Merten, wir dürfen jetzt nicht aufgeben«, eindringlich redete er ihm ins Gesicht, »riechst du denn nicht, wo das herkommt? Wir müssen hinter das Haus. Dort fiel es dir auf.«

»Du hast recht, dort war der Geruch stärker.«

Ein Blitz entlud sich mit krachendem Donner über dem dunklen Himmel. Die Wolkenberge plusterten sich wild über dem Wald und dem Bauernhof auf.

Auch das einsame Huhn hatte sich nun endgültig in das Häuschen beim Gemüsegarten zurückgezogen. Die Kühe muhten erbärmlich.

In diesem dramatischen Naturphänomen fuhr Gisela Saumburg auf den Hof. Flink stieß sie die Autotür auf. Kinderlieder schallten aus dem Wagen und die geübte Oma sang mit, als sie die Kleinen von den Sitzchen abschnallte. Die Kinder lachten freudig.

Den Jungen trug sie auf dem Arm hinein. Das Mädchen trippelte dicht hinter ihr her, blieb aber in der Tür stehen. Sie trug ein Ballettröckchen und sah die Kommissare an, die sich unter dem herannahenden Gewitter berieten.

Daniela Engels tauchte aus dem Dunkeln des Hausflurs auf. Sie redete mit ihrer Tochter, nahm sie sanft am Arm und zeigte auf den Himmel, woraufhin die

Kleine mit ihrer Mutter ins Haus ging. Dabei wippten ihre Löckchen auf den schmalen Schultern.

Als das Kind außer Sichtweite war, drehte sich die Bäuerin und rief aus der Tür den Kommissaren zu:

»Ihr Chef hat gesagt, die Razzia sei beendet.«

»Wir dürfen noch länger suchen«, rief Damrongchai die Unwahrheit, die Daniela Engels auch keine Sekunde glaubte. »Wenn Sie nicht sofort gehen, zeige ich Sie wegen Hausfriedensbruchs an.«

Wieder ging ein Blitz zusammen mit einem nicht mehr krachenden, sondern knallenden Donner über ihnen hernieder und schlug grell leuchtend in die Linde wenige Meter vor ihnen ein. Der Baum brannte sofort lichterloh. Wilde Flammen züngelten hinüber zum Stall.

Merten hatte sich in den Arm von Damrongchai gekrallt.

Der Regen setzte ein und fiel auf die Erde herab. Diese Art Regen, die Damrongchai nur aus den Tropen kannte. Ein Vorhang aus Wasser legte sich in Fadentropfen auf die Kommissare nieder. Gebeugt wegen des auf sie einprasselnden Wolkenbruchs retteten sich die beiden vor den Wassermassen in den Kuhstall.

Daniela Engels hatte die Haustür zugeschlagen.

»Ich muss die Feuerwehr rufen.« Merten ließ zwar Damrongchais Arm wieder los, zeigte dafür hysterisch auf den Baum.

Die Schmusekuh mit den schönen Wimpern schleckte mit ihrer langen Zunge über das Gesicht und den Rücken ihres Kälbchens über das Gatter hinweg, das sie trennte.

Die anderen Tiere liefen nervös umher. Ihre Ohren zuckten und ihre Augen waren weit aufgerissen.

Es war düster. Im Stall noch mehr als draußen. Die Flammen tanzten zusammen mit unheimlichen Schatten über das Fell der Kühe.

Damrongchai zog Merten am Ärmel seines nassen Leinenhemds.

»Die Frauen werden die Feuerwehr rufen. Solange sind sie von uns abgelenkt. Lass uns hinter den Stall gehen. Dort wo du es gerochen hast.«

Aber Merten wand sich. »Wir holen uns einen zweiten Durchsuchungsbeschluss.«

»Den bekommen wir sowieso nicht«, rief Damrongchai gegen den peitschenden Regen an.

Der Kommissar lief zum Hinterausgang des Stalls hinaus und spürte das Wasser über sein Gesicht laufen, am Hals hinunter, in die ohnehin schon nasse Kleidung, die an seinem Körper klebte.

Vor ihm breitete sich der Mist wie ein gigantischer Kuhfladen aus. An der Weide dahinter hatten Storm und seine Mitarbeiter den Elektrozaun ausgehängt, um den Dung und das Stroh großflächiger auf der Wiese verteilen zu können.

Braune Brühe rann heraus und setzte sich in den Stall fort. Merten, der noch in der Stallgasse geblieben war, machte einen Schritt zur Seite.

»Also gut. Ich komme«, lenkte er ein, doch dann spielte sein Smartphone Jazz und Damrongchai wusste, sein Kollege konnte nicht anders. Merten musste sich am Telefon melden.

»Für dich«, reichte er das flache Gerät hinaus zu Damrongchai in den Regen.

Sattler brüllte aus dem Hörer: »Wenn Sie nicht sofort das Grundstück verlassen, schicke ich Ihnen zwei Streifenpolizisten, die Sie abführen und ohne Ansehen der Person mit aufs Revier nehmen. Und sie suchen jetzt nicht weiter, weil die Kollegen sowieso noch zwanzig Minuten von Calw bis da rauf brauchen. Ich schicke eine Streife, die gerade da oben unterwegs ist.«

Dann legte er donnernd auf. Es war bei weitem nicht so laut wie dieses Gewitter und doch musste er gewaltsam den Hörer auf das Gabeltelefon geschlagen haben.

»Er blufft. Das macht er nicht«, murmelte Damrongchai.

Er fühlte sich wie unter einer kühlen Dusche und betrachtete die Rückwand des Stalls mit den grauen, gemauerten Steinen ohne Putz. Ein Holzstapel war entlang der Wand aufgesetzt.

»Durch den Regen ist der Geruch ohnehin verschwunden. Lass uns gehen. Wir haben uns genug Ärger eingebrockt.« Merten trippelte nervös.

Der Baum loderte und der Wind trieb die Flammen zum Dach des Stalls. Die Tiere wurden immer lauter und suchten unruhig einen Fluchtweg. Panisch stießen sie sich mit ihren Hörnern oder drückten sich gegenseitig an die Wand.

»Da, ein Blaulicht«, erschreckte Merten sich und tänzelte um die Kuhdungbrühe nach draußen.

Damrongchai rannte Merten durch die Stallgasse hinterher und fast wären sie vom Feuerwehrauto erfasst worden, das Merten so sehr mit seinem blinkendem Einsatzlicht entsetzt hatte.

Hinter dem Steuer saß Feldmüller, mit dem der Kommissar auf dem Haxenfest zu viel getrunken hatte. Feldmüller hielt an und winkte Damrongchai kurz ungläubig zu, hatte aber keine Zeit etwas zu hinterfragen, sondern sprang aus dem roten Löschfahrzeug und zog die seitlich aufgewickelten Schläuche heraus.

Seine vielen Mitstreiter im Kampf gegen das Feuer strömten in Schutzanzügen aus dem großen, roten Einsatzwagen. Sie griffen zu den Schläuchen und spritzten hohe Wasserfontänen auf das Flammenmeer.

Damrongchai und Merten stemmten sich gegen den inzwischen aufgekommenen Sturm und als sie am Dienstwagen ankamen und damit das Grundstück verlassen hatten, fuhr ein Streifenwagen vor.

Die uniformierten Beamten stiegen nicht aus, sahen nur in den Hof und unterhielten sich. Dann telefonierte der Beifahrer. Er drehte sich nach hinten und musste so Damrongchai und Merten entdecken, die wie erstarrt neben ihrem Wagen standen.

Der Polizist zog aber nicht los, um sie zu verhaften, sondern beendete lediglich das Telefonat, deutete nach vorn und der Fahrer nahm das zum Anlass, das Inferno zu verlassen, ohne selbst nass zu werden.

»Er hat sie tatsächlich geschickt, aber wenigstens wieder abgezogen. Wir sind ja schließlich auch außerhalb des Geländes.« Damrongchai öffnete die Autotür. »Lass uns endlich ins Trockene.«

»Die Sitze werden nass werden«, entsetzte sich Merten.

Er suchte Papiertaschentücher aus dem Handschuhfach.

Damrongchai saß schon auf der Fahrerseite und regte sich auf: »Willst du im Regen warten bis wir getrocknet sind? Oder glaubst du Frau Engels reicht uns Handtücher?«

Er umfasste das Lenkrad und schlug seine Tür zu. Merten machte ein spitzes Gesicht und kam dann doch ins Trockene. »Die Sitze werden nass bis unten an das Bodenblech.«

»Hast du sonst keine Sorgen?« Damrongchai strich sich die Tropfen, die von seinen Haaren perlten aus dem Gesicht. Er startete den Motor und fuhr los.

Merten zitterte. Das alles war zu viel für ihn.

Er meinte: »Mit Verhaftung drohen, so was kann er doch nicht bringen. Wir müssen doch jedem Verdacht nachgehen, aber das mit deinem veganen Freund, das Verhör und die radikalen Sachen aus seiner Wohnung, hätte ich nicht decken sollen. Warum habe ich nur bei deinem Irrsinn mitgespielt? Ich könnte mich ohrfeigen!«

Damrongchai stellte klar:

»Wir haben Löffler geschützt und das, was Ihr gefunden habt, sind Pläne. Für seine Ideen kannst du Vincent nicht inhaftieren. Im Übrigen war mein unauffälliger Aufenthalt in der WG noch die größte Chance Beweise zu finden. Das wusstest du auch und nur deshalb hast du mich geschützt. Wir sind gute Polizisten, aber das interessiert ja diese Bürokraten nicht.«

Die Unterhaltung brach einfach ab. Sie starrten nach vorne, bis sie schon kurz vor Calw auf der Bundesstraße waren.

Es war erst später Nachmittag und trotzdem fragte Damrongchai: »Soll ich dich zu Hause absetzen?«

Er fühlte beim Reden ein Kratzen im Hals. Es muss die Nässe gewesen sein und das Schweigen während der Fahrt.

Merten erschrak regelrecht darüber angesprochen zu werden.

»Nein, wir müssen doch zu Sattler und wir brauchen unbedingt einen weiteren Beschluss.«

Damrongchai nickte und bog ein, um über die kleine Brücke zu fahren. Er ließ Merten direkt vor der Tür aussteigen und parkte.

In Calw hatte kein einziger Wassertropfen den Boden erreicht und ihre Füße machten nasse Abdrücke auf den Asphalt. Im Kripogebäude zogen Damrongchai und Merten ebenfalls eine nasse Spur hinter sich her.

Im Büro streifte Merten sofort, als er eintrat, die Schuhe ab. Er legte sich ein Handtuch um die Schultern.

Der Kripochef kam herein. Er wirkte verändert, nicht mehr wie ein brüllender Grizzly. Er ähnelte vielmehr einem Teddybären.

Die Wut schien verflogen, was bei Sattler meistens schnell passierte. Er war wie der Vater, der doch nur das Beste für alle wollte und manchmal über das Ziel hinausschoss.

»Wieso hat es denn gebrannt? Haben Sie das noch mitbekommen?«, fragte er neugierig nach.

»Ein Blitz ist in den großen Baum im Hof eingeschlagen«, antwortete ihm Merten.

Sattler staunte mit großen Augen über die Naturgewalten.

Über die Streifenpolizisten, die er geschickt und wieder abgezogen hatte, verlor er kein Wort.

Er meinte nur:

»Sie denken an den Bericht.«

Damrongchai interessierte etwas anderes: »Wie kommen wir zu einem zweiten Durchsuchungsbeschluss?«

Sattler verschränkte die Arme. »Von diesem Unsinn will ich nichts mehr hören. Sie überprüfen diesen Vincent mal etwas genauer. Nach dem Wochenende bin ich wieder da. Ich muss mit meiner Frau an den Bodensee fahren zur Freilichtoper, sonst lässt sie sich scheiden und eigentlich hätten wir schon vor einer Stunde losfahren sollen.« Doch es trieb ihn nicht zur Eile. Er schüttelte den Kopf. »Schlimm genug diese Kultur. Wozu muss man denn dazu auch noch über das komplette Wochenende weg?« Er sah auf die Uhr, seufzte den Seufzer der Unabkömmlichkeit. »Ihr seid meine Jungs, Ihr haltet hier die Stellung. Ich will aber keine Klagen mehr hören.«

Widerwillig verließ er seine »Jungs« und seine Pflichten.

Als Sattler endlich die Tür von außen zumachte, griff Merten zum Hörer. Er stand am Schreibtisch, meldete sich kurz mit Namen, begrüßte den Staatsanwalt und schilderte sein Anliegen, den Durchsuchungsbeschluss.

Danach schwieg er und hielt nur noch den Hörer ans Ohr. Seine Muskeln um die Mundpartie zuckten, als wolle er etwas sagen, was er zurückhalten musste.

Damrongchai stand inzwischen in einer kleinen Pfütze. Erst jetzt zog auch er seine Schuhe aus und warf die Strümpfe daneben. Er griff nach dem Geschirrtuch, das über Mertens heiliger Espressomaschine und den Tassen ausgebreitet war, und rubbelte sich über seine Haare und das Gesicht.

Merten hing am Hörer und konnte seinem Entsetzen über das missbrauchte Geschirrtuch keinen Ausdruck verleihen. Offenbar musste er ruhig sein, weiterhin zuhören und immer noch warten bis er sprechen durfte.

Damrongchai nutzte die Gelegenheit und schaltete die Maschine an.

Endlich war es so weit. Merten ergriff das Wort. Seine Stimme klang beherrscht. Den Hörer hielt er ruhig. »Aber wir müssen dem doch nachgehen. Da scheint noch ein Schacht oder etwas Ähnliches zu sein, das nicht kontrolliert worden ist und das sich geradezu anbietet, um etwas verschwinden zu lassen.«

Entsetzt zuckte er zurück, sah auf den Hörer und legte dann auf.

Zuerst hob Merten seine flache Hand empor. Damrongchai verstand und entfernte sich unverzüglich von der Kaffeemaschine. Merten begann das Chrom zu polieren und erst, als er fertig war und den Siebträger befüllt hatte, brach er sein Schweigen:

»Der Staatsanwalt steht auf dem Golfplatz, schwärmt von dem herrlichen Wetter und erklärt, dass er den Richter, der neben ihm steht, mit so einem Unfug nicht behelligen wird.«

Er rührte den Zucker für seinen Kollegen ein und gab ihm das Tässchen, diesmal mit einem größeren Unterteller, in die Hand.

Damrongchai hatte sich das Geschirrtuch auf die

Schultern gelegt und nahm ein wärmendes Schlückchen Espresso.

»Dann hat es nur in Unterkulmbach so schlimm geregnet.«

»Da ist auch alles auf einmal runtergekommen.« Merten schüttelte den Kopf. »Der Blitz, das habe ich auch noch nicht gesehen.«

Betroffen nickte Damrongchai, dann war der Kaffee ausgetrunken, die Pause beendet und er nahm den Faden wieder auf: »Wenn der Richter auch auf dem Golfplatz ist, dann gehe ich dort hin.«

Damrongchai hatte sich aufgerichtet mit dem Mut der Verzweiflung, doch Merten hatte Bedenken:

»Ich glaube nicht, dass er einlenkt, wenn er ..«

» …mich sieht?«, komplettierte Damrongchai den Satz, »Ich bin nicht zurechnungsfähig. Was ich sage oder denke ist verrückt, denn ich bin einfach nicht normal. Ich habe es kapiert. Mein ganzes Leben war so. Deswegen werde ich es versuchen.«

Sie beobachteten gegenseitig ihre Verzweiflung.

Damrongchai schlüpfte in seine nassen Schuhe und fragte:

»Kommst du mit auf den Golfplatz?«

»Ich komme mit«, antwortete ihm Merten.

29

Grün leuchtend erstreckte sich der Rasen auf der extra für den Golfplatz abgeholzten Fläche. Mehrere Sprinkler zogen in der Abendsonne wässrige Regenbögen über die zarten, kurzen Halme.

Die Golfspieler schossen ihre gefährlichen Bälle durch die Luft. Merten und Damrongchai liefen über die sanften Hügel und mussten aufpassen sich kein Schädel-Hirn-Trauma zuzuziehen.

Der Staatsanwalt ragte mit seinem Golfkäppchen hinter der nächsten Erhebung heraus. Beim Näherkommen entdeckten sie auch den Richter, der gerade ausholte und den Ball weit über einen kleinen Teich schoss.

Die beiden Golfer lachten und deuteten die Flugbahn nach, als die Kommissare sich ihnen näherten.

Damrongchai rief in die fröhliche Zweisamkeit:

»Wir müssen mit Ihnen reden.«

Den Richter kannte er nur vom Sehen, von Verhandlungen, in denen Damrongchai ausgesagt hatte als zuständiger Ermittler. Er war etwas kleiner als Nydhal. In seinem Gesicht waren dunkle Bartansätze sichtbar, obwohl er glatt rasiert war.

»Wer sind Sie denn?«, wollte der Richter wissen und dabei klang er ängstlich und schuldbewusst, ob das mit seinem Beruf oder seinem Privatleben zusammenhing, konnte Damrongchai nicht einschätzen.

Nydhals Unbehagen rührte hingegen eindeutig von den lästigen Polizisten, die ihm nun auch noch ins Wochenende gefolgt waren. »Die Herren von der Calwer Kripo glauben, dass Durchsuchungsbeschlüsse wie Groschenromane ausgegeben werden.«

Scharf sah er Merten an, doch voller Hass fixierte er Damrongchai, der ihn unbeirrt versuchte zu überzeugen:

»Wir vermuten ein Versteck. Das muss kontrolliert werden.«

Der Richter, an dessen Namen sich Damrongchai nicht erinnern konnte, schob den Schläger in seinen Golf Trolley und rollte diesen seinem Ball nach, der weiß und geduldig auf dem Grün wartete. Das vollzog der Herr über die Rechtssprechung wortlos. Er überließ dem Staatsanwalt das Gespräch mit dem Fußvolk.

Nydhal erklärte den, dem Anschein nach, begriffsstutzigen Kommissaren:

»Wissen Sie was los ist, wenn wir inflationär, auf Vermutung genehmigen, dass Wohnungen beliebig oft durchsucht werden dürfen? Willkür ist nur ein Wort, dass ich nennen möchte.«

Merten schob seine Brille zurecht. Seine blonden Haare waren getrocknet, doch inzwischen schwitzte er. An seinen Schläfen traten Tröpfchen durch die Haut. »Noch nie in all den Jahren, in denen ich in Calw arbeitete, habe ich Sie um etwas Derartiges gebeten. Sie wissen, dass ich nicht hier stehen würde, wenn es nicht durchdacht wäre.«

Nydhal fuchtelte mit seinem Golfschläger. »Sie haben was von verschiedenen Fäkalien geredet. Wenn das Ihr Kollege macht, wundert mich das nicht. Aber Sie..«

Er sah an Merten vorbei zu Damrongchai, der seinen Blick erwiderte.

Merten verteidigte sich nicht. Er lief einfach in Richtung des Waldes, der von hier aus zu sehen war. Mertens Schritte waren kurz und sein Kopf gesenkt. Er schien gebrochen.

Nydhal schritt auf Damrongchai zu. Dicht stand er bei ihm, sonderbar dicht, und er redete leise, als ob sie vertraut wären. »Ziehen Sie tatsächlich nach Tübingen zu..«

Er sprach nicht zu Ende. Verena hatte nicht ihn gefragt. Ihn den erfolgreichen Staatsanwalt, der doch die viel bessere Partie war, der doch schon immer bei der Familie Simons ein und ausging, sich mit exquisiten Kleidungsstücken in der renommierten Herrenmodenabteilung der Eltern einkleidete und als klarer Favorit von Verenas Mutter galt. Die Mutter hatte sich schon immer Gedanken über den Werdegang der Tochter gemacht. Sie erwähnte stets nur den Ausdruck Ärztin, niemals erläuterte sie die genauen Umstände, die Leichen, das Handwerk, den Tod. Viel besser gefiele es ihr, wenn ihre Tochter die Gattin des Staatsanwalts wäre.

Damrongchai ging einen Schritt zurück und wehrte ab:

»Das ist noch nicht sicher, ob ich in die Nachbarwohnung ziehe. Meine Oma..«

»Ihre Großmutter, sie hat einen Antrag gestellt, zur Legalisierung ihres Drogenanbaus. Wussten Sie davon?«

»Ja, das habe ich ihr schon gesagt, dass sie damit nicht durchkommt.«

»Ich könnte da beide Auge zudrücken und mich ein wenig für die Bedürfnisse einer schmerzgeplagten alten Dame einsetzen, wenn Sie zu Verena Abstand wahren würden.«

Nydhal atmete tief ein, für einen Moment hielt er die Luft an.

Damrongchai fühlte den weichen und luftigen Rasen unter sich. Er schwankte darauf.

»Nur, weil ich mich fernhalte, wie Sie das nennen, wird Verena trotzdem nichts mit Ihnen anfangen.«

Damrongchai beobachtete, wie Nydhals Fassade aus seinem Staatsanwaltgesicht bröckelte und ein verletzter und trotziger Junge antwortete ihm:

»Aber mit Ihnen auch nicht.«

Er tippte mit dem Zeigefinger auf Damrongchais Brust und Damrongchai schlug den Arm Nydhals mit einem Hieb zur Seite. »Können wir das Private mal hinten anstellen? Sie können doch nicht die Ermittlungen blockieren, weil die Frau, der Sie schon seit Jahrzehnten hinterher rennen, nichts von Ihnen wissen will. Sie sind doch sonst nicht auf den Kopf gefallen. Das könnten Sie doch schon kapiert haben. Sie will nicht Sie.«

Er hat bisher nicht gewusst, dass Staatsanwälte sich zu körperlicher Gewalt hinreißen ließen. Nun spürte er es. Der Schlag, den Nydhal ihm auf die Brust versetzt hatte, erinnerte ihn an die Kung Fu Filme seiner Jugend. Für einen Moment konnte er nicht einatmen, und dann sog die Luft wie von selbst in ihn hinein, als hätte sich ein Vakuum gebildet durch die Kraft, die auf seine Lunge eingewirkt hatte.

Damrongchai sprang Nydhal an, warf ihn um und schlug auf ihn ein. Die Nase des Staatsanwalts blutete, als er den Kommissar von sich herunter stieß.

»Pass bloß auf, Hägle, ich kann noch viel mehr Ärger machen.« Nydhal schnellte hoch und packte Damrongchai an seinem T-Shirt, als plötzlich der Richter ihn nach hinten wegzog.

»Was ist denn in Sie gefahren um Himmels Willen? Die Eltern von Dr. Verena Simons sind gerade kopfschüttelnd an mir vorbeigekommen.«

Nydhal fasste sich an die Nase, drückte das eine Loch zu, damit das Blut gerann und nicht sein helles Jackett ruinierte.

Er blinzelte in die Sonne und meinte nasal:

»Ich habe Herrn Hägle nur ein schönes Wochenende gewünscht.«

Der Staatsanwalt nahm seine Golftasche, drehte sich um und ging.

Damrongchai brüllte den Amtsträgern nach:

»Dann klärt doch den Mord alleine auf.«

Merten, der zu lange mit gesenktem Blick am Waldrand gesessen hatte und deswegen nur den Schluss der Schlägerei mitbekommen hatte, kam erst jetzt herangeeilt und sah nur noch die Grasflecken hinten an der Hose des Staatsanwalts.

Er legte die Hand auf Damrongchais Schulter. »Es ist nicht deine Schuld, dass sie den Durchsuchungsbeschluss nicht rausgerückt haben. Man kann dir wirklich nicht nachsagen, du hättest zu wenig Engagement gezeigt.«

Merten dachte die Prügelei galt dem nachdrücklich formulierten Verlangen seines Kollegen, das Amtspapier zu erhalten.

Damrongchai klärte das nicht auf. Er fühlte eine niederdrückende Last. »Ich bin müde. Lass uns einfach nach Hause gehen. Wir haben Wochenende.«

Merten hatte ihn untergefasst und Damrongchai stützte sich gegen ihn. Gemeinsam schleppten sie sich in den Sonnenuntergang.

30

Dam brütete auf seinem Dachboden. Er verspürte eine niederschmetternde Erschöpfung in allen Gliedern. Gestern nach der Schlägerei mit dem Staatsanwalt hatte er sich nur noch hingelegt und war hinüber gedämmert in einen unruhigen Schlaf. Mit dem ersten Sonnenstrahl ist er aufgewacht.

Er lag seit zwei Stunden im Bett und starrte vor sich hin. Es war heiß und stickig. Unten bei Sofia wäre es kühl, aber sie würde ihn fragen, weshalb er so tatenlos im Bett herum lag und nicht den Mörder jagte.

Seine Wasserflasche, die neben dem Bett stand, entließ ihre letzten Tropfen in seine trockene Kehle und verdunstete darin, bevor die Feuchtigkeit in seinem Blutkreislauf ankommen konnte.

Wenn er nicht dehydrieren wollte, musste er an der Küche vorbei in den Keller zu den Getränken gehen.

Sein Handy vibrierte, er kannte die Nummer auswendig.

»Verena?«

»Agnes hat gefragt, ob du nun doch nicht einziehst. Sie hätte sonst noch jemand anderen und der Vermieter wird ungeduldig. Aber ich will dich nicht wieder unter Druck setzen. Wir müssen nicht zusammen wohnen.«

Das letzte Spuckemolekül verdampfte nun auch noch aus seinem offenen Mund. Was sollte er denn darauf antworten?

»Ich rufe dich gleich noch mal an«, war das Einzige, das ihm dazu einfiel.

Sofort drückte er das Gespräch weg. Wieder spürte er die Tendenz zu fliehen, aber er wollte nicht so sein, wie Friederike, seine Mutter. Er musste zu Verena gehen, eine Kleinigkeit mitbringen, oder das lieber nicht, er sollte sich in seinem Zustand wirklich von Läden fernhalten. Ein paar Blumen aus Sofias Garten würden Verena auch gefallen. Er wird Verena einen Strauß Röschen übergeben, sie küssen und ja sagen, einfach ja. Das war doch ganz simpel, sich zu entscheiden und er zieht in eine wunderschöne Wohnung neben die Frau, die er liebte. Das war doch kein Problem für ihn. Er konnte es schaffen.

An den Ampeln begann sich die Hitze im Auto festzubeißen, an den Sitzpolstern, an den Plastikarmaturen und nicht zuletzt an Damrongchais Unterarm, der besonders sonnenexponiert sich am Lenkrad festhielt.

Das Autoradio gab nur noch unklare Geräusche von sich. Das bemerkte Damrongchai aber kaum. Er musste die Mission erfüllen. Er musste bei Verena wohnen und eine ganz normale Beziehung mit ihr führen.

Beim Warten an den Ampeln klopfte er ungeduldig gegen das Lenkrad. In den Ortschaften fuhr er zu schnell.

Endlich angekommen, parkte er in der Sonne auf einem Anwohnerparkplatz und nahm die leidenden Röschen, die er vom Strauch aus Sofias Garten geschnitten hatte, vom Beifahrersitz.

An der Gegensprechanlage klang seine Stimme verstört. Als er das Summen des Türöffners hörte, drückte er mit Wucht die Eichentür auf. Beim Treppensteigen spürte er an seinem Herz ein beklemmendes Gefühl. Es musste die Hitze sein, die im Auto geherrscht hatte oder die dicke Luft im Haus.

Verena wartete schon oben auf ihn.

»Brauchst du was zu trinken? Du siehst so gestresst aus, deine Augen, und auch irgendwie verändert.«

»Ich bin auch völlig verändert.« Er streckte ihr die Blumen entgegen.

Sie nahm sie, zuckte aber erschrocken mit der Hand zurück. Die Rosen fielen auf den Mosaikboden im Flur.

»Autsch.« Sie lutschte an ihrer Fingerkuppe. »Was ist denn mit dir los?«

Damrongchai kniete und sammelte den Strauß wieder zusammen. Einzelne Blütenblätter waren abgefallen und lagen zart zu ihren nackten Füßen.

Doch Verena meinte genervt: »Komm' endlich rein.«

Sie ging in ihre Küche. Er stolperte hinter ihr her mit dem stacheligen Strauß und den zerfledderten Blüten in der Hand. Sie setzte sich und er legte die Blumen ins Waschbecken. Er drehte den Wasserhahn auf, um ihnen ein paar Tropfen Nass zu gönnen, um damit dem Zerfall ein wenig Einhalt zu gebieten.

Dann begann er zu stottern: »Ich, ich ziehe ein.«

Verena musterte ihn. »Das glaube ich dir nicht.«

»Doch.«

Sie zog ihre schmalen Augenbrauen nach oben.

»Wenn du meinst. Wir sollten noch mal rübergehen und du lässt alles auf dich wirken.«

Er spürte eine Verspannung im Nacken, vorhin das

Herzklopfen, vielleicht hatte er sich einen Zug geholt auf der Fahrt hierher.

Verena hatte den Schlüssel. Die Wohnung war vollkommen leer geräumt. Die Fenster gekippt.

Die Tür fiel hinter ihnen ins Schloss. Ein Windhauch war durch Tübingen geirrt und sogleich wieder verschwunden. Damrongchai lief ein Schauer über den Rücken. Überhaupt gefiel ihm die Wohnung nicht mehr ganz so gut. Vielleicht weil sie so leer war und er nur mit seinem Bett und ein paar Kisten einziehen konnte.

»Welche Möbel musst du denn unterbringen?« Verena stand dicht neben ihm.

»Na ja, das geht dann schon. So viel ist es gar nicht.«

Von Frankfurt zu seiner Oma war er mit einem befüllten Autokofferraum mit umgeklappten Sitzen gezogen und mehr hatte sich auf seinem Dachboden auch nicht ansammeln können. Das war nicht das Problem.

»Gut.« Sie sagte zwar gut, meinte aber was anderes.

Da war er sich sicher. Er spürte ihren Handrücken an seinem Arm und zuckte erschrocken.

Verena ging einen Schritt zurück. »Du kannst es dir noch bis Montag überlegen. Der Vermieter ist jetzt über das Wochenende in Paris. So lange gibt er Ruhe. Und wie gesagt, du musst nicht einziehen, wenn es dir zu eng ist.« Sie huschte hinaus und machte die Tür hinter sich zu.

Er hörte seinen Körper im Innenohr, eine Art Rauschen, das zeigte, dass er noch lebte, obwohl er vollkommen erstarrt das Parkett fixierte.

Es dauerte Minuten bis er wieder seine Finger bewegte,

seine Füße, seine Beine. Seine Gliedmaßen trugen ihn hinaus, zurück in sein Auto, sie drückten das Gas, die Kupplung, die Bremse.

Sein Zeitgefühl war ihm abhanden gekommen und es war, als hätte er gerade eben den Gedanken gehabt und schon stand er vor dem Haus seiner Mutter.

Erst jetzt setzte seine Hirntätigkeit, die über Reflexe und Automatismen hinausging, wieder ein. Er warf einen Blick auf ihren hölzernen Schaukasten an der Hauswand, in dem sie für ihre Seminarwochenenden warb und las nach, was an diesem Augustwochenende bei Friederike auf dem Plan stand:

Channeling, Empfange die Wahrheit der Engel und lasse sie durch Dich sprechen.

Er machte sich ernsthaft Sorgen um den Geisteszustand seiner Mutter, wollte das aber nicht weiter vertiefen, stattdessen stürmte er jetzt in den Seminarraum. Sollten doch ihre Engel ruhig ein wenig Angst bekommen.

Er riss die Tür auf. Zehn erwachsene Menschen in bunter Kleidung lagen auf Decken. Ihre Fußflächen zeigten auf Friederike, die inmitten des Kreises stand. Mit weit aufgerissenen Augen staunten die Seminarteilnehmer in Dams Richtung.

Friederike unterbrach ihre Konversation mit dem Erzengel Michael und inspizierte ungläubig ihren Sohn, der eher wie Luzifer wirkte.

Er schien nicht selbst zu reden, es sprach ihn: »Ich bin wie du und das hasse ich, so will ich nicht sein.«

Die Teilnehmer kamen zum Sitzen und hingen an seinen Lippen. Friederike öffnete den Mund, um etwas zu sagen, aber Dam war zu schnell. »Du hast mich immer nur zugetextet und immer nur nach außen gekämpft. Hast dich mit Achims Vater gestritten, mit den Lehrern, mir erzählt, ich soll immer alles besprechen, nichts auflaufen lassen. Wir haben diskutiert über Politik, Religion und vor allem über meine Gefühle und immer hast du mir erzählt, wie wichtig ich dir bin. Aber nur erzählt, ich habe es nie gespürt. Im Herzen hast du mich nie wahrgenommen. Du machst hundert Seminare im Jahr über Gefühle und sich spüren und all den Quatsch. Was willst du denn anderen beibringen? Du bist doch emotional völlig unterversorgt mit deiner Bindungsstörung, die du mir vererbt hast.«

Die Menschen im Kreis klatschten, bei manchen wippten die Köpfe mit, bei anderen wippten nur die weiten Ärmel ihrer bequemen Kleidung. Ein Mann klatschte besonders laut und johlte begeistert.

Eine Frau mit kurzen blonden Haaren rief in die Runde:

»Das war eine wunderbare Demonstration von deinem Sohn, Friederike. Das kam einfach raus aus ihm.«

Friederike sah ihrem Sohn in die Augen und Dam sah zurück. Nur er erkannte ihre Tränen und sie die seinen.

31

Dam hatte sich in die obere Wohnung zurückgezogen. Unten hörte er die Stimmen der Seminarteilnehmer. Friederike musste die Meute wieder unter Kontrolle bringen.

Im Badezimmer ließ er sich kaltes Wasser über die Handgelenke laufen und wusch sich das Gesicht.

Das Gesicht seines Vaters hatte Friederike oft zu ihm gesagt, als er noch klein war. Dabei streichelte sie ihm über die Wangen und lächelte. Das hatte er völlig vergessen, dass es diese Momente auch gegeben hatte.

Er hörte ihre Schritte. Die Wohnungstür wurde geöffnet. Friederike kam ins Badezimmer. Sie nahm ihn in den Arm, drückte ihre Wange gegen die seine und setzte sich neben ihn auf den Rand der Badewanne.

Nach ein paar Minuten flüsterte sie: »Ich muss wieder runter.«

Er lächelte und sah seiner Mutter nach.

Ein paar Tränen liefen ihm über das Gesicht. Seine Anspannung löste sich.

Er stand auf und bemerkte, dass im Waschbecken das Wasser nicht ablief. Dam musste lachen. Hätte er doch nur den Abflussreiniger gekauft, die Flasche mit dem Wurm im Rohr.

Sicher duldete seine Mutter dieses Gift sicher nicht in ihrem Haushalt. Gab es da nicht umweltfreundliche Alternativen?

Natürlich, Feldmüller, er hatte doch auch einen Wurm

auf seiner Visitenkarte, einen Wurm, der im Rohr lebte, breit schmunzelte und eine Schildmütze trug.

Klaus Feldmüller, ein Held für alles, egal ob es brennt, ein Rohr verstopft ist oder ein Notfallset gesucht wird.

Wenn sich einer mit stinkenden Kanälen auskannte, dann war es Feldmüller. Er wusste bestimmt, woher der spezielle Gestank kam, den Merten gerochen hatte.

Dam dachte nach. Sicher würde Feldmüller besser kooperieren, wenn Karin dabei war. Dam hatte aber ihre Nummer nicht. Sie hatten die Kontakte nicht ausgetauscht. Mit anderen Leuten passierte ihm so was nie. Sie fragten immer nach seiner Nummer, speicherten sie ab und riefen ihn an, damit er auch sofort die ihre hatte. Karin war mehr wie er.

Also musste er sie bei ihren Eltern besuchen.

Aus der Sprechanlage des großen Mehrfamilienhauses krächzte die Stimme von Karins Mutter. »Was?«, fragte sie nur.

Möglich, dass er sie geweckt hatte. »Hier ist Dam Hägle, ist Karin da?«

Sie redete nicht weiter mit ihm. Er hörte sie im Hintergrund nach Karin rufen, dass jemand für sie da sei. Hatte sie ihn vergessen oder war es ihr egal, dass er früher fast täglich mit ihrer Tochter zusammen war? Allerdings hatte auch früher es sie nicht interessiert, wer Karin abholte oder zu wem sie ging.

»Ich komme runter«, sagte Karin sehr kurz, denn sie wollte noch nie, dass jemand zu ihr nach Hause kam.

Sie schämte sich auch noch heute wegen des niemals endenden Ehestreits.

Karin kam nach wenigen Minuten durch die Haustür. Sie trug ihre Haare hochgesteckt, so dass ihre feuchtgeschwitzte Haut im Nacken glänzte.

Er überfiel sie mit seinem Anliegen: »Du musst mir helfen. Ich brauche Feldmüller und seine Fähigkeiten.«

»Dann ruf ihn doch einfach an, wenn du ein Problem mit deiner Toilette hast.« Sie blies ihre Härchen aus der Stirn.

»Nein«, offenbarte er sich, »es ist was Dienstliches.«

»Das heißt?«, fragte sie mit ausgebreiteten Armen.

Ganz klar konnte Dam diese Frage nicht beantworten: »Ich will von Klaus nur wissen, ob er einen Schacht auf einem bestimmten Grundstück kennt.«

»Dafür habt ihr keine Fachleute bei der Polizei?«

»Es ist nicht offiziell. Ich bekomme keinen Durchsuchungsbeschluss.« Dam zuckte entschuldigend mit den Schultern.

Er wusste selbst, dass er sich auf dünnem Eis bewegte und noch mehr Unglückliche ebenfalls darüber rutschen ließ.

Karin warf ein paar Falten des Unverständnisses auf ihre sonst glatte Stirn und zog ihr Smartphone aus ihrer Hose. Sie ging mit Dam um die Ecke.

Der Asphalt flimmerte, als sie auf der trockenen Wiese im Schatten des Mietshauses standen und bei der Firma ihres ehemaligen Mitschülers anriefen.

»Feldmüller.« Das musste seine Frau sein, die so gerade heraus ihren angeheirateten Namen nannte.

Karin zuckte ein bisschen zusammen, als sie die direkte und auch etwas zornige Stimme hörte.

»Müller hier, Ihr Mann war vorgestern bei uns, aber wir haben noch immer Probleme mit dem Ablauf. Könnte ich ihn kurz sprechen?«

Andrea Feldmüller schien nach draußen zu gehen. Im Hörer raschelte es und sie rief ein paar mal seinen Vornamen.

Karin wunderte sich: »Wieso hat denn der Betrieb samstags offen?«

»Klaus hat einen rund um die Uhr Rohrfrei-Service«, begründete Dam.

Die Ehefrau hatte Klaus offensichtlich gefunden.

Kurzangebunden brummte er: »Hallo?«

Karin sprach sofort: »Kannst du mir helfen?«

Sie wartete auf seine Antwort. Vermutlich ging er ein paar Schritte weg von seinen Kollegen und seiner Frau.

»Klar, was ist denn los?«

»Können wir uns beim Alten Adler treffen? Ich warte dort auf Dich.«

Karin und Dam nickten sich zu und sie waren beide nicht stolz auf ihre Finte.

Schon damals in der Klasse hatte jeder den Freibrief gehabt, Feldmüller zu demütigen. Er wehrte sich nicht. Der tödliche Autounfall seiner Mutter hatte ihn paralysiert. Er kam nie auf Feste und man traf ihn auch keinesfalls in einer Kneipe an. Nur mit seinem Vater ging er zur Feuerwehr und jeden Samstag half Klaus in der Firma mit. Friederike hatte natürlich wieder geglaubt zu wissen, was mit Klaus los war und hatte die Erklärung gegeben, dass er und sein Vater sich gegenseitig stützen und trösten wollten wegen des tragischen Todes der Mutter.

Dam empfand die Diagnosen seiner Mutter als überheblich. Einiges hatte sie auch ihm schon angedichtet. Er schüttelte den Kopf.

»Fahren wir«, sagte er zu Karin, denn er wollte nicht weiter über Friederike nachdenken.

Im Alten Adler saß ein Mann mit schwarzem Hund an einem der dunklen Holztische. Er drehte an den gelben Plastikblümchen, die zur Dekoration auf die Tischdecken gestellt waren und trank ein großes Glas Saft.

Der Schnauzer zu seinen Füßen hatte fast nichts in seiner Wasserschüssel übrig gelassen und hechelte schaumig mit seiner langen rosa-schwarz gefleckten Zunge.

Klaus Feldmüller stand an der Theke und unterhielt sich mit Dieter, dem Besitzer der Kneipe, der hinter der Theke Gläser einräumte, die noch von gestern Abend sein mussten. Sofort erweiterte der Wirt seinen Blickwinkel zu Karin und Dam. »Hägle, willst du hier wieder aufmischen?«

Es hörte sich klar danach an, dass Dieter nicht wünschte, dass der Kommissar wie beim letzten Fall Unmut bei den Gästen erregte.

»Überhaupt nicht. Wir wollen uns nur mit Klaus unterhalten, ganz privat und ruhig.«

Dieter strich sich über seinen schütteren Pferdeschwanz. Klaus ließ den Wirt einfach stehen, kam auf Karin zu, wobei er Dam mit kurzem Seitenblick erfasste.

»Musst du nicht arbeiten?«

Dam zeigte auf einen der leeren Tische. »Setzen wir uns.«

Dieter verfolgte sie mit den Augen, ohne seine Gläser dabei zu vernachlässigen. Karin kletterte auf einen der Barhocker und versperrte so das Sichtfeld des Wirts auf den Kommissar.

»Hallo Diederle«, lachte sie etwas künstlich, »dein Laden hat sich echt gemacht. Die neuen Blumen und so. Brauchst du mal jemanden zum Bedienen?«

»Ich brauche zuverlässiges Personal«, grantelte er und schenkte ihr einen matten Blick.

Der Hund schnarchte laut neben seiner Schüssel. Damrongchai war dicht zu Feldmüller gerückt.

»Kennst du den Biobauernhof hier draußen?«, fragte der Kommissar.

»Karin hat mich angerufen und ich will mit ihr reden.« Der Feuerwehrmann kratzte sich am Hals.

»Es ist wichtig. Der Engels wurde ermordet.«

Feldmüller ließ von seinem Hals ab und wurde konzentrierter. »Das weiß ich, aber was kann ich dir damit helfen?«

Mit einem Seitenblick auf den Wirt, meinte Dam:

»Wir gehen besser woanders hin.«

Er gab Karin durch einen Fingerzeig zur Tür zu verstehen, dass sie gehen wollten.

Ihr Gesicht hellte sich auf, denn Dieter hatte sie auf ihre Schwachstelle gestoßen, das hatte ihr nicht gefallen und doch wusste sie, dass sie mit ihrer Unzuverlässigkeit anderen und sich selbst schadete.

Schnell hüpfte sie vom Barhocker herunter und verabschiedete sich von Dieter und dem Mann mit Hund.

Sie blinzelten in die Helligkeit. Der Gastraum des Adlers war düster. Niemand wusch die Vorhänge.

Auf der kaum befahrenen Straße spazierten die Drei in Richtung Wald. Ihre Schatten waren kurz. Die Sonne stand im Zenit.

Als sie den gekiesten Waldweg erreichten und die ersten Bäume das Dorf verbargen, begann Dam zu erklären:

»Wir suchen ein Notfallset für hochallergische Patienten und haben es weder im Wohnhaus noch im Misthaufen des Bauernhofs gefunden. Ich habe einen Kollegen mit einer außergewöhnlich feinen Nase. Er meinte, er würde noch was anderes riechen als den Kuhdung.«

Feldmüller wusste sofort:

»Die hatten bis vor kurzem noch eine Sammelgrube. Erst der neue Besitzer, also der Biobauer, musste das Abwasser an die Kanalisation anschließen. Die Grube hat er nie auspumpen lassen. Wahrscheinlich war ihm das zu teuer.«

»Eine Sammelgrube?« Karin kannte das nicht.

»Na ja, alles was durch die Toilette geht und heute im Kanal landet, wurde dort aufgefangen. Dein Kumpel hat die alte Brühe gerochen und sie vom Kuhdung unterschieden. Das riecht auch ganz anders.«

Dam war froh Feldmüller zu kennen. »Das heißt die Grube ist noch voll? Kannst du das abpumpen?«

Feldmüller kratzte sich am Kopf. »Natürlich, aber wieso stellst du keine offizielle Anfrage an die Firma? Dann wüsste ich auch, wo ich die Rechnung hinschicke.«

Dam holte Luft und erklärte:

»Wir haben keinen Durchsuchungsbeschluss, also wir

hatten einen, aber so schnell stellt uns der Richter keinen Zweiten aus.« Er ging ein paar Schritte zu einer Bank unter einer hochaufgewachsenen Kiefer.

Klaus blieb stehen und drehte sich zu Karin. »So ganz verstehe ich das nicht. Was hat das mit dir zu tun? Wieso hast du mich angerufen?«

Karin wehrte mit den Handflächen ab. »Es war nicht richtig, aber wenn Dam dich angerufen hätte, wärst du nicht gekommen und es ist wirklich wichtig.«

Klaus sagte nichts dazu. Er ging nun auch die paar Schritte zu Dam und der Kiefer und ließ sich auf die Bank fallen. Er beugte sich vor und stützte sich mit den Unterarmen auf seinen Schenkeln ab.

»Und dann habt ihr gedacht ich mach das, weil ich in der Grundschule mal für dich geschwärmt habe. Ihr seid Spaßvögel. Das ist doch Hausfriedensbruch oder sonst was. Wahrscheinlich ist es auch noch Diebstahl von Fäkalien. Die spinnen doch die Juristen.«

Nun setzte sich auch Karin. Sie alle drei sagten nichts mehr und starrten in den Wald hinein. Die Baumstämme ragten hoch über ihre Köpfe. Die Sonne unterbrach vereinzelt die dunkle Ruhe und zeigte sich in den Baumwipfeln. Das Moos am Waldboden schimmerte schwarzgrün.

»Seine Frau hat ihn also getötet?«, durchbrach Klaus die Stille.

Er scharrte mit dem rechten Fuß in den Kieseln, mit denen der Weg aufgeschüttet war.

Dam drehte sich zu ihm. »Das weiß ich erst, wenn du mir hilfst.«

Feldmüller lehnte sich zurück. »Statt die Grube auspumpen zu lassen, hat Volker einen Klafter Holz drauf gestapelt, damit keiner mehr den Deckel sieht. Normalerweise riecht man auch nichts, aber durch die Wetterlage und wenn einer einen guten Geruchssinn hat, ist das möglich.«

Dam dachte an Merten, den Mann mit der Nase eines Bluthundes, da vibrierte sein Mobiltelefon in der Hosentasche.

»Merten, ich bin im Wald«, sagte er in den Apparat und Merten fragte:

»Was machen wir jetzt? Wir müssen herausfinden, wo der Geruch herkommt.«

»Das weiß ich bereits. Ich habe einen Fachmann, der von einer Sammelgrube weiß und er kann sie auch auspumpen«, behauptete Damrongchai, aber ob Feldmüller ihm wirklich helfen wollte, war noch ungewiss.

Mertens Stimme erhellte sich und er überlegte:

»Heute wollte die Familie umziehen. Also wäre schon heute Nacht niemand mehr zu Hause. Legal ist es nicht möglich, aber wir müssen uns Gewissheit verschaffen«, er räusperte sich, »dieses Mal werde ich dabei sein, wenn du schwimmen gehst.«

Der korrekte Merten hatte tatsächlich vorgeschlagen, heimlich die Grube zu öffnen. Jetzt konnte doch Feldmüller nicht mehr nein sagen.

»Feldmüller, was muss ich tun, damit du mir hilfst? Soll ich mich erniedrigen?«

»Knie nieder und sag bitte.« Klaus lachte gehässig. Das hatte er während seiner Schulzeit versäumt.

32

Damrongchai, Merten und Karin kamen mit dem Auto zum Treffpunkt. Feldmüller wartete schon auf seinem Traktor mit dem Gülleanhänger auf sie. Sportlich sprang er vom Sitz.

Sie ließen die Fahrzeuge am Anfang der Straße stehen und gingen zu Fuß bis zum Bauernhof, damit sie zuerst nachprüfen konnten, ob die Familie Engels ausgezogen war.

Auf dem Hof begrüßte sie der verbrannte Baum mit seinen schwarzen, kahlen Ästen gespenstisch im Mondlicht.

Die Gummistiefelchen waren weg und der Stall leer, als sie hindurchgingen. Die Kälbchen, die Schmusekuh und ihre Freundinnen waren verschwunden.

Klaus hatte eine Stirnlampe deren zierlicher Lichtkegel Staub, Spinnweben und den unebenen Betonboden streifte.

In einer Reihe liefen sie hintereinander her. Klaus zuerst, dann Merten mit einer Taschenlampe, mit der er das inzwischen angetrocknete Rinnsal aus flüssigem Mist beleuchte, damit er ihm ausweichen konnte.

Karin folgte Merten. Sie hatte noch immer ihren besonderen Gang. Er war nicht weiblicher geworden, sondern war so burschikos und jungenhaft geblieben, als wäre sie noch immer eine dreizehnjährige Göre, die sich nichts sagen ließ und nach ihrer Sicht der Dinge handelte.

Dam bildete den Schluss der Entchen.

Sie ließen den ausgebreiteten Misthaufen zu ihrer Linken liegen und stoppten vor dem aufgesetzten Brennholz an der Rückwand des Hauses.

Feldmüller zeigte darauf und meinte: »Darunter ist die Grube.«

Damrongchai nickte und fragte: »Wie kommt die Pumpe hierher?«

»Die Pumpe ist am Güllenfassanhänger, den ich jetzt hole.« Das Gerät war noch von Feldmüllers Vater. Normalerweise pumpte er schließlich keine Gruben mehr leer, sondern sorgte für den freien Abfluss in die Kanalisation. Routiniert überblickte er die Situation. »Ich fahre um den Stall herum. Da ist genug Platz. Setzt Ihr solange das Holz um!«

Karin nahm die Scheite vom Stapel und warf sie auf einen Haufen neben der Scheune. Damrongchai half ihr.

Merten legte seine Taschenlampe auf den Fenstersims der Toilette. In dem Lichtschein, der eher für Schatten als für Helligkeit sorgte, wirkten sie wie graue Seelenlose, die in der Zwischenwelt dazu verdammt waren, sinnlos Brennmaterialien umzustapeln.

Merten umfasste ein Stück gespaltenes Holz und fluchte laut und ungewohnt. Er hatte sich einen Splitter unter den Fingernagel gerammt. Am Schein der Taschenlampe zog er ihn zittrig heraus. Der Schattenwurf in seinem Gesicht ließ ihn alt aussehen.

Endlich bog Feldmüller mit seinem Traktor stinkend und knatternd um die Ecke.

Die hellen Scheinwerfer, die jetzt den Arbeitsplatz beleuchteten, waren vom Dorf aus nicht sichtbar, weil das Wohnhaus ihre Strahlen abfing. Auch Löfflers Anwesen war in der anderen Richtung. Höchstens Albin könnte auf sie aufmerksam werden, würde das Licht aber hoffentlich für Engels-Energie halten.

»Seid Ihr fertig?«, rief Klaus und stellte den Motor ab.

»Hilf mal lieber noch ein bisschen.« Karin warf mehrere Holzstücke auf einmal zur Seite.

Feldmüller lachte ein wenig überheblich, holte Handschuhe vom Traktor und packte dann zu. Er stapelte sich mehrere Holzscheite auf seine Unterarme und warf sie schnell und flüssig auf den noch zierlichen Brennholzberg.

Merten wich zurück. Eine tote Maus lag unter dem Holz. Feldmüller übersah sie und trat fast auf das Tier.

Dafür kamen sie seit Klaus mithalf mehr als zügig voran und schon nach kurzer Zeit befahl er: »Lasst mich jetzt mal die Dielen wegziehen.«

Kein Schachtdeckel schützte die Menschheit vor den Fäkalien, sondern dicke Bretter und die Öffnung war nicht ein kreisrundes Loch, sondern groß genug, um eine Kuh darin zu versenken.

Mit einer am Ende abgeflachten Brechstange hob Klaus die Dielen an. Mit einem dumpfen Aufprall warf er sie auf den Weg, der zur Weide führte.

Mit seiner Stirnlampe leuchtete er in das freigelegte Loch und fragte:

»Schwimmt es da irgendwo?«

Damrongchai stand neben Feldmüller und versuchte die graue Brühe zu analysieren. »Ich glaube das was da schwimmt ist es nicht.«

Er zeigte auf etwas Beigefarbenes.

Feldmüller leuchtete mit seiner Stirnlampe in die Runde.

»Wer von euch beiden geht da eigentlich runter, wenn es abgepumpt ist? Ich habe ein Sauerstoffgerät von der Feuerwehr dabei.«

Merten setzte mit Bedacht seine Schritte näher an das Loch. Mit nach vorn gerecktem Kopf sah er hinein. Die Stirn hatte er weit nach oben gezogen und seine Mundwinkel weit nach unten.

Belegt äußerte er: »Ich nicht.«

Klaus holte den Schlauch vom Traktor, an dessen Ende Verkrustungen klebten und ließ die Saugöffnung in die Fäkalien absinken. Er warf die Pumpe an. Die Flüssigkeit wirbelte auf, ebenso der Gestank nach Tigerpipi und alten Exkrementen, der sich in die Nacht erhob.

»Schade, dass keine Kinder da sind. Das ist immer ein Fest.« Feldmüller lachte ehrlich und frei. Er liebte seine Arbeit ohne Zurückhaltung.

»Sie spinnen ja wohl.« Merten empörte sich. »Wenn die Kleinen da reinfallen.«

»So tapsig sind sie doch nicht.« Feldmüller hatte einen glückseligen Ausdruck und erzählte weiter: »Das habe ich schon lange nicht mehr gemacht, eine Grube abgepumpt. Aber neulich war ich bei einem Haus, da war eine Kellerwohnung mit Abwasser vollgelaufen und weil sie leer stand hat das vierzehn Tage keiner bemerkt. Der Besitzer hat sich schon über den Gestank gewundert, der aus dem Untergeschoss hoch müffelte. Aber er hat gedacht, dass die Mieter mal wieder ihren Müll im Keller deponiert hätten und erst als er die Wohnung vorzeigen wollte, stand er knöchelhoch in der Soße. Jedenfalls habe ich draußen am Kanalschacht die Rohre durchgeputzt. Da kam das ganze Zeug raus, Katzenstreu, Feuchttücher und das verklumpte Klopapier, in dem noch die..«

Merten hob die Hand. »Ich danke Ihnen für diese anschauliche Geschichte, aber bleiben wir doch bei dieser Katastrophe«, fiel er Klaus ins Wort und atmete so flach, als würde er Rohrfrei stehlen.

Damrongchai kniff die Augen zusammen und inspizierte die schaumige Flüssigkeit. Karin hatte sich zwischen Merten und Feldmüller gestellt und sah auch hinunter in das Loch.

Der Beton, mit dem die Grube ausgespritzt war, bildete eine leicht raue Oberfläche, an der Schmutz einen griffigen Untergrund fand. An den Wänden war ein Fettrand zu sehen, der sich von Essensresten gebildet haben musste, welche die ehemaligen Besitzer durch die Toilette gespült hatten. Darauf und darunter musste sich der Urinstein verbergen.

»Unsere Ärztin von der Rechtsmedizin trinkt immer Cola wegen des Geruchs. Das übertüncht wohl alles.«, riet Damrongchai, als ob das etwas ändern würde.

Feldmüller bestätigte: »Ich weiß.«

Er rührte Festteile mit dem Schlauch vom Boden hoch. Alle Vier starrten hinein.

»Da!« Damrongchai sah es als Erster.

»Wo?« Merten streckte seinen Kopf noch weiter vor.

»Dort!« Damrongchai zog Merten in seine Blickrichtung.

Das hätte er nicht tun sollen, denn Merten verlor dadurch den Stand und kippte zur Seite. Er fuchtelte mit den Armen. Voller Panik schrie er auf. Damrongchai spürte wie Merten ihm entglitt. Er konnte ihn nicht halten.

Feldmüller war zu weit weg und Karin griff ins Leere.

Das Geräusch, das sie hörten, war nicht anders, als sei Merten voller Wonne in das blaue Becken eines Schwimmbads gesprungen. Es platschte. Es spritzte. Damrongchai und Karin hüpften einen Schritt nach hinten.

Feldmüller allerdings rettete aus Gewohnheit Leben und rannte zum Traktor.

Merten strampelte sich hoch und stand nun bis zum Bauchnabel in der grauen Fäkaliensuppe. Er wischte über sein Gesicht und suchte zitternd nach Desinfektionstüchern in seiner Hosentasche, die sich unterhalb des Güllepegels befand. Er zog sie an die Oberfläche, doch sie waren getränkt von der entsetzlichen Flüssigkeit um ihn herum.

Seine Brille hatte er auch noch verloren und Merten kreischte mit weit aufgerissenen Augen: »Ich sterbe. Ich bekomme keine Luft mehr. Hier gibt es doch tödliche Gase. Holt mich hier raus!«

Damrongchai hopste dicht am Rand herum und gestikulierte.

»Das Notfallset, es schwimmt genau neben dir!«

Merten gestikulierte zurück. »Hast du mich deswegen reingestoßen?«

»Ich habe dich doch nicht reingestoßen.« Damrongchai drehte sich zu Feldmüller und nahm ihm die lange Stange weg, mit welcher der Abflussspezialist und Feuerwehrmann angerannt kam, um Merten zu retten. »Wirf zuerst das Notfallset zu mir, dann holen wir dich raus«, rief Damrongchai.

Es tat ein bisschen weh, als er das Täschchen an den Kopf bekam. Merten hatte einen zielsicheren und starken Wurf.

Aber es war keine Absicht, dass Damrongchai sein Ende der Stange so in die Gülle warf, dass sie an Merten hoch spritzte.

Feldmüller hatte sein Lachen wieder gefunden.

»Lass mal den Fachmann ran. Du bringst ihn noch um.«

Kräftig zog er Merten heraus aus dem zwei Meter tiefen Bassin, vorbei an der rauen Wand mit dem Fettrand und endlich heraus aus der Wolke von gefährlichen Gasen.

Dann griffen sie unter seine Arme und an seinen Hosenbund. Zu dritt zogen sie ihn das letzte Stück über die Kante hoch an die vergleichsweise frische Luft.

Damrongchai streifte sein T-Shirt über den Kopf und reichte es Merten, damit er sich abwischen konnte und als Zeichen, dass es ihm leid tat. Doch Merten wehrte das T-shirt angewidert ab.

»Das trägst du doch schon den ganzen Tag.« Das war das letzte Aufbäumen seiner Persönlichkeit, bevor er endgültig moralisch in sich zusammen fiel. Mit ausgestreckten Beinen saß er in einer Abwasserpfütze und schlug patschend mit den Fäusten auf den Boden.

Damrongchai fühlte wieder so etwas wie Hoffnung.

Er hatte sein Ziel erreicht. Sicher, es waren Opfer zu beklagen und doch bewies dieses verschmutzte Täschchen hier am Boden, dass Daniela Engels ihren Mann getötet hatte. Wer sonst wusste schon von der versteckten Sammelgrube? Wer sonst hätte diesen Ort als Versteck gewählt? Wer sonst hätte unbemerkt das Notfallset hier entsorgen können?

Da störte den Helden der Gerechtigkeit eine zarte Stimme in seinem fragilen Glück. Wie ein Vögelchen flatterte es um seine Ohren, so lange bis das Gezwitscher Gehör fand. Aber es war nicht schön und lieblich, was es mitteilte. Der Inhalt passte nicht zur Satzmelodie und dann überschlug sich die Stimme auch wieder. Daniela Engels plärrte: »Was ist das für eine Party hier?«

Feldmüller schritt dicht zu ihr, so dass er ihr die Sicht auf Damrongchai versperrte, der sein T-shirt über das Notfallset warf, das noch immer am Boden lag.

Klaus versuchte die Bäuerin zu beruhigen:

»Wir haben den Auftrag die Grube abzupumpen. Wir dachten Sie wären ausgezogen, sonst hätten wir es natürlich ein andermal gemacht.«

Sie raffte ihren Bademantel zusammen, der aussah, als sei er von ihrem Mann. Sie ging an Feldmüller vorbei zu Merten und Damrongchai.

»Natürlich, zu viert und mitten in der Nacht. Für wie dämlich halten Sie mich? Ich habe wieder Ihren Vorgesetzen verständigt und dieses Mal sind Sie fällig. Das hat er mir versichert.«

Merten blinzelte zu ihr nach oben. Bräunliche Schlieren flossen aus den Haaren und zogen sich über seine

Schläfen zum Hals. Er hatte aufgehört mit der Faust auf den Boden zu schlagen. Weiße Rinnsale zogen sich aus seinen Augen über die Wangen. Er weinte. Die salzigen Tränen säuberten wenigstens einen Teil seines Gesichts.

Daniela Engels verschwand mit wehendem Herrenbademantel so schnell, wie sie gekommen war.

Karin und Damrongchai halfen Merten hoch, während Klaus den Trecker startklar machte.

»Merten, du fährst im Traktor. So schmutzig nehme ich dich nicht mit.« Niemand hätte je geahnt, dass er jemals so etwas zu seinem Kollegen sagen würde.

Feldmüller holte eine goldene Wärmefolie und wickelte sie um den tropfenden Merten. Ergeben setzte dieser sich auf den harten Sozius des Traktors. Als seine Wirbelsäule an der Eisenstange, die eine Rückenlehne sein sollte, schabte, machte Merten ein gequältes Gesicht. In seinen Händen hielt er das Notfallset, eingewickelt im gebrauchten T-shirt, fest. Damrongchai klopfte ihm brüderlich auf den Rücken und entdeckte, wie trotz allem ein wenig Stolz aus den Augen seines Kollegen blitzte.

Zu Feldmüller sagte er: »Schick die Rechnung an den Staatsanwalt Nydhal in Tübingen.«

Karin winkte dem Traktor nach. Versonnen sagte sie: »Irgendwie hat sich Klaus verändert.«

»Heute haben wir uns alle ein bisschen verändert.«

Damrongchai blickte dem Notfallset nach. Irgendetwas stimmte nicht an seiner Theorie.

33

Damrongchai hatte die Arme vor der Brust verschränkt. Es war ihm nach Abstand zu Nydhal.

Der Staatsanwalt ging auf und ab. »Heute ist Ihr wiederholter Ladendiebstahl auf meinem Schreibtisch gelandet.«

Nicht schon wieder die Tour, dachte Damrongchai und wusste, was er zu antworten hatte:

»Ich werde niemandem von unserer Schlägerei auf dem Golfplatz erzählen.«

Nydhal stoppte endlich sein sinnloses im Raum Flanieren. »Sie verlieren auch kein Wort zu Verena darüber.«

»Ich schweige für immer.« Wobei Verena könnte er es vielleicht erzählen, dass er sich für sie geprügelt hatte.

»Dann sehe ich in nächster Zeit keine Probleme auf uns beide zukommen.« Der verspannte Staatsanwalt nahm die Hände auf den Rücken. Die nächsten Worte mühten sich über seine Lippen: »Sie hatten mit der Ehefrau als Täterin recht, Hägle und jetzt haben wir zwar nur ein illegales Beweisstück, aber dafür die Gewissheit, dass es nicht von einem Fremden auf dem Hof versteckt worden war. Wer wusste schon von der alten Fäkaliengrube, außer ihrem Freund von der Rohrfrei Firma. Jetzt ist es eine Frage des Verhörs. Kitzeln Sie ein Geständnis heraus. Sonst brauchen wir erst gar nicht vor Gericht zu gehen.«

Der Kommissar wehrte sich gegen die Siegeshymnen.

»Irgendwas ist noch nicht richtig. Sie hat sich überhaupt nicht nach dem Notfallset umgesehen und war nur wütend über uns.«

»Sie schaffen das schon.« Nydhal hob theatralisch die Stimme als Geste seiner Überzeugung und vielleicht meinte er seinen Ermittler so zu motivieren.

»Übrigens haben wir den Fund nur der feinen Nase von Merten zu verdanken«, erinnerte Damrongchai.

»Wo ist er denn, der Kollege?« Nydhal sah sich im Büro um, als hätte Merten sich irgendwo versteckt.

»Beim Arzt, es war nicht einfach für ihn«, bedauerte der Kommissar, doch Nydhal entlockte Mertens Tortur nur ein Anheben der Brauen.

Er war schon wieder ganz bei seinen eigenen Problemen und meinte:

»Übrigens habe ich die Rechnung von dieser Rohr-frei-Firma bekommen …«

»Klar, die machen das nicht umsonst.« Damrongchai entwischte schnell durch die Tür und drehte sich nur noch kurz um. »Ich muss zur Befragung.«

Er ließ den Staatsanwalt stehen und flüchtete über den Flur in den Raum mit der Kamera, in dem Daniela Engels schon auf ihn wartete.

Sie sah kaum auf, als er hereinkam. Mit ihren schmalen Schultern wirkte sie klein und zusammengekauert. Vorsichtig pustete sie in einen Plastikbecher. Jemand hatte ihr einen Kaffee gebracht. Sie umfasste ihn, als sei es kalt, dabei war der Raum stickig und die Sonne mit Jalousien ausgesperrt.

Damrongchai nahm sich den Stuhl gegenüber. Auf

dem Tisch zwischen ihm und Daniela stand ein Aufnahmegerät.

»Ich muss das einschalten«, entschuldigte er sich.

Sie sah ihn an. Ihre rosige Haut war von einem grauen Schleier überzogen.

Sie wirkte zart, egal, ob sie einen Stall ausmistete, Polizisten ihres Grundstücks verwies oder ob sie unter Mordverdacht stand.

Er war nicht mehr überzeugt von ihrer Schuld, aber er musste die Wahrheit herausfinden und eröffnete das Verhör. »Wieso hatten sie auf dem Hof übernachtet, obwohl Sie schon ausgezogen waren? Die Kinder und ihre Mutter waren doch schon in der Stadtwohnung?«

Damrongchai erinnerte sich daran, dass er genau zuhören musste und konzentrierte sich auf Daniela Engels Antwort.

»Ich wollte mich verabschieden von meinem Mann, von dem Leben, das ich jahrelang geführt hatte. Noch eine Nacht wollte ich alleine auf dem Hof verbringen.«

»Der Hof war Ihr gemeinsamer Traum?«

»Wir kennen uns schon seit der Schule. Nach dem Abschluss war für uns klar, dass wir einen Biohof und Kinder haben wollten. Und nun ist alles vorbei.« Sie strich eine dunkelblonde Strähne aus ihrem Gesicht. Ihr Haar hatte an Glanz verloren.

Damrongchai zweifelte an der trauten Zweisamkeit, in der beide die absolut identischen Pläne hatten. Vielleicht lag das nur an seiner Bindungsstörung und weniger daran, dass es so etwas nicht geben konnte.

»Wo waren Sie, als Ihr Mann von der Biene gestochen wurde?«

»Ich war zu Hause. Unsere Kuh Alma hat gerade ein Kälbchen bekommen.«, sie schluckte trocken, bevor sie weiter ausführte: »Die Kinder dürfen immer mithelfen bei der Versorgung. Sie wachsen so frei auf, sind schmutzig und klettern auf Bäume. Wo gibt es das noch, eine so unbeschwerte Kindheit wie in einem Astrid Lindgren Buch?« Sie drückte die Schultern durch und wirkte nicht mehr zusammengekauert, sondern ihre Haltung war steif. Sie schwärmte nicht, sie dozierte von der wunderbaren Kindheit.

Damrongchai lehnte sich vor. Er wollte mehr Nähe herstellen. »Aber ihre Kinder gehen auch zum Sport und lernen alle ein Instrument? Da muss Ihre Mutter häufig fahren. Und die Schule? Wann müssen die Kinder morgens raus?«

»Schon vor sechs, das ist schon früh.« Sie stellte den Kaffee an den Rand des Tisches und drehte sich seitlich, weg von Damrongchai, der versuchte verbal ein schönes Bild für sie zu malen:

»Die Großen haben bestimmt auch ihre Freunde in der Stadt? Wenn Sie zentral wohnten, könnten Ihre Kinder mit dem Rad zu ihren Terminen und Freunden fahren. Morgens dürften sie länger schlafen. Auch sonst hätten sie mehr Möglichkeiten. Eine große Bibliothek, Kino, für die Kleinen bezaubernde Puppentheater, ein Schwimmbad und auch für Sie das Theater, die Oper. Sind Sie damit nicht aufgewachsen?«

Ein bisschen Farbe war zurückgekommen auf ihre

Wangen. »Mit meiner Mutter war ich oft im klassischen Konzert.«

Damrongchai lächelte ihr zu. »Was mögen denn Sie lieber? Das Stadtleben oder den Bauernhof auf dem Land? Sie haben beides gesehen. Sie können es beurteilen.«

Wie eine Schildkröte in den Panzer, schlüpfte Daniela zurück in ihre steife Haltung. »Mir lieber? Wie meinen Sie das? Also ich finde, dass es für die Kinder besser ist auf dem Land.«

»Und Ihre Mutter möchte in der Stadt leben. Bringt Sie das in einen Interessenskonflikt?«

Sie setzte sich ganz aufrecht und drehte majestätisch ihren Kopf. Eine Bewegung, die sie von ihrer Mutter übernommen haben musste. »Ich habe immer das getan, was das Beste für die Kinder war.«

»Wie können Sie da so sicher sein? Ihre Großen haben sich von Ihnen zurückgezogen. Sie sind Ihnen fremd geworden«, zweifelte er Daniela an.

Tränen liefen geräuschlos über ihr Gesicht.

»Lassen Sie mich endlich in Ruhe. Ich habe meinen Mann nicht umgebracht«, schluchzte sie.

Damrongchai beendete die Aufnahme. Noch war er sich nicht sicher, ob er gut genug zugehört hatte.

34

Damrongchai hatte Merten und dem Kripochef die Aufnahme des Verhörs vorgespielt.

Merten hatte seinen Arztbesuch beendet und saß reglos in seinem Bürostuhl. Er erstrahlte in weiß, sein Hemd roch nach Waschmittel und war mindestens dreimal durch die Bügelmaschine gelaufen.

Geradezu unnatürlich rein wirkte seine Haut und ein wenig aufgedunsen. Seine Haare flogen elektrisiert. Die Augen waren leicht gerötet. Er sah aus wie ein Albinokaninchen, das in Chlor gebadet wurde.

Es konnte noch eine Weile dauern, bis er das Grubenunglück verarbeitet hatte, vor allem jetzt, wo sein Therapeut im Urlaub war.

Sattler hatte seine Kulturreise zum Bodensee abgebrochen, nachdem er vom neuen Stand der Ermittlungen gehört hatte. Er machte keinen traurigen Eindruck, aber das Verhör hatte ihn ergriffen. »Ja, die Mütter, für ihre Kinder tun sie alles, sogar sich selbst verleugnen. Meine hat auch so gelebt. Sie hat sich für uns Kinder aufgeopfert.« Er starrte auf das Linoleum am Boden. »Auch wenn wir bei manchem anderer Meinung waren.«

Damrongchai hatte verstanden. Die anderen, die Beziehungen pflegten und nicht vermieden, so wie er, mussten sich aufopfern und dafür durften sie über ihre Partner, Kinder und Freunde bestimmen. Sattler hatte doch erzählt, wie sehr er seiner Mutter half, obwohl er damit Frau und Kinder vernachlässigte. Er musste das tun, weil er seine Mutter sonst verraten würde.

Trotzdem liebte Sattler seine Mutter und Daniela Engels liebte ihre Kinder.

Merten strich sein fliegendes Haar zurecht und wandte sich sachlich seinem Computerbildschirm zu. »Das Notfallset ist innen erstaunlich trocken geblieben und es wurden auf der Spritze Fingerabdrücke gefunden. Der Mörder wollte wohl auf Nummer sicher gehen und den Inhalt auf Vollständigkeit prüfen.«

Sattler klatschte in die Hände. »Dann soll Storm sofort die Abdrücke durch den Computer lassen und sie mit denen von Daniela Engels vergleichen. Vielleicht kriegen wir sie so dran.«

Damrongchai sah zu Sattler. »Ich glaube nicht, dass wir die Fingerabdrücke von Daniela Engels auf der Spritze finden werden. Die Mütter tun alles für ihre Kinder. Sie haben es bereits gesagt, Chef.«

Damrongchai fuhr mit Daniela nach Stuttgart.

Das Haus hatte einen Aufzug und die Wohnung, die Gisela Saumburg für ihre Tochter und die Enkel in der Weststadt ausgewählt hatte, lag im vierten Stock.

Vor der Tür standen nicht die roten Gummistiefelchen, stattdessen ruhten geputzte Schuhe geordnet in einem cremefarbenen Regal.

Die Tochter schloss die Tür auf und die Mutter stand, scheinbar wartend, bereits im Eingangsbereich der Wohnung. Auch Gisela Saumburg war hellsichtig, wie alle Frauen. Damrongchai seufzte kurz und leise.

Die Mutter nahm ihre Tochter in den Arm und sagte: »Die Kinder sind bei ihren Freunden bis heute Abend. Ich wollte gerade zur Polizei gehen und mich stellen.« Sie wandte sich Damrongchai zu, nahm ihn das erste Mal zur Kenntnis. »Aber ich musste nicht zu Ihnen kommen. Sie haben es auch ohne meine Hilfe herausgefunden.«

»Mama, was redest du da?« Doch Daniela wusste ganz genau, wovon ihre Mutter sprach.

Sie fiel in sich zusammen. Zu erfahren, dass die eigene Mutter den Ehemann getötet hatte, war so schlimm, wie zuvor von seinem Tod zu erfahren – oder schlimmer. Nur weinte Daniela nicht mehr.

Gisela Saumburg fasste ihre Tochter an der Schulter.

»Du warst so verblendet mit deinem Volker. Er wollte die Welt retten. Was für ein Unsinn. Das können Alleinstehende machen, sich Walfängerflotten mit Schlauchbooten entgegen stellen oder eine marode Biolandwirtschaft betreiben. Volker war ein zutiefst egoistischer Alkoholiker und nicht für das Familienleben geeignet. Du brauchst jemanden, der für die Kinder da ist und für dich und nicht einen Mann, der einem Hirngespinst nachrennt. Ich habe es für euch getan. Du musst an deine Kinder denken.«

Sie drückte ihre Tochter fest an sich, aber diese stieß sie zurück.

»Volker ist tot und du musst für den Rest deines Lebens ins Gefängnis. Wie soll ich das schaffen mit vier Kindern?«

»Um Geld brauchst du dir keine Sorgen zu machen. Du und die Kinder könnt von meinem Ersparten und meiner Rente leben.«

»Ich will nicht allein sein«, schrie Daniela verzweifelt.

Die Mutter strich ihrer Tochter über die Wange.

»Mein Engel, so ist es am besten für dich.«

Daniela stieß die Hand ihrer Mutter zurück.

»Du hast schon immer geglaubt zu wissen, was am besten für mich ist.«

35

Dam trug den Karton mit Comics die Treppe herunter.

Sofia hustete, weil sie sich an einem Bissen ihres Marmeladenbrotes verschluckt hatte. Sie räusperte sich und sprach mit kehliger Stimme.

»Was hast du denn vor? Willst du tatsächlich ausziehen?«

»Das will ich.«

»Gut, aber das ganze Gemüse im Keller verkochst du schon noch?«

Er stellte die Kiste im Flur auf den Boden und ging in die Küche. »Hab ich doch gesagt. Sie kommen alle am Samstag. Karin wohnt jetzt übrigens in der WG. Sie hilft Leute zu finden, die spenden, damit der Biohof doch nicht an Löffler geht. Klaus Feldmüller kommt auch. Seine Frau ist ausgezogen. Er will sich scheiden lassen. Und Mertens große Liebe habe ich eingeladen, die Frau, die Kochkurse gibt. Er weiß es aber noch nicht.« Dam schmunzelte.

»Und was ist mit Verena?« Sofia drehte den Deckel ihres Marmeladenglases zu und leckte Daumen und Zeigefinger ab.

»Zu Verena gehe ich jetzt.«

Sofia sah ihn lächelnd an.

»Was ist?«, fragte er.

»Du hast diesen trotzigen Gesichtsausdruck verloren. Irgendwas ist anders.«

Dam gab Sofia einen Kuss, schnappte sich seine Comics und fuhr nach Tübingen.

Verena war nicht zu Hause. Er rief sie an und erreichte nur ihre Mailbox, auf der er hastig eine Nachricht hinterließ. »Verena, es tut mir leid. Ich habe dich furchtbar verletzt. Aber ich will bei dir einziehen, also neben dir. Ich bin nicht perfekt. Das weißt du sicher schon. Aber ich übernehme jetzt die Verantwortung dafür, dass ich so bin, wie ich bin. Niemand trägt die Schuld. Bitte gib mir noch eine Chance. Ich bringe meine Comics weg und dann warte ich vor deiner Tür, bis du kommst.«

Er hörte die Kinder im Innenhof spielen, drückte die Mailbox weg und ging zu ihnen.

»Mögt Ihr Comics?«, fragte er die Kurzen.

Sie hatten eine Höhle in den Sandkasten gegraben und ließen Autos darin fahren.

Ein etwas älteres Mädchen zog im Schatten des großen Baumes im Innenhof ihre Barbiepuppe um. Sie wurde als Erste auf ihn aufmerksam.

»Was hast du denn für welche?«, fragte sie nach.

Damrongchai klappte die Kiste auf. Das Mädchen sah ihn zuerst misstrauisch an. Als er sich etwas entfernte, kam sie näher. Sie sortierte. Die Heftchen, die sie noch nicht hatte oder ihr interessant erschienen nahm sie an sich. Erst dann rief sie großzügig zu den Jungs im Sandkasten:

»Ihr könnt euch was aussuchen.«

Sie setzte sich unter die Platane im Innenhof und begann zu lesen. Ihre blonden ungekämmten Haare klemmte sie hinter die Ohren. Ihre Puppe lag oben ohne im Gras.

»Wohnst du jetzt hier?«, fragte ein Junge Damrongchai und griff mit sandigen Händen in den Karton.

»Ja, ich wohne hier«, antwortete Damrongchai einfach so.

»Das ist toll.« Der Junge hatte ein Heftchen heraus gezogen und rannte zurück zu seinen Freunden, wo er es vorzeigte. Woraufhin die anderen beiden sich die Kiste schnappten und sie hoch schafften auf das Baumhaus, das kaum sichtbar zwischen den großen Platanenblättern versteckt war.

Damrongchai sah nach oben. In den Mietswohnungen gab es keine Dachböden, hier mussten die Kinder sich etwas anderes einfallen lassen, wenn sie nichts mehr mit der Realität zu tun haben wollten. Vielleicht waren auch gar nicht alle Kinder so, dass sie lieber in einer Traum-welt lebten.

Plötzlich spürte er Verenas Hand auf seiner Schulter und ihre Wärme. Er drehte sich um.